Reunion
with
the Venus

毕业八年，
我重逢了
高中的
校花

after
8 years

朱口口 ◎著
（十年里有多少日）

文化艺术出版社
Culture and Art Publishing House

图书在版编目（CIP）数据

毕业八年，我重逢了高中的校花／朱口口著. —北京：文化艺术出版社，2010.4

ISBN 978-7-5039-4325-6

Ⅰ.①毕… Ⅱ.①朱… Ⅲ.①长篇小说—中国—当代 Ⅳ.①I247.5

中国版本图书馆 CIP 数据核字（2010）第 048956 号

毕业八年，我重逢了高中的校花

著　　者	朱口口
责任编辑	帅　克
装帧设计	怡风轩·雷雨
出版发行	文化艺术出版社
地　　址	北京市朝阳区惠新北里甲 1 号　　100029
网　　址	www.whyscbs.com
电子邮箱	whysbooks@263.net
电　　话	（010）64813345　64813346
	（010）64813384　64813385
经　　销	新华书店
印　　刷	三河市文通印刷包装有限公司
版　　次	2010 年 6 月第 1 版
	2010 年 6 月第 1 次印刷
开　　本	710 × 1000 毫米　1/16
印　　张	15.5
字　　数	220 千字
书　　号	ISBN 978-7-5039-4325-6
定　　价	28.00 元

一

如果这是个虚构的故事,就让我从此永垂不举。

故事发生在两个南方城市之间,发生在我二十七岁那年。二十七岁,对于男人来讲,既不是最坏的年代,也绝非最好的年代。

就拿我自己来说吧,大学毕业四年了,在社会上摸爬滚打的,按理说,该混出点人样来了;偏偏我还是灰头土脸的,呆在一个混账的公司,拿一份混账的工资。老板心眼太多,手下心眼太少;加薪是个童话,加班才是现阶段的基本国情。

行,那就辞职吧。咬咬牙想半天……唉,还是算了,等金融危机过去再说。

事业就是这个样子,那谈家庭吧。同样按理说,从高中就开始早恋了,到了这个年纪,就算还没结婚,也该有个固定的女朋友了。两个人住在一起,心照不宣的,施工时都不戴安全帽,只等着搞出人命,才能豁出去奉子成婚。

偏偏我女朋友换来换去,硬是没有一个能修成正果。并不是我喜新厌旧,实际上,我被抛弃的次数,远比抛弃别人的次数多。对于女人来讲,一九八二年产的红酒是绝世上品,一九八二年产的男人,可不是什么值钱的玩意。

好了,这就是我二十七岁那年的基本情况。活着没有盼头,想死更没有理由。曾经的理想都见鬼去了,每一天过得像行尸走肉。如果说混得不好不是我的错,那最让我郁闷的是,我身边的这些个鸟人,全都混得风生水起,形势喜人。

故事开始的那个晚上,我跟两个前途大好的鸟人,一起去吃饭。南哥照例带着他的漂亮老婆,小川开的是新买的雷克萨斯。去的不是什么高级酒店,就在一个大排档。都是熟客了,老板招呼得很周到,炒了些小菜,喝了些啤酒,挺惬意的。

吃完饭大家就散了,我回到自己的住处,一看不对劲,大堂门口的台阶上,一字排开坐了一大群人,有老有少,有男有女。我认出了住在隔壁的小美人,刚上初中,大眼睛,尖下巴,有点婴儿肥。

这会儿,她全身汗津津的,校服下面是背心,再下面,是才露尖尖角的小荷。

青春,真可爱青春。

我记得那天晚上闷热无比,是个合该有事的天气。

我走向那小美人。她一边用手扇风,一边眨巴眨巴着眼睛看我。虽然是邻居,我却从来没有跟她说过话,一方面,这年头人情淡薄;另一方面,虽然我长得一看就是邪派,但其实内心正直,绝不是一个恋童癖。

我笑着问,小妹妹,怎么大家都在这儿?

小美人叽里呱啦地说,在这里乘凉呢,楼里面停电了,不,电梯跟走廊都有电,是房间里停电了。

我顺着她的手指,抬头看去,果然,楼上房间的窗口,都是一片黑乎乎的。

小美人继续说,是线路问题,供电局在抢修,我作业也做不了,烦死人,最早要到十二点才来电呢。

我谢过小美人,走了几步,在一个人少的地方坐下来。现在该做什么呢?回家不是个好主意,这鬼天气,没空调是肯定睡不着的。那么去开房?一个人去酒店,我有毛病啊? 嗯,得找个伴。

我掏出手机,开始找那些女人,那些爱过或者恨过,现在还愿意跟我来场友谊赛的女人。首先是大学时代这个,腰很细。我拨了电话过去,嘟嘟两声接了。我第一句话问,现在方便讲吗?

她劈头盖脸地说,合同还没做好呢,等明天我上班再说吧。

在她挂掉电话之前,我听见旁边的电视声,还有她老公问,谁呀?

我嘿嘿干笑了一下,行了,别破坏别人的家庭感情。嗯,那就这个吧,前两年泡吧认识的,当天晚上就勾搭上了,然后由一夜情发展到了多夜情。她腿长胸大,最重要的是没老公,也没男朋友,至少没有固定的男朋友。

打过去,电话响了好久,在我准备放下的时候,她突然接了起来。

她的声音显得很高兴,那种太过夸张,一听就是装出来的高兴。她说,哎呀,邓大官人突然来电,小女子受宠若惊。

我单刀直入,Cat,我有些想你了。

Cat放荡地笑,是想我了,还是想睡我了?

我说,我以为这是一段精神恋爱,原来在你心目中,也是一段赤裸裸的肉体关系。

Cat哈哈大笑,过了一会儿说,真能扯,不过我就爱你这能扯的劲儿。行了,别磨蹭了,老娘今晚一个人。

我心中暗喜,却不动声色道,行,你还是住那儿吧,我过去接你。

Cat说,没错,老娘还是住那儿,不过这会儿出差了,在北京,房都开好了。你打个飞的过来吧,我一边热身一边等你。

我翻了翻眼皮,这姑奶奶拿我寻开心呢。于是不客气地说,我要有这功夫,还不如直接去东莞呢,人家小姐可比你敬业多了。

Cat笑骂道,行,我等着去艾滋病医院看你。

然后两人又是胡扯了几句,就挂了电话。我收好手机,摸出一支烟,叼在嘴里,点着了。不远处有只大金毛,大概是闻到了烟味,朝我恶狠狠地吠。我只好站起身来,向远处走去。

我点燃身上最后一支烟,在路灯杆下百无聊赖。抬头看看,楼上的窗口还是一片黑乎乎的,那种漆黑,就是孤独的颜色。其实孤独并不可怕,可怕的是在孤独的时候,竟然没一个人可以用来想起。

狠狠地踩灭烟头,还是掏出手机,拨了刘麦麦的号码。这婆娘是个大咧咧的角色,我跟她小学时就认识了,一直称兄道弟的;到我读大二的时候,她跟家里人闹翻了,没钱交学费,干脆就辍学了,在我租的房子里睡了小半个月。

刘麦麦接起电话,懒懒地说,死人头,这么晚了,找我干吗?

我说,关心一下我们的儿子,最近没灾没病,健康成长吧?

刘麦麦说,那当然了,你留给我的骨肉,我能不好好照顾吗?

她确实有个儿子,已经三岁了,长得人见人爱,车见车载。只是刘麦麦的儿子,跟我一点关系都没有。我跟她虽然同居了半个月,都是我睡床,她打地铺。我们井水不犯河水,手都没碰过一下。

虽然我这人是个下流胚子,但朋友就是朋友,女人就是女人,这两回事我还是分得清的。

当年她在我那儿住了小半个月后,勾搭上了一个英国海归,程序员,都已经见过他家父母了,不知为什么突然变卦,以迅雷不及掩耳盗铃的速度,嫁给了个税务局上班的公务员。

她老公比她大三岁,年纪轻轻就当了科长,整天脸上乐呵呵的,其实精得要死。我跟刘麦麦常开些过分的玩笑,但她老公知道我们的底细,所以并不介意。

我问,儿子睡了?

刘麦麦说,还没,在客厅看电视呢,跟他后爸。咋了,有话快说,有屁快放。

我说,没事,就想跟你谈一下人生跟理想,宇宙如何形成的。

刘麦麦切了一声说,拉倒吧,我看你呀,一定是身边没女人,慌得睡不着觉吧?不是我说你,也该找个老婆了,总吃了上顿没下顿的,前列腺早晚憋出毛病。

刘麦麦结婚后,由她老公出学费,去考了个医师证,现在在一个私人诊所上班,专医男女泌尿系统疾病,开口闭口的,不离皮带下面三寸。

我说,我倒是想娶呀,没人愿嫁。

刘麦麦说,要不我给你介绍一个?我这儿有个护士,八七年的,嫩得能捏出水来,我都想咬一口。

我说,拉倒吧,你们那儿的护士,日理万鸡,我有心理障碍。

刘麦麦问,那你喜欢什么样的?

我想了想说,嗯,长头发,皮肤白,声音要甜,胸部要大,最好是我们那边的人……

刘麦麦突然大笑起来,哈哈哈哈,有点歇斯底里的样子。

我一阵莫名其妙,问道,发什么神经,脚气菌上脑啊?

她好不容易止住笑,断断续续地说,你描述的这女人,不就是叶子薇吗?都多少年了,还没忘记她?你呀……

我突然间就有点恍惚,心里又甜又酸的。叶子薇,我有多久没想起这个名字了?以为自己身经百战,刀枪不入,却原来在我心里,也还有一块柔软的地方。

只是,那么多年过去了,她早就嫁了吧?

刘麦麦一针见血,搞得我有点恼羞成怒。我索性说,没错,我就是一直暗恋她,怎么了?

她倒来劲了,说,哎哟,真看不出,你还挺痴情的呀。那,要不要我给你们撮合一下?

我说,行啊,你就跟叶子薇说,我喜欢她,喜欢得快要发狂。

刘麦麦问,真有那么喜欢?

我说,对,这十年来,我每次打飞机都得叫她名字。

她说,哈哈,那我……

突然之间,旁边传来一阵欢呼。我抬眼看去,两三秒内,楼上的窗口又亮了几盏。

我打断刘麦麦道,行了,不跟你扯了。然后就掐了电话,跟着人潮一起拥进了电梯。刚才的小美人也在,脸上一片欢喜,大概是提前来电,让她感受到了社会主义的优越性。

回到房间,什么都不理,先洗个冷水澡。呼,一个激灵,整个世界都清凉下来。

之后就是喂宠物了。身为一个有爱的大叔,我养了一群热带鱼,还给它们起了名字，大娃、二娃、三娃……七娃。另有一条肿头肿脑的金鱼，它叫做白雪公主。

喂鱼的时候要注意，别一次放太多饲料，要不然鱼就会一个劲地吃，直到把肚皮撑爆。这就像大多数人，都是死于贪婪。

我在床上看了会儿小说，然后就睡觉了。一夜无梦。

第二天下午，我正在准备开会的资料，突然收到了刘麦麦的短信。她是这么说的，云来，我打了电话给叶子薇，说你心里一直放不下她。她还没结婚呢，空窗期，这是她手机号，人家叫你打给她……

我在脑门上狠狠敲了两下，刘麦麦这婆娘，是蠢得不知道我在说笑，还是故意看我出洋相？没错，我承认暗恋过叶子薇，但好马不吃回头草，更何况是上世纪的陈年旧草。

八年里毫无音信，不知道她漂到了哪个城市，也不知道她变什么样了，残花败柳，或者胖成了个沈殿霞？

我摇了摇头，还是赶紧弄材料吧，不然一定挨批。老板是个妇女，四十多岁了还没嫁，整个儿一个内分泌失调，荷尔蒙失败，就喜欢折磨我这种如花似玉的美少男。

开完会已经快七点了，我掏出手机一看，有两个未接来电，然后是三条短信。都是些猪朋狗友，安排周末的节目。只有最后一条短信，是大学里那个细腰女朋友的，就一句话：邓，明晚有空吗？

周六傍晚，在川流不息的深南大道旁，地铁口，我接到了她。

她打开车门，一边钻进普桑，一边抱歉说，对不起，来迟了。

我笑了笑，问，今晚吃什么？麻辣火锅？

她是重庆妞，一向嗜麻如命，无辣不欢。大学拍拖的时候，三天两头陪她吃饭，我硬是练出了一副吃香喝辣的好武功。

岂料她却说，不要了，今晚吃清淡一点吧。

我心里暗自奇怪，一边挂挡，一边说，好，那就吃潮州菜吧。

二十分钟后,我们走进一家潮州饭馆。进门的时候,我很自然地去搂她的细腰,却摸到了一指缝的赘肉。岁月不饶人哪,毕竟。

她抓住了我的手,轻声说,不要。

我像地下党一样四处张望,问道,怎么了,有熟人? 要不然换一家?

她停下脚步,用一种奇怪的眼神看着我,然后缓缓地说,邓,我有了。

我吓了一跳,搭在她腰上的手,像一条触电的蛇,嗖一声甩了开来。

她意味深长地看了我一眼,摇头笑道,放心,是我老公的。

我松了一口气,呼——作为一个敬业的妇女之友,以前无论她是什么期,我都会做足防备工作。如果这样还会中招,那只能是说我人品不好,家门不幸了。幸好,幸好……

她在一旁说,邓?

我回过神来,一边挠头,一边尴尬地说,啊哦,嗯,几个月啦? 恭喜恭喜,啊,我们坐那边的桌子吧,这家的潮州卤味很不错……

我领着她,一边走向桌子,一边听见她说,邓,孩子三个月了。

她又搂住了我的手,紧贴着我说,我要做个好妈妈,所以,以后我们再不能那样了。

这顿饭吃得各怀鬼胎,全不像以前那样欢快。

其实我挺失落的,主要的原因,当然是少了一个乱搞的对手。但如果说这就是全部的原因,也有些冤枉了我。

单身,有男朋友,有老公,有孩子,前面三个,对我都没有道德上的约束;只有最后一个,当了妈妈的女人,我是绝对不要碰的。

而当我们读大学的时候,图书馆的门口,或者是学校旁的小餐馆,她也曾经笑着说,要帮我生个儿子,长得很乖的。

而如今,物是人非。

菜上来了,我们一边吃饭,一边心不在焉地聊天。吃到一半的时候,我借口说上厕所,其实是站在洗手盆旁抽烟。她现在是孕妇了,我岂能忍心用二手烟,来荼毒祖国未来的花朵?

我抽着烟,突然就想起了那个女人。刘麦麦那个疯婆娘,说要帮我跟她牵线;可她身为当年光芒四射的校花,现在早就嫁为他人妇,甚至孩子都几岁了吧?

我摇摇头,把烟扔进水槽,突然之间,裤袋里铃声大作。

我掏出手机,短信,一个陌生的号码。又是些卖房卖车,要不然就是 T 台选秀,预订三免的吧?里面却说的是,你这家伙,怎么不打电话给我?

这不争气的手指,竟然微微有点颤抖。见鬼了,不会真的是她吧?

我翻开刘麦麦的短信,验证一下,没错,是那个女人的号码。

喔,叶子薇,尘土飞扬的小镇,她是那一朵花,开在每个少年的心里。

而我呢?我站在餐馆臭烘烘的厕所里,外面独自坐着一个女人。她曾经是我的女朋友,如今怀着别人的孩子;吃完这顿散伙饭,我们将各奔东西;下次再见面的时候,就只是老同学、旧朋友。

再过几年,她的孩子会叫我叔叔,而我要摸着他或她的头,笑着说,小朋友乖。

现在,我侧着脑袋,再看了一遍短信。然后,我把手机放回裤兜,大踏步走出厕所。

<h1 style="text-align:center">二</h1>

第二天是星期天,醒来的时候,已经快到中午。我到卫生间去刷牙洗脸,发现衣服乱糟糟地扔在地上;我到厨房去接水,看见碗筷像半个月的尸体,还浸在水盆里面。

而如果是以前,她来我家过夜之后,会帮我料理好这些。她在离去之前,还会留下一张便笺,夸奖我技艺了得,或者说其他一些无聊的话。这次,什么都没有了,她是真的不会再来了。

实际上,昨晚我在家喝了个烂醉。在你没有女人,而你的朋友都有女人的时候,你不好意思再打扰他们,而酒,能帮你打发时间,冲淡寂寞。

如今,我站在窗前,有一搭没一搭地抽烟。我顺手抄起手机,里面空空如也,没有电话,更没有短信,尤其没有叶子薇的短信。

我自嘲地笑了一下,叶子薇,对她来说,我不过是路人甲而已。在刘麦麦提起我之前,她或许都忘了我的存在。之所以发来短信,兴师问罪,不过是因为美女的虚荣心,受到了小小挫折。

虽然是这样,我还是字斟句酌地,给她回了个短信。我说,对你的感情埋得太深,反而不知道怎么开口。我总是默默地注视着你的背影,你知道我是爱着你的,二师兄。

这样的话半真半假,进可攻,退可守。好吧,我也算是情场老手了。

抽完了几支烟,还是没有回音。或许,她领会不到我的冷笑话?

中午在楼下的真功夫,随便要了一个套餐,又回房看了半个下午的小说,然后就去爬山,跟小川一早约好的。南哥没有来,他从来不参加这样的活动。按照他的说法,爬山不能拉动内需,对 GDP 增长没有贡献,无益于国家和人民。

来到山脚下的停车场,一眼就看见了小川的雷克萨斯。我把普桑停在旁边,下车一对比,操,这俩玩意都叫汽车?

小川在入口处等着我,看见我过去,扔给我一瓶矿泉水。我拍拍他的肩膀,走吧,上山。

前半截路是我领头的,然后他慢慢就超过了我,步伐稳健地走在前面。每次都是这样。

我们到了山顶,小川说,云来,空气真好啊。

我弯腰扶着自己的膝盖,气喘吁吁地说,不要每次都来这一句,好吗?

我们站在栏杆旁边,脚底下一半是城市,一半是海水。其实那一片水泥地,几条柏油路,二十年前也是海水。堆填区。

我闭上眼睛,深呼吸。小川突然说,云来,月底我要去一趟长春。

我说,哦,出差?

小川盯着我看,过了一会儿才说,你知道,我们支行的行长是东北人,这次要杀回去了。他回去组建新的分行，升一级，变成分行长。

我挠挠头发道，他要带你过去？

小川说，没错，让我做部门经理。

我问，比你现在的职位高？

他点头说，是，分行部门经理，跟支行长同个级别，不过没那么大实权。

我掏出一支烟，自顾自点上了。小川不抽烟。

真操蛋，二十七岁的银行行长，仪表堂堂，前途无量。我为什么要跟这样的鸟人是兄弟？

小川望向远处，像是对着海水发问，云来，要是你的话，去不去？

我说，当然去，东北妞可带劲了。

我想了想，又问，可是刘行长啊，你家小兔没意见？

小川回过头来说，小兔你是知道的，没别的好处，听话。

我说，那不就行了嘛。

早在读高中的时候，小川就看上小兔了，不过他那时是个闷骚的少年，连个屁都不敢放的。高考过后，两人刚好进了同一间大学，小兔有什么事总找他帮忙，一来二去的，也就近水楼台先得月，得偿所愿了。

如今他们住在一起，结婚证已经拿了，打算年底摆喜酒。数一数时间，两人在一起七年了。一段长期而稳定的关系，我从来没有过的经历。

我吐出一个烟圈，马上被吹散了。今天的风真大，抬眼看去，天上的云走得那么快。

接下来的时间，我跟小川没有太多的对话。朋友分两种，一种是需要说话的，一种是不用说话的。

到了天色发沉的时候，我们就下山啦。走到停车场的时候，小川说，今晚去我家吃饭吧，黄豆萝卜干焖猪脚，小兔的拿手菜。

我打开普桑的车门道，你不早说，今晚我约人了。

小川说，那好吧。

在他坐进雷克萨斯的那一刻，我脱口而出，还记得叶子薇吗？

小川愣了一下，然后就笑了。他说，记得，当然记得。当时你跟我说，她是全省胸部最大的校花……

我接住下一句，简称胸花。

小川饶有兴致地看着我，问，怎么，你跟她勾搭上了？

我点头说，没错，正搞得高潮迭起，一发不可收拾。昨晚我跟她商量好了，要赶在你前面摆酒。

小川笑着摇头，两个人各自上车，就此道别了。

晚上，我给自己煮了一大碗面。史云生鸡汤打底，袋装拉面，切片火腿，冬菜，芫荽。我喝了一口汤，还挺鲜的。

架子上还有几瓶酒，有红有白。火腿该算是红肉吧，那就喝红酒好了。

我还把 CD 机开了，一个人慢慢享用，也挺惬意的。

每次爬山回来都很饿，这次也一样。我把一碗面全部干掉，连汤都喝个精光。呼，舒畅。

我摸着滚圆的肚子，瘫倒在躺椅上。饱暖思啥？淫欲呀。

我拿起手机，没有想太多，随手就拨了叶子薇的号码。出乎我的意料，对方马上就接了。

那边的环境很吵，一个甜润的声音脱尘而出，说，你才是猪八戒呢！

我过了两秒才反应过来，哈哈，原来她懂我的冷笑话。

那边紧接着说，对不起呀，下午一直在逛街，手机扔包里了。刚看到你的短信，正准备打给你呢，你的电话就过来了。

这个时候，我应该是心跳加速，连声音都带着颤抖的吧，可是我没有。这也说明了，我的演技还欠火候。

我哈哈一笑说，二师兄，我们心有灵犀呀。

那边又笑了起来，她的笑声如记忆里一样好听，或许更好听了。

她突然止住笑，又道歉说，哎呀，上菜了，同事催我吃饭呢。改天再打给你好吗？

她又补充道，女同事。

这是一个信息，明显的。不管她说的是真是假，那么急着澄清，就代表对我有些想法。

我笑着说，慢慢吃，拜了。

星期天，然后就是星期一。这是地球上永恒的真理，就像每个人到了最后，都他妈的要去死。

早上签了份很难看的合同，要是放在一年前，这生意打死我也不接。操蛋的金融危机。

中午在茶餐厅，吃了份咸蛋三宝饭。走回公司楼下时，一个穿着黑色套装的女孩，从斜刺里冲出来，手里拿着一沓传单。她用很快的语速说，先生，这是我们的英语教程，了解一下。

我摆手笑道，谢谢，不用了。

那丫头却不肯罢休，叽里呱啦地说，先生，现在经济危机，正是自我增值的好时机，我们这个课程……

我走快两步，扔下一句说，谢谢，但我真的不需要。

对方仍然不知死活，死缠烂打地跟上来说，我们这个课程，是专门为您这样的高级白领设计的，我们开设了……

我索性停了下来，打断道，小姑娘，我英语很好的，不用学了。不信你听我说，fuck you，fuck you very much。

小女孩愣了一下，然后说，操你妈。

我说，谢谢，她老人家也不需要。

她刷一下转身走了。年轻人，火气太大，过两年会好一点的。

刚才面对面说话时，视线都被她的粉刺吸引了，现在看着她的背影，才发现她有一头漂亮的长发。就像叶子薇那样。

突然间，就很想给叶子薇打电话。

但是，叶子薇昨晚说改天会打给我的。这样一来，我方就不宜轻举妄动了。正所谓敌不动，我不动，敌一动，我乱动。

那就打给 Cat 吧，Cat 属于自己人，只不知道她出差回来没。

Cat 的声音有点疲倦。她说，邓大官人，又想我了是吧？

我说，姑娘真是冰雪聪明。还在北京？

Cat 说，昨晚就回来了。

我惋惜道，还想去机场欢迎你呢。

Cat 冷笑说，怎敢劳您大驾。

我诚恳地说，都是属下办事不力，要不，今晚请你吃饭赔罪？

Cat 说，吃饭就免了，我今晚已经约了人。十点钟过后，你直接来我家。

我笑道，行啊，今晚你就夹道欢迎我吧。

Cat 终于被我逗笑了，骂道，你流氓。

我装傻说，什么流氓，我说啥了？

她不屑地说，装吧你。行了，就这样吧，今晚见。

我放下手机，心想，那盒玩意用完了，不过也不要紧，她家常备着的。

今天反正没什么事，一下班就直奔 Cat 那儿。她家楼下有间星巴克，我要了杯咖啡，一份芝士蛋糕，看自己带的小说。

这个小区正好在航线下面，每隔几分钟，就有飞机从头上经过，轰隆隆的。Cat 抱怨说吵死了，我倒觉得还好，算不上讨厌。

小说太快看完，我只好翻星巴克里的无聊杂志。等到店里快打烊时，Cat 才打电话给我，一听就是喝醉了。

她拉长音调说，喂……亲爱的，你在哪儿呀？

我说，你楼下的星巴克，你呢？

她结结巴巴地说，我呀，你说我呀，在你家楼下，不，在我自己家楼下。

我从桌旁站起身来，疾步走向她住的那一栋楼。走过转角，一眼就发现了 Cat，她今晚穿一件白色背心，牛仔裤。此时，她正扶着电灯柱，弯腰，作势要呕。几个过往行人，正放慢脚步，打量这漂亮的女酒鬼。

看样子她是打的回来的，要是由男人送，一定会顺路送到楼上，今晚也就没我什么事了。

我三两步走上前去，扶住她说，Cat，忍住，跟我上楼。

她回过头来,对我一脸媚笑,娇滴滴地说,老公,你来救我啦。他们都坏,他们要灌醉我。

我懒得跟她多话,右手揽住她的腰,再把她左手搁在我肩膀上,一二三,齐步走。这婆娘身材真好,穿着平底鞋,都跟我差不多高。

我扶着她进了一楼大堂,保安什么都没问,大概已经见怪不怪了。

电梯里,Cat一直在胡言乱语,什么老公我要,什么再来一打喜力,搞得全电梯的人都盯着我们。我抱歉地笑了一笑,对围观群众解释道,不好意思,我老婆喝醉了。

Cat一听这话,马上不乐意了。她紧紧抓住我的手,大吵大闹,谁说我是你老婆?我明明是你泡……

我赶紧捂住她嘴巴,这白痴。

好在电梯很快就到了,我拖着她走到房间门口,又从她的包里翻出房门钥匙,先把她送进了卫生间,对着马桶干呕一通,什么东西也没有。等我把她扔到床上时,她都快成了一摊烂泥。

在这个时候,正人君子的做法,应该是帮她换上睡衣,然后锁好门离开。可惜,我是个如假包换的小人。

更何况,Cat一直在那里喃喃自语,老公,我要。

你要,我没理由不给你的。

Cat的白色背心很好处理,紧身的牛仔裤就有些难脱了。她的腿很长,笔直,但一年四季,从没穿过裙子。第一次跟她上床时,我就找到了症结所在。

她的腿上有大面积的疤痕,触目惊心,我猜是被开水烫到的。当然,我只是随便猜猜。每个人到了二十几岁,都会有一些不愿意提起的回忆,如果你不想惹上麻烦,最好还是闭嘴。

如何承受这好奇,答案大概似剃刀锋利。

况且对于我来说,这不是什么难以解决的问题。把注意力集中到Cat的上半身,就会觉得她很美,像个天使。

让我惊讶的是,都醉成这个样子了,她竟然还说了一句,关灯。

半夜里我突然惊醒,被楼下的汽车防盗器。

Cat 租的是一个单身公寓,整栋楼装修得像酒店,房间里是一个古怪的格局。四十多平方米的大单间,一个尺寸超大的落地窗,再加上小厕所、小阳台、小厨房各一。站在窗前,极目远眺的话,可以看到一点点海。

我拉开窗帘一角,凌晨三点,梦醒时分。如果早一些的话,会有深夜航班从头上飞过。我喜欢那一种景象,前面是两条光柱,后头拖着轰隆隆的声音,像穿梭在云层里的巴士。

我转身到床头的裤子上摸烟,却把 Cat 也吵醒了。她坐在床上说,喂,给老娘也来一支。

我们俩站在落地窗前,一起抽烟,一起沉默,像一对情侣什么的,只是光着身子,空调又太冷。

我问,不是说这里太吵,要搬家么?

Cat 说,不想搬了。

我说,哦。

Cat 却突然说,要不然,我们就凑合着过吧。

我一本正经道,好啊,明早就扯证去。

她把没抽完的烟扔出窗口,黑暗里划出微弱的红光。然后她一把攒住了我,厉声道,正经点,老娘不是说笑的。

我龇牙咧嘴道,贼婆娘,要杀要剐,悉从尊便,却如何拿这些话来吓我?

Cat 手上又加重了力度,我刚要喊救命,幸好她松开了。

她说,算了,又不是第一天认识你,裤子都没穿上,就翻脸不认人。

她咬牙切齿地说,邓云来,你这狗日的。

我上下打量着她,忍不住笑了。

其实真不能怪我。不是我嫌弃 Cat,她私生活稍微有些不检点,OK,婚后能改就行。说到底,我也不是什么好东西,跟她正好凑一对。

抽烟，酗酒，不会做饭，这些恶习都在其次。问题在于，她不能生育。

Cat 亲口跟我说过，她之前打胎的次数太多，已经变成习惯性流产。医生断定，她这辈子都不可能有孩子。

我是家中独子，我们邓家的香火，不能断在我手里。

Cat 比我更清楚这点，所以我想，她并非真的打算嫁给我，只是时不时吓唬我一次，觉得好玩。

我把她搂过来，在脸颊上亲了一下。

她抱着我的腰，说，我知道的，就算我能生孩子，你也不会娶我的，对吗？

我笑了笑说，你的酒还没散，我去倒些热水给你喝，好吗？

她却拖着不让我走，继续道，你不会娶我的，我知道。没有男人敢娶我的。这太不公平了，为什么你们男人能花天酒地，我们女人就不行，为什么？

我叹了口气，很忧伤地问，厨房里有刀吧？等会儿把我那玩意切下来，再给你装上，好吗？反正我当了二十多年男人，都他妈的当腻了。

Cat 直勾勾地看着我，十秒钟过后，扑哧一下笑了。

她再一次攒住我，但这次温柔多了。她说，行啊，在你变成太监之前，老娘再消费你一次。

我拍了拍那不存在的袖子，说，喳，领老佛爷懿旨。

三

我终于等到那个电话时，三天已经过去了。我接起电话，从办公室走出阳台。

叶子薇说，嗨，云来。

我说，早啊，子薇。

她问，在上班？不会打扰到你吧？

我哈哈一笑说，当然不会。公司都快倒闭了，我每天来这里静坐，光等着拿遣散费呢。

叶子薇也笑了,她说,我们有十年没见面了吧,你还是那么搞笑。

我更正道,是八年才对,也够长了,抗日战争都打完了。

叶子薇说,对啊,好久好久了。要不是麦麦跟我说起,我还以为你都结婚啦。

我说,家穷人丑一米四九,哪个姑娘瞎了眼,愿意嫁给我呀。

叶子薇笑着说,肯定是你女朋友太多,挑花了眼。对啦,听麦麦说,你在深圳上班?

我嗯了一声说,对啊,毕业后就留在这儿了。你呢? 难道也在深圳?

叶子薇说,我在广州,不远。这个周末可能要去深圳一趟呢,到时候打电话给你,有时间的话,就一起吃顿饭吧。

我暗喜道,行啊,没问题。

电话说到这里,就应该互相道别,然后圆满结束了。谁料到,她突然又问了一句,云来,我问你哦,麦麦说的那些话,都是真的吗?

我一时想不起来,问,刘麦麦说的什么话?

叶子薇静了一会儿,犹豫着说,呃,她说你一直在等着我,所以才没有结婚。

我的脸刷一下就红了,一直到了脖子根。天知道,我有多少年没脸红过了!

我支支吾吾地说不出话来。过了好一阵子,她轻轻叹了口气道,果然,你是开玩笑的吧。

我心念电转,刘麦麦说的纯属虚构,但是事到如今,与其婆婆妈妈的不像个男人,倒不如一咬牙认了。反正,男人老狗,也没什么好丢脸的。

于是,我用力吸了一口气,用尽可能诚恳的语气说,我不希望吓到你,但事实就是这样子的。

电话那边,叶子薇似乎很开心,她甜甜笑了一下说,嘻嘻,好的,我知道了。云来,我们见面再说哦。

我昏头昏脑地说,好的,我等你电话,拜了。

挂了电话,被阳台的风一吹,才发觉耳朵烫得不行。没想到,事隔多年,我还有"害羞"这个功能。

等我冷静下来,转念一想,刘麦麦这个八婆,到底跟叶子薇说了些什么?不行,我要打个电话,问她个究竟。

打了三次才接,她一拿起电话就数落道,干吗干吗,死人头,不知道我这儿业务繁忙吗?

我没好气地说,别忙活了,你那些性病患者,死一个算一个。

刘麦麦奇怪道,怎么啦你,吃错药啦,这么冲。

我问,你都跟叶子薇说啥了?

刘麦麦哈哈笑了起来,原来是这回事呀,怎么了? 她打电话给你了?

我不耐烦地说,你别管,你就告诉我,到底跟她说了什么?

刘麦麦想了一会儿说,我告诉子薇,说你喜欢她,喜欢得快要发狂。

我想起停电的那天晚上,心说不妙。

刘麦麦接着说,我还告诉她,这十年来,你每次打飞机都得叫她名字。

我非常无语。

刘麦麦得寸进尺地说,这些都是你说的呀,忘了?

我终于爆发了,怒斥道,刘麦麦! 你缺心眼啊? 连开玩笑都听不出?

电话那边咯咯咯笑了,过了一会儿,她说,死人头,你可真不经逗。放心吧,我又不是脑残,我只是跟叶子薇说,你心里有她。

我收住火气,半信半疑地问,真的?

刘麦麦说,当然是真的。这年头,做好事都被雷劈呀。如果你们真的勾搭成奸,得给我媒人钱。

我心里松了一口气,敷衍道,好好好,给你二百五。

刘麦麦不以为意,继续顺着自己的思路说,子薇可是当年的校花啊。你赶快娶了她,生个漂亮女儿,好给我儿子泡。

我说,我肯定生个儿子,去爆你儿子菊。

刘麦麦又是哈哈大笑,突然想起来什么似的说,哎呀,患者可要气疯了,我得赶紧回去。死人头,过了这村可就没这店了,把握机会呀!

阳光刺眼,我竟乱了方寸。

深吸一口气,好吧,一段良缘或许就此开始。

既然对方已经发动攻势,那么礼尚往来的,我也该有所回应了。这一天的晚上九点,我准备打个电话给叶子薇。

选择九点这个时间,是有科学根据,并经过大量实践验证的。一般来说,这时候对方已经吃过晚饭,夜生活还没到点,更不用说睡觉了。所以,晚上九点,是勾搭的黄金时间。

我特意选了 CD,钢琴曲,再调到合适的音量,有情调,又不会吵;再一把拉开窗户,确保手机信号畅通。

万事俱备,只欠拨通。我深吸一口气,按下号码。

请不要挂机,您拨打的电话正在通话中,请耐心等候。请不要挂机,您拨打……

人算不如天算,子曰,真他妈操蛋。不过这也正常,美女总是认识很多男人的,这其中难免有一些人,跟我有着同样的勾搭哲学。

我扔掉手机,正准备换一张庸俗的 CD,突然之间,电话铃声响了。我如获至宝,抢起来一看,真的是叶子薇打回来的。

我一边按下接听键,一边对自己说,镇定,镇定。

电话那边说,云来,刚才打电话给我?

我笑道,对啊,在忙?

叶子薇说,不忙,自己在家呢。刚才跟一个姐妹在聊八卦。

我沉吟道,八卦我也在行,你跟我聊就行了。

叶子薇不信道,你一个男人,不是吧?

我说,不光八卦,什么太极啊、易经啊,我也略懂一二。

电话那边传来甜甜的笑声,不愧是校花级的人马,简简单单的一笑,都是如此销魂,如此动听。

等她笑完之后,我们就正式进入了勾搭的程序。我们在同一个小镇生活了十八年,拥有一大堆共同话题,所以谈话进行得很顺利。

你还记得那个谁吗? 去年结婚了,生了对双胞胎呢。某某老师身体还好吧？可不太好，去年脑溢血，差点没抢救回来。哦对了，你们班的那个谁最讨厌了，每天都往我单车篮里扔情信。哈哈哈，那小子……

欢乐的时间过得特别快，不知不觉间，一整张 CD 都播完了。

叶子薇说，哎呀，聊得我都饿了，都怪你。

我说，要是在老家就好了，请你出来消夜。在外面久了，还是觉得老家的东西最好吃。

她赞同道，就是说啊，我最想吃牛肉丸汤河粉了，老街口的那一摊。

我笑着说，哈哈，我最怀念地胆头鸡汤，我妈炖的……

叶子薇打断道，云来云来，求求你别再说了，今晚我要饿得睡不着了。哦，对了，差点忘记跟你说，本来周末要去深圳一趟的，可是公司的车又坏了。

我心里不禁有点失望，还以为这星期能见到她，原来是空欢喜一场。

她却说，所以我自己坐火车下去。星期六你忙吗？如果请你到火车站接我，再当一早上司机，会不会很过分呀？

我心头狂跳，按捺不住满腔欢喜，连声说，不忙不忙，不过分不过分，很荣幸很荣幸。

叶子薇说，真的啊？那太好了，我也挺想见你呢。那，明天再跟你定确切的时间，现在先晚安了哦。

挂了电话，我滚上床垫，却没办法入睡。到底怎么回事？是我的心在往上飘，还是地板在往上飘？

人一旦有了期待，时间就过得很慢。

好容易熬到了星期五晚上，又是我们几个的聚餐时间。店还是那家店，人还是那些人，我，小川，南哥，只不过今晚他老婆没来，说是给学生补习去了。

才喝了几杯金威，南哥的情绪就上来了。他把玻璃杯啪一声敲在桌上，故弄玄虚地说，云来，小川，我给你们出道 IQ 题。

我们早就习惯了他这一套，一边吃菜喝汤，一边敷衍道，好啊好啊。

他用手梳了梳头发，很有台型地问，你们听好了，为什么穿山甲老是在挖洞？

小川说，怕给人抓去吃。

我说，葫芦娃被蛇精抓住了，穿山甲要去救。

南哥的眼神在我们脸上巡视了一阵，确定我们没什么要补充的了，就得意洋洋地笑，嘿嘿，你们都猜不出来。为什么穿山甲老是在挖洞……

他又梳了一下头发，脸一甩，眉头一扬说，因为它在找穿山乙！

我一筷子牛肉差点掉到桌子上，只觉脑后阴风阵阵，鸡皮疙瘩一身。他一向爱讲冷笑话，不过今晚这个，真是冷得过分。

南哥一个人笑得前仰后合，大拍桌子，我和小川面面相觑。不知道该说我们缺乏幽默细菌，还是该说南哥的笑点太低，比这个城市的海拔还低。

一顿饭吃完了，又是南哥埋的单。跟他俩一起出门，我很少有掏腰包的机会。南哥一边剔牙一边说，怎么样，是先去 KTV 喝酒，还是直接杀上东莞？

我说，今晚就算了，明早还有事呢，去火车站接个人。

小川马上就猜到了，问，叶子薇？

一听这个名字，南哥顿时瞪大了眼睛，什么？叶子薇？校花？你泡上校花了？

我心里乐开了花，其实男人都是虚荣的，就跟女人一样；脸上却装出很无所谓的样子，淡淡地说，吃个饭，叙下旧而已。

南哥一脸的亢奋，靠，云来你行啊。不过她那么漂亮，不可能还没嫁吧？

小川也表达了同样的疑问，他说，去年听人讲起过她，跟一个广州电视台的男主持人拍拖，都快结婚了。

我掏出一支烟说，嘿嘿，你们都说到哪儿了，老同学见面而已，管她结婚没结婚。不过……

南哥身子前倾，追问道，不过怎样？

我说，不过我问了她，确实没结婚，而且还是空窗期。

南哥靠回椅背上，表情夸张地说，靠！你小子捡了大便宜。早知道，我就不那么早结婚咯。

他又干了一杯啤酒，感慨万分地说，娶老婆，还是得娶老家的女人啊！像小川两公婆那样，多好。

南哥的老婆,小张老师,是哈尔滨过来的美女,有一点俄罗斯血统,高头大马的。两人是通过介绍认识的,第一次见面,南哥就被小张老师的异国风情吸引住了。小张老师对他也挺有好感,两个人迅速确定关系,不到半年就结婚了。

不幸的是,按照南哥的说法,这是他一辈子最错误的选择:生活习惯不同,饮食习惯不同,更糟糕的是小两口打起架来,南哥不是小张老师的对手。

南哥爱玩网络游戏,他总结道,这牛头人女战士很强力呀。

南哥强烈要求明天一起去接叶子薇。我说,那也不是不行,带上你家小张老师,我们刚好两对,也能打打麻将什么的。

南哥沉思良久,最后梳了一下头发,叹道,唉,算了。

今晚既然不能去夜生活,我们也就散会了。在停车场里,小川拍拍我肩膀说,云来。

我回过头去,问,咋了?

他看着我的眼睛说,你真的打算跟叶子薇发展?

我皱起眉头道,嗯,你想说什么?

小川笑了笑说,没什么,你这家伙,别糟蹋了人家。

他钻进了雷克萨斯,隔着车窗挥手道别。看他那样子,一定是知道些什么。

这没什么好奇怪的,一个二十七岁还没嫁的美女,身边不可能没有故事。再说了,我又不是打算娶她,想那么多干吗?

回到家,又看了会儿小说,然后我就上床睡觉了。还担心会兴奋得失眠,实际上我很快就睡着了。

半夜里,被一阵尖锐的铃声吵醒,我迷迷糊糊地摸起手机,问,谁呀?

一个女人的声音说,是我。

我下意识地问,子薇?

那边静了一会儿,吐出一个字,Cat。

我打了个哈欠道,哦,Cat。怎么啦?

她说,我在玩扫雷,就快赢了,剩下最后两个方格算不出来,只能碰运气。你觉得哪一个才是雷,上面这个,还是下……

我啪一下挂了电话,顺手关机。这婆娘,疯疯癫癫的。

四

第二天我起了个早,说好十点钟见,我提前半小时到了火车站。

这里的停车场位置独特,把车子开上水泥桥,然后泊在一排房子的天台上。从通道走楼梯下去,是一间形迹可疑的按摩院,再往下一层,才是往火车站的通道。

这鬼地方像个迷宫,幸好我之前来过,要不然一时半刻的,未必能找得到。

叶子薇坐的是广深线,和谐号,她发短信给我说,最多十五分钟就到了。如今我守在地底下的出站口,周围人来人往,混乱不堪,吵得像个菜市场。我找了一个人少一点的角落,背倚着柱子,打量着过往人群。

说一点都不紧张,那是自欺欺人。八年没见了,当年的校花会变成什么样子呢? 没那么漂亮了,还是更漂亮了?

人一紧张,就想上厕所。在火车到站前的这十五分钟内,我去了三次,还是四次? 拿什么拯救你,我的前列腺?

刚擦干双手,裤袋里的手机就响了。掏出来一看,叶子薇说,云来,我下车了。

我走到出站口前,不断调整呼吸,平静心绪。这里暂时没人,呈现出一种暴风雨前的宁静。真操蛋,膀胱又开始麻痒了,我说,争气点好吗?

这一批的乘客出站了,栅栏里人头攒动,像是一锅沸粥。叶子薇出来了吗? 是左边那个吗? 天哪,不会是前面那胖女人吧? 还是头发像鸡窝的那个? 呼,幸好都不是,那……

难道说,我已经认不出她了?

嗨嗨,邓云来!

在这一瞬间,世界变得悄无声息。八年的光阴,与灰色的人潮一起褪去,只留下她站在原地,像一支出水的芙蓉。

咚咚,咚咚。

叶子薇笑了起来,眉眼生动,光彩照人。突然之间,许多回忆涌上心头,尘封的一切都被再次提起。那多年以前的记忆,当我还是一个少年。

我深吸了一口气,说,嗨,叶子薇,好久不见。

她走上前来道,喂,你不会认不出我了吧?

我笑着说,是有点认不出来,你掉进时光隧道里了吗?怎么比高中时还年轻了?

她对我的恭维很是受用,笑道,少来了你,就会哄人开心。

我把手捂在心口,向毛主席发誓,我说的都是真的。

叶子薇退后两步,上下打量着我,她说,云来,你也没怎么变呢。

与此同时,我也好好打量了她一回。她穿着一条灰色短裙,肩上挎一个大号的 Neverfull 手袋。重点是她的上衣,藏青色,深 V,胸口那一片雪白,令人惊心动魄。

更加要人命的是,她的领口本来就够低了,还要在正中间夹一副太阳镜。而且,我完全有理由相信,即使没有那件上衣,太阳镜仍然可以夹在那个位置。

胸花这个外号,绝非浪得虚名。

出站口是建在地下的,所以我带她上了电梯,回到地面的广场。

我问,是先去吃饭呢,还是先送你去那家公司?

叶子薇抬腕看了看手表,说,先去客户那儿吧,办好事情,我再请你吃饭。

她的手表在阳光下熠熠生辉,我认不出是什么牌子,但一看就不是便宜货。欧米茄?雷达?一万还是两万?再加上她那个 LV 的手袋,这一身行头价值不菲,俨然一个小富婆。

我领着叶子薇,钻进按摩院,上楼梯,来到天台的停车场。她掩着胸口,指着下面说,哈哈,还以为你要把我卖掉呢。

我说,我怎么舍得,要也是留来自己享用。

我们一同钻进了普桑,在这闪闪发光的大美人的映衬下,这烂车更显得寒酸。不过,她脸上倒没露出嫌弃的样子。

叶子薇从手袋里翻出一张卡片,说,这是客户公司的地址,你认识路吧?

我点点头说,放心吧,包在我身上。

在我打火的时候,她笑着对我说,太好了,我最喜欢识路的男人,有安全感呢。

我踩下油门,一本正经地说,实不相瞒,我刚获得深圳市妇联颁发的锦旗,上面八个烫金大字,"男士楷模,妇女之友"。

车子在深南大道上走着,叶子薇望向窗外,感叹道,深圳多漂亮啊,空气又好,广州就差远了。

我说,这里节奏太快了,压力大,还是广州好,生活气息浓厚,适合居住。

叶子薇说,其实都一样的,在哪儿没有压力呢?我这次来深圳,就是催货款来的。本来说好是老板自己来,突然又跑到澳门赌钱去了,真拿他没办法……

我心里想,这样看来,她待的也不是什么大公司。

我们聊得还算投机,并没有久别重逢的紧张。不多久,就到了她客户的楼下。我问,要陪你上去吗?

叶子薇说,不用了,你在这儿等我就好,半个小时。

她走到一半,又回过头来说,千万要等我哦,中午请你吃好吃的。

我把车子开到路边的树荫下,打开车窗,翻起随身带的小说。过了一会儿,一个夹着公文包的眼镜男,走过来问,师傅,去南山走不走?

这家伙把我当成野鸡车了。这也难怪,我的车跟人都貌似。我笑道,不好意思,我是在等人。

又过了好久,叶子薇终于下来了。她吐着舌头说,对不起对不起,这客户太八婆了。

我问,那事情办成了吧?

她点头说,算是。

我启动车子，笑道，好，那我们吃饭去吧。

从漂亮的深南大道下来，七拐八拐的，进了一个不那么漂亮的城中村。这里破破烂烂的，跟我们老家那个小镇，倒有几分神似。

叶子薇惊讶道，深圳也有这种地方啊？

我们在一条狭窄的小路停下，幸好我技术了得，才能把车挤进一个墙角，停好。

我对叶子薇说，喏，中午请你吃这个。

她抬头看看招牌，念道，雄记牛肉汤粉。

我们进了店里，找一张桌子坐下。我对叶子薇介绍道，你不是说想吃老街口的汤粉吗？这家算是深圳分店了，两家的老板是亲兄弟来着。

叶子薇表情夸张地说，哇，云来，你对我真好。

服务员这时走了过来，开始写单。我问叶子薇，中午要喝什么汤？

她却狡黠地一笑说，不用叫汤了，我自带着呢。

然后她从那个巨大的手袋里面，拿出一个子弹头的保温壶。

我心想，不会吧？

她拧开保温壶，证实了我的想法，她笑盈盈地说，地胆头炖鸡汤。难喝也不许说出来哦，我早上六点钟起床煲的。

叶子薇把汤倒进壶盖里，我用双手接了过来。

她说，快试试，我没放多少盐，不知道会不会太淡。

我像喝茶一样抿了一口，细品这随身携带的关怀。感动吗？有点。

叶子薇期待地问，怎么样怎么样？

我一口把壶盖里的喝光，抹嘴道，滴滴香浓，意犹未尽。

两个人都笑了。

这时候，我们点的菜也陆续地上了。这里虽然打着河粉店的牌子，其实菜式挺齐全的，都是纯正的家乡风味。我们一边吃一边聊，声势浩大，气氛愉悦。

来这家店的顾客，大部分是老乡。我们小地方出来的人，无论在大城市住了多久，都改不了那一份好笑的狭隘。如果你带着个女人，哪怕长得跟女明星似，只要是讲普通话，他们就会在心里说，哦，北妹。

我们的校花，叶子薇，她皮肤白，身材好，一头漂亮的长卷，比北妹还要北妹，偏偏是纯正的老家土著。在这一顿饭的时间里，邻座投来的嫉妒，就像是火烫的熨斗，把我的心熨得无比妥帖。

邓云来，你真他妈的肤浅。

吃完饭，叶子薇抢着埋单，被我严词制止了。我说，你们省城人民，就那么看不起特区吗？怕我们一顿饭都请不起？

叶子薇笑着说，你当了我一早上司机，报答你嘛。

我摇头道，叶小姐此言差矣。我的劳动力很低廉的，那壶鸡汤就够租我一整天了，你还要请我吃饭，难道想我给你做一辈子司机？

她快乐地眨眼，说，那你做不做嘛！

我们说笑着走出店门，外面是晴空万里，微风荡漾。我建议说，你不要着急回去，找个地方坐坐吧？难得来一次。

叶子薇爽快地答应了，她说，好呀，反正我回去也没事做。

我掏出车钥匙，心想，那不回去的话，会不会有事做呢？

我带着叶子薇，去到中信广场的那间星巴克，随便要了两杯什么。窗外的阳光很好，音乐又正慵懒，这样的下午，最适合回忆往事。

叶子薇端起杯子，浅啜一口，然后说，云来，你怎么还不结婚？

我手指轻轻敲着桌面，说，这不等着你嘛，从上世纪暗恋到现在，你又不是不知道。

叶子薇做了个无奈的眼神，揭穿我说，喂喂，别忘了，高中时你是跟何小璐在一起的呀。

我哈哈笑道，你还记得呀，看起来，心里还是有我的嘛。

她剜了我一眼说，我怎么会忘记？当年你们好风光的，升旗时校长点名批评。还以为你们会结婚呢。

我喝了一口咖啡，摇头道，我也是这么想的，可惜人家硬要抛弃我。

叶子薇说，其实她也没什么，就是会读书而已。哼，话说回来，我最讨厌你们这群成绩好的。

我笑道,学校里的分数,是最没用的东西。你看我们那时候的尖子生,如今有哪个混得好? 有出息的,像小川这样,都是当年的中层生,后进生。

叶子薇用圆润的指甲敲着杯沿,思索道,小川,小川,这名字好熟啊,是你们班的?

我说,小川嘛,就是坐我后……

这时候,她的手机突然响了。叶子薇对我抱歉一笑,说,不好意思,里面太吵,我出去接个电话。

我坐在原处,注视着她摇曳生姿的背影。一个不能当我面接的电话,会是谁打来的呢?

十分钟后,叶子薇回到桌前坐下,说,又是公司里的事情,烦死了。

我说,有得烦,就说明有钱赚。你们公司是做什么的?

她解释道,是做电子类的。我们买了一整柜的洋电子垃圾,然后……哎呀,不讲这个了。你刚才说的小川,结婚了吗?

我笑道,结了,不过他还有个单身的哥哥,你有兴趣?

叶子薇说,我才不要呢,话说起来,我倒是有好姐妹可以介绍给你。

我眉毛一挑说,哦,真的?

叶子薇说,当然了,我认识很多美女的。你喜欢什么样的女孩子?像何小璐那样?

我注视着她的眼睛,微笑道,像你这样。

叶子薇也盯着我,她的睫毛那么长,挠得我心旌荡漾。她似乎强忍着笑意,说,哦。

然后她又低下头,扑哧一声笑了。

我端起杯子,喝了一口咖啡。是这拿铁变得太苦,还是我自己变得太甜?

欢乐的时光过得特别快,不知不觉,三个小时的辰光,就跟太阳一起滑了过去。她看了一眼手表,我斟酌了一下,还是问,要不要吃完饭再走?

她笑着说,不要了,吃完饭再去搭火车,那就太晚了。

我本想说,吃完饭,我可以直接送你回广州。当然我只是想想而已,心急喝不了热粥,勾搭这回事,最紧要的是看火候。

在火车站里,我抢着给叶子薇买了票。她拿出一张一百块的,硬要塞到我手里。

我说,求求你,别跟我客气了。我们特区人民都很好客,要是让别人知道我怠慢了你,以后他们会不带我玩的。

叶子薇摇头笑道,那好吧。

穿梭在两个城市之间的列车,叫做和谐号,每十五分钟一班,所以没等多久,我们的校花就上车走了。我倒宁愿是五十分钟一班,这样子会更和谐。

我回到天台停车场,钻进我的普桑。车上还有她的香水味,带一点淡淡的绿茶味道。我说不好是哪个牌子,哪个型号。

夕阳的余晖,懒懒地穿过车窗。在副驾驶的座位上,那个子弹头保温壶,反射出橙红色的光。

叶子薇说,还有一小半呢,你今晚给我喝完它,听见没有?保温壶下次还给我。

我在一个红灯前停下,揣摩着她的语气,下次。

我打开车窗,点了一支烟。八年后第一次的相遇,她对我很好,太好了。她没有必要这样,所以,这一定是有原因的。

我吐了一口烟雾,何小璐这个名字,突然弥漫在眼前。何小璐,我搞早恋的对象,那个比我还瘦的女孩。自从她离我而去,就再没联系过。她嫁人了吗,她又过得好吗?

你一定要过得很好,才对得起这些年来,我的落魄。

晚上可以一个人去喝酒,也可以约上别人的。但今晚我想一个人。这样的一种行为,可以理解为伤感,也可以理解为装逼。

场子里唱歌的是个小姑娘,盘儿挺亮的,声音就不怎么样了,女版刀郎。

那就唱刀郎的歌嘛,二〇〇二年的第一场雪,比以往时候来得更晚一些。可她不,偏偏要唱《梦醒时分》。

唱到副歌部分,她闭着眼睛,脸上很痛苦,很陶醉的样子。早知道伤心总是难免的,你又何苦一往情深;因为爱情总是难舍难分,何必在意那一点点温存。

　　一首歌里面有一个故事，而我在这首歌里面，有太多的故事。所以我就要了一杯酒，然后再要一杯。

　　酒吧里有不少女的，其中一些可供勾搭，但今晚我还是想一个人。这样做倒不是出于装逼，是怕勾搭上了，带回家了，衣服脱了，结果今晚根本不在状态，不行。那就太对不起人家了。春宵苦短呀，别浪费在我身上。

　　出门的时候当然是醉的，不过没关系，离家不远，我轻车熟路。

　　深圳的凌晨是橙色的，那是路灯的光。这座城市，是一头永不入睡的巨兽，现在，它不过是在打盹。

　　路上冷冷清清，车辆不多，我在一个十字路口停下来，趴在方向盘上，等候红灯。突然间，车尾被什么东西撞了一下，砰的一声闷响，并不很激烈；然后是咣啷，什么金属制品掉在地上。

　　我的酒一下就醒了大半。有人追尾了。

　　从倒后镜看去，撞上来的是一辆小车，白色，而且还是挺大一辆。这时候，车门齐刷刷打开，两三个人影晃了下来。我顿时明白，夜路走得多，终于遇上撞车党了。

　　这样的事情已经听过太多，这些人在酒吧、饭店门外蹲守，看着你醉醺醺地走出来，就开着一辆车，尾随你，时机恰当的时候，很有技巧地轻轻碰上。你一下车，几个大汉呼啦啦围上来，为首那个就给你念交通法。

　　那鸟人一定是背得滚瓜烂熟的：按照交通法规定，醉酒后驾驶机动车的，处十五日以下拘留和暂扣三个月以上六个月以下机动车驾驶证，并……

　　现在的交通法就是这样子的，你醉酒驾驶，就算对方是追尾，也由你负全责。

　　然后他就会说，朋友，不想进局子是吧？行，那就私了，你看我这名车，给个五万吧。

　　其实都是些款式很老的宝马、奔驰，要不然就是没有牌号的跑车，保险杠弄得一剐就掉。

　　五万当然是太高了。唉，算了算了，当交个朋友，给我一万八就成。没那么多现金？不要紧，你看我那么多兄弟在，陪着你去 ATM 取。

南哥去年就遇过这种事情,把认识的交警都叫来了,赔了三千八了事,还不算给交警的红包。后来他总结道,PVP服,遇一大群部落,千万别下马呀。

此时,我从倒后镜看去,几个人影正在围上来。绿灯刚好亮了,说时迟那时快,我换挡,一踩油门,逃之夭夭了。

兜了十几分钟,确定对方没有跟上来,我才慢慢往家里开。一般来说,这种事情逃过了现场,就不会再有麻烦了。就跟谈恋爱一样,你抽身而去,对方与其苦苦纠缠,倒不如找下一个目标,更来得有效率。

对于女人来说,我并非什么好男人,对于撞车党来说,我也不是一只优质肥羊。放过我,不难。

回到住处的停车场,下来看看车尾。没什么大问题,不过刮掉了点漆。撞车党也是靠技术吃饭的。

然后就上楼了,一进门就是喂鱼,从大娃到七娃,还有白雪公主。幸好鱼是没有胃的,要不然像我这个喂法,肯定会得胃病。

洗完澡后,把上次剩下的半瓶红酒,喝了个底朝天。庆祝今晚大智大勇,逃过一劫嘛。

第二天起来的时候,已经快要中午了。下楼开车,随便往哪一倒,造个现场,让保险公司来拍照。然后就送去维修厂,连以前的剐蹭一起弄,大概要一个星期。也没什么大不了的,最多挤公车上下班。

然后就接到南哥的电话,让我今晚过去吃饭。

我说没车,不去了,又把昨晚怎样遇上撞车党,详细汇报了一遍。

对于我的处理方式,南哥感到很满意,但他非常质疑其中的一个细节。他说,被撞的时候,你车上不可能没有女人的,坦白交代,是谁?是不是叶子薇?

五

星期天,我以没车为理由,推掉了所有应酬,待在家里读小说,煲碟,晚上到楼下跑步,自由自在,不亦乐乎。当时我还想,没车也挺好的,结果才到星期一,我就认识到了自己的错误。

早上八点多,挤在人肉罐头似的车厢里,我明白了一个道理:乳沟是挤出来的,褥疮也是挤出来的。以后有哪个操蛋的家伙,敢反对计划生育政策,就罚他来深圳搭半个月的公车。

总之,我开始想念我的普桑。

接下来的几天里,我跟叶子薇一直有联系,发发短信,聊十几分钟电话,属于交往的暖场阶段。

她约我说,有时间就上广州找我,反正又不远。

我叹了一口气道,我也想见你,可是省城不敢去啊,怕上环。

叶子薇不解地问,上环? 上什么环?

我笑着解释说,上环城路啊,架在半空,绕来绕去的,头晕。

她哈哈哈笑了一阵,然后说,放心吧,我住在中山大道西,华师这边……

我接着说,喔,你那里确实不用上环。

叶子薇假装不懂,说,好啦,过来之前先预约哦,等你电话。就这样,先拜啦。

放下电话,我热烈想念我的普桑。或许车子就像老婆,平时嫌旧,一旦没得用了,又愁得慌。

星期四下午,小川打电话给我,说他今晚要去宝安机场,九点钟的航班,飞长春。

我问,不是说下个月吗?

小川说,计划不如变化快。云来,你这几天刚好没车用,要不今晚先一起吃个饭,然后开我那辆到机场。车子你拿去用,我回来时你再到机场接我。

我想了想道,也好,你什么时候回来?

小川说,星期天吧。

我笑道,那行,就怕你出差太久,我见财起意,开着你的靓车逃窜了。

小川说,要就送你吧,帮我还按揭就好。先挂了,今晚见。

我对着手机摇头,他老婆小兔跟我说过,这车是全款买的,哪里有什么按揭。这家伙,是怕自己太有钱了,以后我不愿意跟他玩?

南哥今晚要去应酬,所以晚饭只有我跟小川。吃完饭,他自己一路开到机场,停在候机楼门口。我们下了车,他从后座拿了行李,然后把车钥匙交到我手上。

小川说,我进去了,对了,记得加97号的油哦。

我目送他步入候机楼,然后我打开车门,钻了进去。真皮沙发,真皮方向盘,弥漫着一股富贵的味道。LEXUS IS300,我回忆了一下,这的确是我开过的最高档的车。

我摸索出一个电视遥控器一样的玩意,输入密码,再按下解锁键。喇叭里面传来一阵女声,您好,车辆已撤防。

小川刚才告诉我,如果没有输入密码,强制打火三次,就会经由卫星什么的,把油路还是发动机锁定,让你想开也开不了;同时,系统会打110报警,并且把门窗全部锁死,让蟊贼无路可逃,只好束手就擒。

所以说,科技不一定以人为本,科技主要是以人民币为本。

我发动了车子,窗外的景物慢慢后退,人一下子就抖擞起来。开名车,就是拉风。如果我按下车窗,路旁那些女人,拖着行李箱的,至少有一半愿意上车。

操蛋,有钱真好。你总觉得有钱人太嚣张,因为你是个穷光蛋。有朝一日你发达了,一样会走路迈八字步,鼻子朝天,一副欠扁的嘴脸。

实际上,有钱就是了不起。

车子开出了机场,看着头上的路牌,我突然有了别的想法。从这里上广深高速,去省城,不过是一小时而已。

如果现在去找叶子薇,会让她觉得惊喜吗?

我把车停到路旁,开始思考一个问题。去,还是不去呢?

不如这样吧,让我先看看时间,如果还没到八点四十五,我就去,如果超过了,我就回家。嗯,好的。

我深深吸了一口气,然后掏出手机。该死,八点四十九分。

好吧,这个不算。我是成熟男士,不能用这种幼稚的方法,来决定自己要做什么,不做什么。还是先打个电话给叶子薇,看她方不方便,然后再做定夺。

电话很快通了,她那边很吵,说是在逛街,天河城。

我问,一个人?

叶子薇说,当然不是啦,跟我最好的姐妹,饭姐。怎么了?

我说,没事,就想跟你秉烛夜谈一下。你慢慢逛,下次再聊吧。

挂了电话,我已经作好决定,要去天河城门口等她;还要带上一束花,玫瑰太具攻击性,那就买百合吧。这样正儿八经的追求,感觉挺不错的。

我用力踩下油门,体验传说中的推背感。开名车,泡校花,今晚的生活质量真高。

我开着雷克萨斯,飞驰在漆黑的广深高速上,穿过整个东莞,来到了广氮收费站。过了这个站,就该算是广州了吧。在这座城市里,我爱过恨过,又用了几年时间来淡忘。

我本想再打个电话给叶子薇,又怕意图太明显,被她识破。算了,还是直奔天河城吧,记得在路边找间花店。

上了中山大道,再转天河路,天河城灯火通明,就在眼前。我在路边泊好车,熄掉引擎,心却突突突跳个不停。看着旁边座位上的百合花,真不知道她喜不喜欢。

我掏出手机,多少有些踌躇。她会不会已经回家了? 又或者今晚陪她逛街的,根本不是什么好姐妹,而是一个男人?

有这么一瞬间,我甚至想要放弃了,现在就开车回深圳,当今晚什么都没发生。患得患失,像一个情窦初开的少年。或许,这次我是真的动心了。

我闭上眼睛,深呼吸,再深呼吸,下意识地按下了拨号键。电话被接起来的一刹那,我的心脏停止了跳动。

叶子薇笑着问,又是你呀,秉烛夜谈是吧?

旁边还传来另一个女人的笑闹声,那个女人说,嗲死人了,新勾的仔?

叶子薇嗔道，八婆，别乱讲。喂喂，云来，怎么不说话？

我正在犹豫。刚才来的路上，我准备了一整套的说法，风趣幽默，既可以体现我的热情，又不会让对方觉得冒犯。然而在这一刻，我把所有的技巧都被抛在脑后，只是直勾勾地说，子薇，我想见你，我就在天河城门口。

那边传来叶子薇的惊叫，天哪，不会是真的吧？云来，你是在开玩笑吗？

我斩钉截铁地说，如假包换。

叶子薇说，不可能，别拿我开玩笑了。我现在就在天河城门口，没有看到你的车。

我按下车窗，一边向外张望，一边说，天河城门口那么大……

是的，天河城门口那么大，我却一眼见到了她。她就站在七八米远的地方，穿着一袭白衣，惊艳了整个夜晚。

叶子薇手里拿着电话，正在四处观望，她的头发被风吹起，就像许多人梦里那样。

我挂掉电话，跳下车子，径直朝她走去。她也发现了我，瞪大眼睛，购物袋都扔在地上，双手捂着嘴巴。

我走上前去，从背后变出一束百合，子薇，送给你的。

身旁传来一声尖叫，哇，拍戏吗？

一直到了这时，我才发现叶子薇身旁的女伴。其实她长得还好，眉清目秀，皮肤白净，只是她站在叶子薇身旁，被夺去了所有的光芒。

叶子薇接过我的百合，注视着我的眼睛说，你对我真好，谢谢。

我笑道，能让美女开心，是我的荣幸。

叶子薇拉起身旁女伴的手，介绍说，这是我的闺蜜，饭姐；这是我的高中同学，邓云来。

饭姐撇嘴道，好心你看下自己啦，都娇成这样了，还高中同学？

叶子薇作势要去撕她的嘴，娇嗔道，你这死八婆，乱讲话。

我挠挠头发说，你们打算回家的是吧，饭姐，我先送你回去？

饭姐推开叶子薇的手，正色道，不用啦，才不做你们电灯泡。而且我跟胸姐是两个方向，你不顺路的。

我哑然失笑,胸姐,这名头是相当的贴切。

叶子薇用力捏了饭姐一下,捏完说,喂,我们先送你回家啦。

饭姐倒吸着冷气说,我是穷人家的孩子,坐不起你们的凌志。我搭公车回家就好,也免得半路给你们肉麻死。

然后她拎起自己的购物袋,大踏步向车站走去。走出几步,突然又回过头来说,胸姐,快带你高中同学回家吧,别忘了今天是什么日子哦。

叶子薇对着她喊,好啦八婆,快滚吧。回到家记得发短信给我哦。

我帮她拎起地上的购物袋,走向路旁的雷克萨斯,帮她打开车门。她甜甜地说,你真体贴。

我把购物袋放到后座,然后也钻上了车。她并没有问是谁的车,这让我感到很舒服。

叶子薇捧起手里的花,说,你怎么知道我喜欢百合。

我一本正经道,用紫薇斗数算出来的。

她打了一下我的胳膊,嗔道,就会乱说。听着哦,以后别浪费钱了。

我转过头去,观察她的表情。别浪费钱了,这句话可以有两种解释,显然,她表达的是好的那种。多么贴心的一句话,似乎暗示在不久的将来,我的钱也将会和她有些紧密的联系,所以,留来做更重要的事情。

我启动车子,右手搭在变速杆上,问,你住的地方,是往这边走吧?

她不回答我的问题,反而问道,云来,我问你哦,大半夜跑来广州干吗?

我很诚恳地说,为了见你一面,给你一个惊喜。

叶子薇不信道,骗人。

我笑而不语,凝视她的眼睛,投映我的真诚。

她伸出左手,用指甲轻轻挠我的右手手背。真痒。然后她说,云来,你干吗做这么让我感动的事?

我的心比手背更痒,忍住笑意说,因为啊,十年来我都喜欢着你,喜欢得快要发狂。

叶子薇说,真的?

我毫不犹豫地说,如假包换。

然后，我们就接吻了。在狭窄的车厢里，窗外夜色缭绕，灯火流动。

这是我跟她的初吻。她的嘴唇比我想象中的柔软，更别说那些看上去就很柔软，如今抵在我胸口的东西了。

闭着眼睛，所以会想起许多。十年之前，有两个同样柔软的女孩，在舞台上合唱了一首歌，带给我最初的迷惘。那时我吻了何小璐，今晚，我吻了另外一个。

或许冥冥中自有天意，只是当年阴差阳错。如今我要纠正这个错误，就从这一吻开始。

我们过了很久才分开，是叶子薇推开我的。她狠狠地瞪着我，嘴角却含着笑意。她埋怨说，要死了你，干吗咬我舌头。

我摆出回味无穷的样子，说，谁叫它香香的，软软的，好像很好吃的样子。

但事实也是如此，我的嗅觉已经被她灌醉了，唇膏，香水，甚至是带着雌性荷尔蒙的汗味，分外销魂。如果等会儿遇上警察拦车，要我吹气球，或许会被判为酒后驾驶。

两个人看着对方，一起沉默了十秒，然后又不约而同地笑了。

我建议道，已经晚了，先送你回家吧。

叶子薇问，那你呢？

我很正人君子地说，回深圳，明天还要上班呢。

她皱着眉头问，云来，你真不知道今天是什么日子？

我一边踩油门，一边沉吟道，呃，莫非是你生日？

叶子薇说，乱讲，我生日在十二月。你听好哦，今天是七月十四，盂兰节。

被她一说，好像真有这么一回事。我想了一想，上星期四是七夕，公司的前台还约我去看电影，被我推掉了。一星期后的今天，农历七月十四，果然就是盂兰节了。

传说中，每到盂兰节的夜晚，酆都的城门将会大开，孤魂野鬼可以休一个有薪假期，到凡间来游荡。时不时地，带回去几个倒霉蛋。

需要说明的是，我并不是一个怕鬼的人，多年的马克思主义教育，已经让我成为一个彻底的无神论者。可是，广深高速上没有路灯，跟狗屎一样黑，我又是第一次开这辆雷克萨斯，操作并不熟练。

万一，万一？

我皱着眉头，苦苦思索。真操蛋，我又不可能厚着脸皮说，子薇，那我今晚就留在广州过夜吧。因为如果这样，就会显得我今晚所做的一切，都是有预谋的。

天可怜见，按照我今晚的预想，真的是见上叶子薇一面，然后就很绅士地离开。

这是一件非常矛盾的事情，在过去的几年里，我确实是一个灵魂肮脏的人；今晚我难得纯洁一次，所以，更害怕被冤枉。

叶子薇似乎看出了我的纠结，她握住我的右手，善解人意地说，云来，今晚你就留下吧，明天早点回去就好了。

这就是我想要的结果，可是由她先说出来，我还是觉得意外。我迟疑道，这……

她想了一会儿，轻轻说，云来，你听我讲，你今晚是上来找我的，万一回去的时候出了什么事，你家里人还有你的朋友，都会怪死我的。

一秒钟都不用，我马上被这个理由说服了。是的，我只能留下，我必须留下，难道我忍心让她成为罪人？

我点头道，好啊，听你的。

车子沿着天河路向西，走回中山大道。路上行人渐渐稀少，我心里想的却越来越多。

首先，要不要跟叶子薇表个态，说我自己去开房就好？但是这样一来，会显得我很不真诚。我也会瞧不起自己的，邓云来，你装什么好人？

另一个问题是，我还没有洗澡，今天本无出门的打算，当然也没带衣服了。这南方该死的天气，就算外衣可以忍住不换，内衣呢？袜子呢？

电视剧里就不会有这些麻烦，可恨的是，我们都生活在现实中。我斟酌了一下，还是表达了我对洗澡的疑问。

叶子薇是这么回答的，她说，不要紧，我家楼下就有超市，趁着还没关门,我们赶快去买换洗衣物,还有毛巾什么的。

我笑着说,好啊。心里却有种说不清道不明的疑虑。这么说来,她果然打算让我在她家过夜。没错,刚才我们接吻了,但这也就是到目前为止,我们最深刻的交往;甚至,我都没要求她做我女朋友。

那么轻易就带男人回家,虽然这个男人就是我自己,还是觉得太快了。

我想了一会儿,突然就笑了。邓云来啊邓云来,得了便宜还卖乖,这不是犯贱么?再说了,我有什么好损失的?还是别想太多,顺其自然吧。

叶子薇轻轻捏了我一下,问,喂,你笑什么啦?

我哈哈一笑道,我在想啊,今晚是盂兰节,如果我色鬼上身,你不是要亏大本?

叶子薇用力捏我的手背,娇嗔道,你敢,看我不捏死你。

很快就到了她的住处,这是一栋挺高的公寓,跟 Cat 住的差不多。我按照她的指示,开到了地下停车场门口。保安亭里面坐了一个老头儿,他说按照规定,非本住宅区的小车,不能停进里面。

叶子薇向他挥手,叫了声林伯,那老头儿认出是她,于是打开了闸门。

在停车场里,我刚泊好车下来,叶子薇就拖起我的手,她说,走快一点,超市要关门了。

我们用最快的速度,在超市里选了内衣、袜子、牙刷、毛巾。拿内衣的时候,叶子薇是背对着我的。我还顺手买了一条沙滩裤,一件棉的短袖,今晚当睡衣用。

埋单之后,我拎着超市的塑料袋,还有她从天河城带来的购物袋,大包小包的,还插着一束百合花。我把左手弯成一个 C 字,向叶子薇示意。她会意一笑,把手插进我的臂弯。

走出超市门口,我问,看我们的居家造型,像小两口吗?

叶子薇说,像老夫老妻多一点。

我们走回她住的公寓,上了电梯。她按下按钮,很高的一个楼层。电梯毫不犹疑地向上,我们就这样站着,都没有说话。等过几分钟,我会第一次踏进她家,而且会在她家里过夜。她家是怎样布置的?是买的还是租的?她又是不是一个人住？

要想的事情太多，而电梯走得太快。叮咚。

叶子薇说，到了。

一踏出电梯门，就是一个通透的走廊。风肆无忌惮地吹来，塑料袋啪啪作响。叶子薇向里面走去，而我停在原地。事情发展得太快，早已超出了我的控制。

风洞穿了一切，我抬头看天上的云，在广州的夜空，它们也是橙红色的。

六

走廊里的感应灯亮了，传来细碎的钥匙声，然后叶子薇喊道，云来，快点过来呀。

我回过神来，快步走了过去。叶子薇已经打开了房门，却不让我进去。她对我事先声明，云来，我有三四天没收拾了，家里乱得很哦。

我打趣道，没关系，我给你当钟点工，一小时十五块。

叶子薇却不搭我的茬，继续道，你听我讲，等会儿进去之后，你在客厅里坐着别动。我要先进房间收拾一下，里面太乱了，羞死人。

我点头道，好啊。

她推开房门，打开电灯，再次交代道，云来，千万别进我房间哦。

我把一大堆袋子放在鞋柜旁边，然后直起腰来，扫射一下四周。这大概是个一房一厅的架势，房间在电视墙的后面，旁边是一个开放式的厨房，连着卫生间。

叶子薇问，很乱吧？

我说，不乱啊，比我住的地方好多了。

她埋怨道，都是你啦，上来广州之前，也不先告诉我一声，害我都没时间整理一下。

我打哈哈道，这才是省城人民真实的生活状态嘛。

叶子薇剜了我一眼,然后把我领到沙发上坐下,问,要喝什么?

我说,喝茶吧。

她转身去取杯子,又从饮水机旁拿出一盒立顿。我注意到一个细节,她先把茶包的绳子缠在杯耳上,然后在冲水时,标签就不会被扯进杯子里。这真是实用的一招,星巴克里的侍应就是这么做的,而我从来没想过要学。

她把茶杯端到我面前,开了电视机跟机顶盒,然后把遥控器塞在我手里。

叶子薇说,你乖乖看电视哦,我收拾房间去。

我表示服从命令,看着她走进房间,又顺手关上房门。

她家的液晶电视很大,屏幕正下方写着 AQUOS,好像是夏普的吧?这样的尺寸跟型号,我猜得两万。再回到这房子本身,广州的房价我不太清楚,但看这里的环境,一万二是跑不掉的。

我站起身来,在客厅里面打转。沙发旁站着她的大幅艺术照,穿着白色低胸的裙子,明明是一张平面的照片,却给人呼之欲出的感觉。

沙发正对面,电视柜的两旁,是两个木质的音箱,一看就很高档。此外还有一个玻璃管的功放,《无间道》里刘嘉玲用的那种,叫做胆机。

电视墙上做了一排壁橱,满满当当放的都是 CD 盒子。我走了过去,随便拿起一张,却是从未开封的,塑料膜上落了些灰尘。

我把 CD 放了回去,摸着下巴,心里的疑虑越来越重。我记得她读的是大专,即使比我早出来一年,但作为一个二十七岁的单身女人,她还是太有钱了。

让我们来猜一下。

房子可以说是她家里人买的,或者是父母给首期,她自己来供。但这些奢侈品呢?大大超过一个普通白领的支付水平。还有名牌腕表,还有 LV 的手袋,还有今晚天河城的大包小包。

你当然可以说,这所有的一切,都是她通过奋斗得到的。这样的事情可能性虽小,但还是会发生的,就好像有人去了趟游泳池,回来发现自己怀孕了。

但是,如果你愿意换一种说法,解释起来会轻松得多,也合理得多。别忘了，她是校花级的美女。

所以，她今晚的表现，就越发显得可疑了。这堵墙后面，她到底在收拾些什么？

正在这时候，房门打开了条缝，叶子薇露出一张脸，瞪了我一眼说，喂，你在发什么呆啦？

我笑道，在研究你家的油漆。

她做了个晕倒的表情，然后说，忘了叫你先去洗澡了，卫生间在那边，热水器你应该会用吧？

我说，只要不是钻木取火，我担保会用。你安心收拾房间去吧，我先洗澡。

叶子薇笑了一下，然后再次关上房门。我从塑料袋里翻出毛巾什么的，走向卫生间。然后我看到，在门口的垫子旁，放着两双塑料拖鞋。一蓝一红，一大一小。

我愣了两秒，接着，竟然笑了。

一分钟前，我心里还有一点点纯洁，想着今晚是不是睡沙发算了。现如今，我决定不做傻事。我穿上了蓝色的那双，趿拉着走进浴室。谢谢拖鞋。

这个澡洗得挺舒服的，门后挂的是新衣服、新毛巾，门外是新的女人。我站在莲蓬下面哼歌，唱得不成调儿。阿里，阿里巴巴，阿里巴巴是个快乐的青年。

没错，这是一个快乐的夜晚，本该如此。实际上，夜晚的同质化相当严重，就如同现在的女人。刚才，是我想太多了。

当我走出客厅，叶子薇已经坐在沙发里，额头上有细密的汗珠。她松了一口气说，终于收拾好啦。

我手里拿着换下来的脏衣服，问，这些放哪儿？

叶子薇说，放那个洗衣篮里。

我照做之后，走到她旁边坐下，问，累吗？要不要我帮你按摩？

她推开我的手说，去，我浑身都是汗，洗了澡再说。

我沉吟道，好的，但我有一个请求。

叶子薇问,什么请求?

我笑着说,请你一定要忘记带浴巾,我才好送进去给你。

她晃动手指说,哪哪哪,不许调皮哦。

我保证不会轻举妄动,她满意地起身,收拾好东西,进了卫生间。里面传来衣物跟肌肤摩擦的声音,然后是哗啦啦的水声。这简直是一种折磨,你知道,那种门大多是磨砂玻璃。

我坐在沙发上,心痒难耐,更好地理解了什么叫做……翘首以盼。

走到阳台,我本来打算抽烟的,想想还是算了。在房里没看见烟灰缸,或许她很讨厌烟味。小不忍则乱大谋。

我向楼下张望,斜对面有个新楼盘,没人施工,但是灯火通明,估计是用来晒干水泥的。接着我又抬起头来,欣赏阳台上晾的那些东西。嗯,看来叶子薇的品味,跟我挺一致的。

这个澡洗了很久很久,当她终于从卫生间里出来时,突然之间,客厅的灯都暗了几分。

又或许是她的肩膀,白得太过耀眼。

我从阳台走进客厅,好好打量她一番。细肩带的丝绸睡衣,颀长的脖子下面,是恰到好处的锁骨。她的头发是湿淋淋的,而手里正拿着一把电吹风,对我说,云来,帮我吹头发好不好啦。

我做了个西餐厅侍应的姿势,低头说,愿意效劳。

她在沙发上侧身坐下,我接过电吹风,开始帮她吹头发。

在一片轰鸣声中,她说,本来今晚要你睡沙发的,算你运气好,客厅的空调坏了。

我说,那我睡冰箱好了。

叶子薇笑道,那倒不用,你可以在我房间里打地铺。

然后她回过头来,一本正经地说,不过你要先答应我,会规规矩矩的哦。

我笑着说,放心吧,我是金牛,十二生肖里最老实的星座。

叶子薇想了一下,然后哈哈哈笑得花枝乱颤。她在我大腿上捏了一下,骂道,贫嘴。

这时候,从我这个角度看下去,有白花花的波光荡漾。我要感谢电吹风的轰鸣,掩盖了我稍微加速的心跳声。

她笑完了又问,云来,其实你相信星座吗?

我说,一般啦,男人都不会太信的。

她却用两根食指,卷起一绺头发,自顾自地说,不知道金牛跟射手配不配。

我突然就有点走神,多少年前,我帮何小璐吹头发,她跟我有过相同的对话,只不过把射手换成了她的星座。这两个女人,那么地讨厌对方,但却连卷头发那个小动作,都是一模一样。

女人啊,女人。

或许是因为感情里有太多的变数,现实世界复杂得无法分析,她们才会转而寄托于星座。你看,谁跟谁相配,谁跟谁不配,一条一条的,都在星座书上写着呢。说到底,她们还是在寻找安全感,纵然是自己也明知不可靠的安全感。

那么,金牛跟射手到底配不配呢?

我摸了摸她的头发,关掉电吹风说,好啦。

叶子薇站起身来,笑道,那我们进房间去吧,空调已经开好了。

我卷好电吹风的线,跟着叶子薇,走进了她的闺房。她打开房门,笑着说,还是很乱哦。

我站在门口观望,房间里以粉色调为主,只有双人床是深棕色的。床边放着一张电脑桌,此外还有些衣柜、杂志架、毛绒公仔等等,琐碎但不凌乱,跟其他女人的房间差不多。

房间里最引人注目的,不是梳妆台上数不清的瓶瓶罐罐,而是挂在天花板上的投影仪。按照它摆放的方式,人可以躺在床上,轻轻松松地欣赏电影。我摸着下巴暗忖,这样的设计,让人不想歪都难。

叶子薇从衣柜里拉出一床拉舍尔毯,对我说,快过来帮忙啦。

我们齐心合力地,把毯子铺在电脑桌前的地上,叶子薇又拿来一个枕头和一床薄薄的被子。她用光脚丫碰一碰毯子，说，今晚委屈你略。

我用手探了一下，空调的风直吹到毯子上，心里顿时有了主意。嘴里却说，不委屈，不委屈。

叶子薇又说，哎呀，挺不好意思的，要不然我睡地下，你睡床吧？

我一下滚到毯子上，抱着枕头说，我平生最爱打地铺了，你不准跟我抢。

她摇着头笑了，然后也爬上了床。我对着天花板说，你快睡吧，睡熟了我好下手。

她从床垫上探出半张脸，头发柔柔地垂了下来，佯怒道，你敢？

我装出一副害怕的样子，转过脸去对着空调，准备假装打个喷嚏的，谁知道被冷风当头一吹，却是假戏真做了。

阿嚏！这一声惊天动地。

叶子薇吓了一跳，啊，怎么啦？空调太冷吗？

我裹紧了被子，抽着鼻子说，没事。

她伸出手来探空调风，哎呀了一声，从床上跳起来，一边找空调遥控器，一边说，风都往你那边吹呢，我得往上打一点。

我坐起身来，皱着眉头说，那不就吹到你身上了？

叶子薇说，不要紧，我被子厚。

我挠着头发说，把你吹感冒了，我会内疚到内伤。要不这样吧，我也上床睡，反正我后半夜都要动手的，现在躺哪儿都一样。

她放下手中的遥控器，眼珠子朝上，思索道，让你上床也不是不行啦，我相信你不是那样的人。

我如获至宝，拿起枕头被单扔到床上，然后砰一声把自己也扔了上去。我拍着身边的位子，对叶子薇说，快过来睡呀，我会证明给你看的，我就是那样的人。

叶子薇爬上了床，在我左边躺下，侧卧，盯着我说，你要是敢乱来，我一脚把你踹下去。

我点点头，同时迅速伸出右手，揽在她的腰上，问，这样算是乱来吗？

她试图把我推开，笑骂道，色狼，有色狼！

我手上加重了力度，把她搂得更紧，看着她的眼睛说，叶子薇，我喜欢你。

虽然刚才在车上，我也说过这句话，但甜言蜜语就好像化妆品，有哪个女人会嫌多呢？

床头灯在她身后亮着，是温暖的黄色。两人离得那么近，她的影子遮住了我的眼睛，我能感受到她温暖的鼻息。

她安静下来，扑闪着睫毛，说，你骗人。

我说，我这辈子最大的缺点，就是诚实。

叶子薇扬起下巴道，好，那你说，是什么时候开始喜欢我的？

我毫不犹疑地说，高二。

叶子薇撅嘴道，详细点。

我脱口而出，时间是高二上学期，人物是你，地点是军训后的联欢会。从此之后，你的倩影就在留在我心里，挥之不去。

她闭上眼想了一下，然后睁开眼睛说，我那时怎么了？

我帮助她回忆，说，你在台上唱了首歌。

她咬着下唇，嗯？

我再一次提示道，《梦醒时分》。

叶子薇哦了一句，恍然大悟的样子。突然之间，她用力在我胸口推了一下，迅速转过身去，背对着我。她把被子蒙在脸上，气鼓鼓地说，邓云来，我记得了，我是跟何小璐一起唱的！

我试图把手搭在她腰上，却被她狠狠捏了一下。我吃痛地收回手，却又再次摸索了过去，对她说，有种你就捏死我，我变鬼还是一样喜欢你。

她呼一下转过身来，捶着我的胸口，怒斥道，别以为我忘了，军训完之后，你就跟何小璐拍拖了，还说喜欢我。邓云来，你这个大骗子！

我抓住她的双手，神色严肃地说，其实，这里面有个故事，你愿意听我说吗？

她恨恨道，不听，不听！

我深吸了一口气，缓缓道，那么多年前，我看着你们在台上唱歌，突然有个声音在高处说，邓云来，你会娶台上的女人为妻。只可惜，当时我会错了意。

我用掌心覆盖她的双手，温暖着她说，天意不可违，她是我第一个女朋友，你做我最后一个，好吗？

叶子薇咬着嘴唇，若有所思的样子。笑靥是像花一样，一点，一点，慢慢绽放的。

她飞快地瞥了我一眼，又垂下眼帘。嘴角满是笑意，低声道，那就试一下咯。

我左手从她脖子下面伸过去，轻轻按着她的后脑。其实这个动作是多余的，因为她的唇已经迎了上来。我们吻在一起，湿吻，嗯，今晚用的是同一种牙膏。

你知道，这样侧卧着接吻，是很费力的一件事情。一方必须稍微撑起身子，才好把两个人的头颅，像剪刀那样错开。所以我一个翻身，直接把她压在身下，这样就方便多了。

我右手抚摸着她的睡衣，丝绸的质感从掌心传来，又麻又痒。她的肌肤胜雪，会比丝绸更滑吗？对此，我很有兴趣探索一下。

然而，叶子薇紧紧握住了我的手腕。她轻轻咬了一下我的嘴唇，含混不清地说，云来，不要。

我当然是要的。

如果你有过同样的经历，你会知道，从不要到要，是一个多么漫长而艰巨的过程。如果你有过同样的经历，你更加知道，有许多障碍，在设下的那一刻，就是为了被越过的。

我的经验是，除非对方狠狠给了你一巴掌，否则她就是在礼节性地拒绝，是在客套。要不然怎么的，盖棉被，纯聊天？都是大人了。

在我的不懈努力下，她终于不再说不要了。我正准备进入主题，突然间五雷轰顶，我想起刚才买了那么多东西，竟然忘了最最重要的日用品！

我右手撑起身子，左掌啪一声打在脑门上。叶子薇睁开眼睛，疑惑地看着我。不知道她家有没有备着，不过就算有，她也不会拿出来的。我们还没熟到那种程度，何况她也不是 Cat。

我摸着下巴，焦急地说，该死，我忘了买那个，你楼下有便利店吧，刚才上来时好像有看到……

叶子薇不说话，只是看着我。然后她轻轻握住我的手腕。谢天谢地，在这个时候，我的经验终于弥补了失误。我听到了她没说出来的那句话，她说的是，今晚不用了。

七

抛开小小的顾虑之后，战事再度重启，我们越吻越烈，打得火热。当我终于褪去她所有的防备，竟然不由得摇了摇头。天哪，她跟我那么多年来所想象的，竟然是一模一样。

我从来不相信神的存在，这时候却有那么一点点动摇。如果不是神，这么完美的艺术品从何而来？

战况到了这个时候，又有了一些反复。她挣扎着要穿回衣服，我拿出战胜一切的革命毅力，在又一次由上至下的拉锯战后，终于，我撕开所有防线，进入了敌方。

叶子薇拍打着我的肩膀，那力气绝对说不上重。她皱着眉头，好像要哭出来一样。她说，太快了，怎么会这样？

我想要好言相慰，给她一个许诺，话到嘴边，却什么都懒得说了。

真好笑，怎么会这样？这不就是你营造了整个晚上，想要得到的结果吗？为什么一定要这样，虚伪而且无趣，为什么你一定要是受害者，不能是从犯？

我张了张口，最后，还是一个字都没有讲。

以后多少次回忆这个晚上，我体会到的是巨大的绝望，对自己，也对这个世界。埋藏已久的热望，在得到满足的一瞬间，感受到的竟然不是欣喜，而是"不过如此"的失落。索然无味，还有怨恨。

叶子薇，你这个蠢女人。你不该那么轻易被我得到，真的不应该。

　　我咬紧牙关，开始感受每一次复仇般的挺进，感受这条不太长的通道。这里是生命降临的地方，也是这个故事真正开始的地方。随之而来的纠缠和撕裂，真正的爱，以及真正的恨。

　　在富有节奏的律动里，她眼角的泪终于被震落，喃喃地说，云来，我们怎么会这样？

　　灯光还是那么温暖，她紧闭双眼，所以看不到我嘴角的冷笑。我哼了一声，心里说的，竟然是这样一句：

　　又要做婊子，又要立牌坊。

　　虽然应该是安全的，但在最后关头，我还是抽身而出了。小心驶得万年船，更何况今晚是盂兰节，万一搞出人命，那肯定是怨鬼投胎。

　　我呼出长长的一口气，翻身下马，倒在睡床的一侧。叶子薇慵懒如泥，挣了几挣，终于还是靠了过来，把脸枕在我的胸膛上。我闭上眼睛，掌心掠过她的肩背。

　　寂静世界，不发一言。

　　沉默是由她打破的，第一句话是，云来，刚才哦，你跟我想的不一样。

　　我差点就睡着了，惊了一下，醒过来说，嗯，有什么不一样？

　　叶子薇说，我以为你会斯文一点的，你是好学生呀。

　　我哑然失笑，无话可说。我不做好学生很多年。

　　她自言自语道，会不会有孩子呢？然后又抱怨道，云来，我的腰好酸。

　　我笑出声来，哈哈，你别抢我台词呀。

　　叶子薇在我腰里狠狠捏了一下，说，你还笑，我没想到会是这样子。

　　我问，那你想会是什么样子？

　　她说，以为我们会聊天，一直聊一直聊，直到有一个人先睡着。

　　我轻轻叹了一口气，假如真的是这样，这个夜晚会更值得铭记。在这个操蛋的世界上，纯真是多么珍贵的东西，哪怕是装出来的纯真。

　　她却警觉地抬起头来，紧张地问，为什么叹气，是不是嫌弃我了？我早知道你会嫌弃我的……

　　我实在无心解释，只好用吻封住她惹人怜爱的嘴唇。谁知道长吻刚刚结束，她却像个小女孩一样，盯着我的眼睛，期待地问，云来，你……

　　绝不能让她把剩下的话说出来，于是我粗鲁地挠了挠大腿内侧，大惊小怪地嚷嚷，哎呀，我得先去洗个澡。

　　卫生间里湿漉漉的，刚才洗澡的水都没干。排气扇嗡嗡作响，灯光比我的皮肤还要苍白。

　　我站在莲蓬头下面，让水清洁我的身体。疲倦是随着水花一起落下的，我狠狠抓了一下湿淋淋的头发，防止自己在卫生间里睡着。

　　没有让叶子薇来鸳鸯浴，因为我不习惯跟女人一起洗澡，哪怕是很熟的女人。男体大多是丑陋的，我更无意展览自己的胸膛，它像奇石一样嶙峋。

　　这真是一件操蛋的事情，像我这样没脸没皮的男人，竟然对自己的身体保持着旺盛的羞耻心。对不起，它长得这么难看。

　　洗完擦干之后，我又穿上了今晚新买的沙滩裤，还有短袖上衣。打开房间门的刹那，我发现叶子薇并没有睡着。她穿着丝绸的睡衣，眼睁睁地盯着天花板，若有所思的样子。这不是一个好的预兆。

　　我假装轻松道，我洗好了，到你咯。

　　她从床上起来，没有说什么，走出房门的时候，回头望了我一眼。我勉强笑了一下，几乎在沾上枕头的那一刹那，我就睡着了。

　　做了一个奇怪的梦。盛夏的教室里，电风扇无力地转动。老师在讲台上说些什么，声音虚无缥缈，粉笔灰在阳光的缝隙里飞舞。我趴在课桌上昏昏欲睡。坐我后面的小川，用圆珠笔捅了一捅我，说，云来，有人找你。

　　我睡眼惺忪，朝教室门口看去。却是何小璐，她扎着马尾辫，手里牵着一个小男孩。他七八岁的样子，身穿二十世纪九十年代初常见的那种水手服，白色上衣是的确良料子的，蓝领子，蓝短裤；脸上却是一团模糊，看不清眉目。

　　何小璐低下头，扯了扯小男孩的手，哄道，快叫爸爸。

　　我猛然从梦里惊醒，瞳孔极速放大，心脏跳得快要发狂。我从床上坐起身来，背上已经湿了一片。

真见鬼，七月十四，这个邪门的日子。

叶子薇被我吵醒了，摸着我的手臂，含混不清地问，云来，怎么了？

我抹了一把冷汗，再深吸一口气，平静自己的心绪。然后，我把脸埋进她双乳之间，瓮声瓮气地说，我们再来一次。

云来，起床了。

嗯？

我揉揉惺忪的睡眼，一个女人站在床前，轻轻抚摸着我的脸。晨曦穿过她的蓬松长发，洒落在枕头上面。

我的睡意还没有完全散去，蒙蒙眬眬想喊一声"妈"，觉得不对劲，又想说"璐"。幸好，我及时醒悟过来，打了个哈欠来掩饰，然后说，早啊，子薇。

叶子薇俯下身来，在我额头上亲了一下，微笑着说，起来吃早餐了，大懒虫。

她好像突然想起什么，呀了一声，急急忙忙跑了出去。

我在床上坐起身来，伸了个懒腰。厨房传来滋啦啦的声响，还有食物的香气。阳光是崭新的，空气里都是居家的温馨。这是一个美好的早晨。

我洗漱完毕，到餐桌前坐下。两碗白粥，潮州咸菜、黑橄榄各一小碟，炒蛋一份，还有一盘煎的带鱼。她家的餐具都很细致，搭着这些开胃的小菜，一看就有食欲。有多久没吃这么像样的早餐了？

我用手在鼻子前扇了扇，表情夸张地说，好香啊。

叶子薇夹起一块带鱼，放到我面前的小碟子上，一边嗔道，油嘴滑舌的，跟高中时一点都不像了。

我做了个鬼脸，然后喝一口粥。应该是她刚才就盛起来凉了，所以现在的温度，入口刚刚好。

叶子薇双掌交叉，撑在下巴前，微笑着看我。我夹起一块带鱼，笑着说，你真体贴，知道帮我补锌。

她摇头笑道，你啊，没救了。

吃完早餐，就到了告别的时候。两个人隔着餐桌，各有心事的样子。昨晚的百合站在瓶子里，跟我们一样沉默。

我敲了敲桌子，没话找话，子薇，要不要先送你去公司？

叶子薇玩弄着碗里的匙羹，说，不用了，公司离得近，我走路就可以。

她又抬起头来，笑着说，而且白痴哦，现在才几点？

昨晚洗的衣服果然干了，我穿戴整齐，确定东西都带了，就站在门口穿鞋。每次过完夜，准备闪人的时候，心里都有种解放似的轻松。这一次，好像稍微有些不同。

叶子薇站在我旁边，叮咛道，高速路上要小心哦，宁愿迟到，也不要超速了。

我穿好鞋子，直起腰来，笑着说，嗯，超速两百，比迟到罚得多。

她瞪了我一眼说，不是这个意思啦，是要你注意安全。

我点头道，遵命。

叶子薇低下头，两只食指轻轻相碰，低声道，那就这样咯。

我不愧是善解人意的妇女之友，把她搂了过来，准备在额头上亲一下，但是她仰起长长的脖颈，闭上眼睛，嘴唇微张的样子，我只能却之不恭了。

这本该是个告别的吻，却比昨晚那个还要长。她身上的味道很好。有那么一瞬间，我突然想问起两双拖鞋，还有双人床。或许这些东西，都是她的前任的遗留而已，或许她能给我一个合理的解释，或许，这一切没有想象的那么糟。

当然了，我并没有问出口。经过昨晚一役，攻守已经换位，现在我方处于优势地位，又何必心急？广大男同胞应该欢呼雀跃，当今世界，说到底还是个男权社会。

道别之后，我转身出了门。叶子薇的声音从身后传来，她再次交代道，云来，路上小心，到了给我个短信。

我把车子开上地面，看一看时间，想要不超速又不迟到，是不可能完成的任务。靠在路边想了一下，索性还是发个短信给老板，胡乱编了个借口，请假一天。

那么,接下来去哪儿好呢?回到楼上,跟叶子薇再缠绵一回?听上去不错,但这样一来,或许她会产生误解,以为我有了长期发展,甚至是结婚的打算。我用手指敲着仪表台,想了几分钟,终于打定主意。难得来广州,那就故地重游一次吧。

去那个地方的路,我曾走过许多次的,不过那时都是在大巴车里。如今我开着车,在路上游弋,慢慢穿越这个城市。跟几年前相比,沿途的景物都有些改变,不变的,是塞车和拥挤。

到了白云山脚下,我停好车,走到那个大门前,找个地方,坐下来抽烟。此地的变化很大,不变的是进进出出的女孩子,年轻,漂亮,打扮时尚。毕竟这所学校,是以美女和女同性恋而闻名;但是对我而言,这个学校,只是何小璐的学校。

我平生第一次被抛弃,就是在这里,因为何小璐坚决不让我再进她的宿舍。那个午后黄沙弥漫,阳光刺眼,那个午后,我知道有些东西永远无力挽回,只能眼睁睁看它离去。这就像人一生下来就注定要死,那么坚硬而无力。

我抽了一口烟,现在回想起来,她并没有什么好的,长得有一点点像莫文蔚,当然腿没那么漂亮。这个故事也没什么惊心动魄之处,不过就是干了,淡了,散了。只不过因为是她先说分手的,所以才折磨了我那么久。

那一天后,我学会了抽烟。

其实我要感谢你,在经历过绝望之后,让我变得没心没肺,从此感受不到痛楚。人的感情是一个容器,像玻璃杯,装满了水之后,就会溢出来一些,再也装不进新的东西。

再其实,有个人可以让你装在心里,恨一辈子,也不失为一件好事情。

回到深圳,已经是中午时分。我打开家门,饭也顾不上吃,直奔枕头。昨晚本来就短,折腾了两次,还抽空做了个噩梦,哪能不困?实际上,刚才在广深高速上,我已经是一路的哈欠,好几次差点打瞌睡,能活着回来就不错了。

我在床上睡得死去活来,醒来时天色已经黄昏。仍然是被电话吵醒的,公司的前台妹妹。此姑娘傻乎乎的,年方二十三,"恨嫁"两个字已经写在脸上。我招惹不起，一向是避之唯恐不及。

前台妹妹关切地说，邓哥，今天没来上班，生病了吗？有没有去看医生？

我打个哈欠道，看了，医生说是杨梅大疮。

她迷糊地问，那是什么病？不严重吧？

我一本正经地说，还好，发现得早，医生给我开了些福寿膏，一碗水煲成七碗，喝完就能好。

前台妹妹的声音更加迷糊了，福寿膏，又是什么东……

我装作焦急地打断道，哎呀，我煲的药滚了，先不聊了，拜。

杨梅大疮就是梅毒，鸦片美其名曰福寿膏。我倒不是有心调戏她，不过是习惯了一开口就胡扯。这大概属于一种条件反射，跟巴普洛夫的狗是一样的性质。

挂了电话，肚子咕噜噜叫了起来，这才发觉自己饿得够呛。想要自己做饭，又怕饿昏在厨房，算了，楼下真功夫对付一餐吧。我抄起一本小说，开门准备下楼，突然之间想，如果叶子薇在我身边，今晚她会做什么菜呢？

吃完饭后，在楼下四处走动，帮助消化。俗话说，饭后百步走，活到九十九，饭后万步走，得，你又饿了。

我走到一个路灯下，前一阵子那个断电的晚上，就是在这里打电话给刘麦麦，告诉她我对叶子薇的仰慕之情。在此之后，故事连滚带爬地前进，不过半个月时间，就搞定了惦记十年的校花。

早上离开广州之前，就先给叶子薇发了短信，谎报军情，说已经回到深圳。她马上回了信息，说，那就好，中午好好休息。过了十几分钟，又发了一条，问，云来，我们是不是发展得太快了？

我当时正在开车，不过即使闲着，也不会回答这样愚蠢的问题。的确是太快了，可那又怎么样？做都做了，还能倒带吗？

我站在路灯杆下，把小说卷起，塞进裤兜里。先抽了根烟，然后打电话给刘麦麦，没接，估计正在带儿子。我又抽了根烟，想了一想，还是拨通了叶子薇的号码。

她的声音听起来有些抱怨，她说，还以为你再不找我了呢。

我安慰说,傻瓜,你那么好,我怎么舍得?

叶子薇更加不满了,少哄人,早上都不回我短信。

我解释道,今天上班忙嘛,更何况,两情若是长久时,又岂在一两条短信?

她的声音有点欢喜,真的? 那你说哦,我们现在算不算是男女朋友了?

我毫无责任地随口答应,那当然算了。

叶子薇甜甜地笑了,用嗲到骨头发麻的声音说,男朋友,我命令你,给我讲个笑话。

我用肩膀夹住手机,一边点烟,一边说,没问题,讲笑话我最擅长了,实不相瞒,我是省港澳第三届笑话大王。

叶子薇快活地说,好啊,那你快讲啊,笑话大王。

我狠狠吸了口烟,然后说,听好了,笑死不偿命的。你还记得南哥吗? 王浩南,也是跟我同班的。

她说,记得记得,是不是留一个中分,总喜欢用手梳头发的那个? 一想起他就好笑死了。

我笑道,是,不过我要讲的这个笑话,主角是他老婆……

叶子薇哇了一下说,他也结婚啦?

我清了清嗓子说,嗯,你听着,他老婆是在小学里教英语的,我们都叫她小张老师。话说这一天,小张老师正在上课,她在讲台上说,同学们,今天我们来学 A、B、C、D……这时候,一个男孩站起来说,老师,你讲的这个 B,是不好的。

讲到这里,叶子薇已经嘻嘻嘻地笑了,看来她的笑点也不高。

我接下去道,小张老师就问啊,B 怎么不好了?小男孩说,我妈妈讲,B 是骂人的脏话。小张老师连忙说,你妈的 B,跟老师的 B 是不一样的。

叶子薇努力压抑着笑,哈哈,咯咯咯。

我停了一下,模仿女人的腔调说,你看啊,老师这个 B,是外国人用的。

电话那边传来一阵爆笑声,上气不接下气的,我能想象出她笑弯了腰的样子。其实,小张老师教的是英语没错,但这样粗俗的笑话,只能是我编排给她的。

　　我一边抽烟，一边耐心地等叶子薇笑完。结果，一分钟后，她又下达了第二个命令，她说，亲爱的，再给人家讲一个嘛。

　　下一个，然后又下一个，这是一个没完没了的电话。当我们最后说再见时，天已经黑透了，城市里万家灯火。我看了一眼手机屏幕，通话时间：2小时29分。

　　我给自己翻了个白眼，先是捐了150给广深高速，现在又为中国移动创造了几十块钱利润。按照南哥的说法，我助推了GDP增长，为国家发展出了一份力。到了实现社会主义四个现代化的那一天，党和人民不会忘记我的贡献，绝对不会。

八

　　星期天下午，小川从长春回来了，我开着雷克萨斯去机场迎驾。这车借我显摆了几天，现在也该完璧归赵了。

　　我停好车下来，刚抽了两根烟，就看见小川远远地走过来，风尘仆仆的样子。我帮他打开车门，弯腰摊手，一脸谄媚地说，刘行长，请上车。

　　他在我胸口擂了一下，笑骂道，别装神弄鬼的。

　　我举起手来，晃动着钥匙说，你自己开？

　　小川捧着胸口，心有余悸道，还是有劳你一程吧。这两天可把我折腾坏了，那一群东北哥们儿，喝白酒都用钢化玻璃杯。

　　我们各自上了车，小川嗅了一下说，咦，你竟然没在车上吸烟，真难得。

　　我一边发动车子，一边说，嗯，革命靠自觉嘛。我就是在后座上搞了个90后，弄得水漫金山，你得洗一下坐垫。

　　小川哈哈笑了，刚要说什么，我口袋里却响起了铃声，是叶子薇。我掏出手机，接起来说，正开车呢，回去打给你。

　　放下电话，小川嘴角挂着笑，看着我问，谈恋爱了？

　　我心里一惊，这小子眼睛真毒。脸上却不动声色地说，嗯，就是那90后，跟我讨几十块,好买劲舞团的衣服。

小川摇头笑了一下,然后回过头去,若有所思地看着前窗。路面和行人都快速掠过,像再也无法挽回的时光。

沉默了好一会儿,他叹了口气说,云来,感情的事情我不懂,但听我这一句,跟她在一起,你要收放自如。

前面明明是绿灯,却硬有人拖家带口的,十万大军横渡斑马线。我烦躁地按了几下喇叭,却假装平静说,小川,你要是知道点什么,直说,别跟我兜圈子。

小川说,我能知道些什么?我知道的,你肯定都知道了。

他又笑了一下说,能不能当我什么都没讲过?要不然,以后胸花成了我嫂子,你们还不得跟我绝交?

我心里暗自不悦,顶你个肺,你要说就说,不说就别挑起话头。我本打算骂他几句,想想还是算了,为这种事情置气,犯不上。

于是我用开玩笑的口气说,莫不是你跟她有过一腿吧?

小川哈哈笑道,你啊,就别瞎猜了,我跟她高中毕业后就没见过。再说了,你知道我的,心思不在这上面,要不然……

他的意思是说,要不然他太多女人好搞了。据他说,办贷款的客户里,有几个芳心寂寞的富婆;有一次我去他行里,也看见个女实习生对他大抛媚眼。依我看来,那个穿黑丝的实习生,是准备着,时刻准备着,为革命而自动献身。

我跟小川说,子曾经曰过的,有女自远方来,不亦日乎?

他叹气道,邓大情圣啊,你以为人人跟你一样潇洒?我要顾虑的太多了,有贼心,没贼胆。

其实要我说,他不是没贼胆,而是没时间,没精力。这几年来,他全心全意投入到事业上,闷声发大财,其余的都无暇顾及。应该这么说,白手起家,他是新世纪的典范。

小川毕业之后,刚到银行没多久,就赶上了全国房价大跃进。他有银行的信息跟资源，看准时机，决定放手一搏。一开始，他申请了各种银行的信用卡，一共十张，五万块，交了第一笔首期，买下很小的一套房子。

紧接着，他把这套房子卖掉，赚了第一桶金，大概八万。用这八万又买了第二套，再卖掉，抽出一部分还了卡数，接着买第三套。就这样滚雪球似的，不断重复操作，滚出了市区里一大一小两套房子，滚出了我们坐着的这辆雷克萨斯。

当然，这些投机倒把的炒房伎俩，他是事后才告诉我的，而且语焉不详，关键的细节一概不提。如今他身价数百万，我还是个打工仔，有时候我会揶揄他，小川，当时有机会发财，你也不提携一下我？

他就会一本正经地解释，我现在是赚了，可当时谁知道呢？如果我叫上你一起炒，炒焦了，欠一屁股贷款，难道我们一起逃到泰国？

星期天晚上，终于取回了普桑。这车虽然外形寒酸，内饰都是塑料，转动方向盘时，硬得像冬天的橡胶管，但这毕竟是自己的车。所以，别说在里面吸烟了，就是烧烤都行。

星期一回公司补了张假条，然后又开始沉闷地工作。地狱那么多层，除了"无间道"，一定还有一层"上班道"。在这一层里，冤魂被罚永世上班，一年三百六十五天，一天二十四小时，上够十万八千年。

其实，我小时候的梦想，是当一名作家，或者是江湖艺人，行走天涯，表演胸口碎大石。后来，我渐渐长大，成了一个上班族。这真是一个忧伤的故事。

好容易一天熬了过去，我站在公司门口打卡，前台妹妹凑过来说，邓哥，你身体好了吗？

我愣了一下，回过神来说，好了，现在我没毒。

她还想说什么，但后面的同事像潮水一样，裹挟着我们，涌进了电梯。四壁都是喧闹，每个人都在热烈发言，柴米油盐，无聊笑话。生活跟之前没有不同。哦，生活。

唯一不同的是，在电梯门打开的一刹那，我的手机响了。我不知道该怎么称呼这个女人,叶子薇,校花,还是女朋友? 总而言之,我接起了电话。

我钻进了车子,手机夹在肩膀跟脸颊之间,一边打火,一边汇报道,校花同学,我这正要开车呢,要不回家再打给你?

她沉默了两秒,撒娇道,嗯,不要嘛,我们边开边讲好不好? 反正你车技那么棒。

其实我应该拒绝的,就像拒绝以前那些女人一样,但是,我想了一下,还是乖乖就范了。

实际上,自从星期五晚开始,这种趋势就开始了,而且有越演越烈之势。叶子薇会打很多电话给我,而且每个都会讲很久。有几个情况是允许挂电话的,上班,洗澡,吃饭,本来开车也是可以的,但现在终于被剥夺掉了。

我的耳机早不知道扔哪去了,所以这些天来,我连上厕所都是单手操作的。

但是说到底,这所有的麻烦,都是我自找的。正所谓,吃人的嘴软,日完了心软。再强势、再无情的男人,心里都有那么一块柔软的地方,就像是蛮牛的鼻子,只要给它上个环,就能乖乖牵着走了。

所以,奉劝所有男同胞,一定要管好上下二巴,否则的话,终有一天会受制于人。

不过换句话说,我肯被她牵着鼻子走,愿意花那么多时间跟她煲电话粥,说明我还是把她当成女朋友了吧。分隔两地的恋人,因为不能经常见面,只好用一些无聊的对话,来填补空出来的剧情。

久违了啊,双城之恋。女主角虽然换了,场景还是那两个城市;只不过,多年前的宿舍电话,换成了今天的手机。

星期五的时候,我接到了两个邀约。

第一个是 Cat,问我晚上要不要去泡吧。她兴高采烈地说,老娘上星期拍了一组男人装的照片,还没出街,你请我喝酒,我带给你看。

我故意问,哦,摄影师小伙子帅吗?

Cat 不搭我的茬,继续说,在一个建筑工地拍的,老娘戴安全帽,穿工装裤,上半身真空,火辣得一米。

我笑着打断,拉倒吧,你身上哪块火辣的我没见过?

Cat 不高兴了,问道,邓云来,你到底看不看?

我说,我买一本杂志,可比请你喝酒便宜多……

啪,她挂了电话。Cat 来自全国三大火炉之一,所以这种火爆性格,算是有迹可循。其实,我挺想看看那照片拍成什么样,不过还是算了,下次吧。

另一个是来自南哥的,自从得知我跟叶子薇勾搭上了,他显得比我还亢奋。南哥在电话里说,明晚九点,钱柜,房我订好了。你,我,小川,一律携眷出席。

我装糊涂道,我那么多眷,你要我携哪个生肖的?

南哥不耐烦道,叶子薇,叶子薇! 你要不带上她,门都不给你进。

本来我就跟她约好了,她明天早上就会坐火车来深圳。既然人民群众的呼声这么高,我也只好带她出场了,叶子薇,传说中的大胸校花。

唉,其实我是多么低调的人。

我又在火车站接叶子薇了,上一次我们是老同学,这一次,我们是勾搭成奸的老同学。

带她来到了停车场,看见静静蜷曲在阳光下的普桑,她表情还是为之一滞。进了车子里,我解释说,上次那辆雷克萨斯,是小川的车。

她问,那这辆是你的吧?

我说,是。

她爽朗地笑,那就好了。

她低下头,从手袋里翻出一件什么东西,说,这是我从北海道带回来的护身符,我可不想系错地方了。

我转过头去,她手里拿个小红布袋,上面绣着"平安御守"四个字,正自作主张地系在倒后镜上。

完了之后,叶子薇又闭上眼睛,双手合十,装模作样地拜拜,口里念念有词,菩萨保佑,一路平安,一路平安。

我不禁哑然失笑，说，这里是中国菩萨的地盘，你那日本菩萨，不管事。

叶子薇撅着嘴说，那你喜不喜欢嘛！

我头点得像鸡啄米，连声道，喜欢，喜欢。

她用指尖轻蹭我的手背，说，你喜欢就好。

这个动作让我心痒难耐，车子的手刹放下去了，另一个手刹却砰地站起来。只可惜车窗没有贴膜，当务之急是加大油门，赶快回家。

这一次感觉比上次好多了，或许因为我有主场之利？

我住的地方是一个小复式，楼上楼下都空荡荡的。地板上这里一堆，那里一堆，到处都是书，像遍地的微型碉堡。如今我们在楼上所谓的卧室里，阳光穿过窗帘，呈现出一派暖色调，空调发出嗡嗡的微响。

两三件锦绣衣服，顺势放在一大堆书上。她穿着我的白衬衫，我穿着我的黑裤子；我光着上身，而她光着下身，有一条小蕾丝，简直可以忽略不计。

白衬衫是白的对吧？但在她大腿的对比下，就显得有些米黄色了。她正面对着我的时候，春光乍泄，那种诱惑就不要说了；当她转过身去，衬衫的下摆，勾勒出一个倒立的大桃心。好几次的，我差点把持不住，要扑上去咬一口。

我躺在椅子上，懒洋洋地翻一本小说。视线却常常不由自主地，从字里行间滑了出去，落在她身上。偶尔也会吞一下口水，没什么好掩饰的，人之常情。

叶子薇蹲在窗前，凝神看那群热带鱼，突然好像发现新大陆一样，惊喜地叫，云，快过来看呀，这只鱼要生 BB 了。

我懒得起身，应付道，你说白色那条吧？那是四娃，肚子一向就那么大，不是要生孩子。

她转过头来，疑惑地问，丝袜？

我岔开话题说，子薇，我们中午出去吃，还是在家里做？

她想了一会儿说，出去又要化妆，还是在家里做吧。

我打了个哈欠道，好啊，等会儿我去煮个面。

叶子薇却说，煮什么面，我给你做饭。

她站起身来说，我先去看看冰箱里有什么菜。

我来不及阻止，她已经噔噔噔地下了楼。我刚刚无奈地起身，楼下的惊呼响彻云霄，啊！

理论上来说，我家的冰箱有半年没整理了。实际的操作建议是，在打开冰箱前，最好戴上防毒面具。

我慢慢走下楼梯，明知故问，怎么了怎么了？

叶子薇捏着鼻子，一脸无辜地说，好难闻啊，快把我熏死啦。

我哦了一声，懒洋洋地倚在扶手上，安慰道，你算幸运的了，上次我打开冰箱，里面跑出来一头猛犸象。

她砰的一声关上冰箱门，手撑着额头，叹气道，你啊，不会照顾自己就算了，还总是不正不经的。

她又低着头，像在自言自语，这样子，怎么做人老爸。

我犹如五雷轰顶，吓得花容失色，差点从楼梯上滚了下来；好不容易稳住身形，结结巴巴地说，什，什么老爸？

叶子薇抬起头来，笑容像阳光一样灿烂，她说，傻瓜，就只准你开玩笑啊？

我松了一口气，还想再确认一下，她却已经转过身去，四处走动，对着我家里的摆设，开始指点江山。

她一点不把自己当外人，用当家做主的语调说，这边摆个书架，把地板上的书都放上去。没电视机，怎么连茶几都没有？对了，这里还得添两张凳子……

叶子薇一路巡进了厨房，我也尾随进去，打开水龙头，仔细地洗干净双手。

她一样样地清点，数道，要买炒锅、锅铲、砧板，多买两个盘子，味精、盐、鸡精，还有封袋夹也要买。云来，你快去拿张纸记下来，我们先去吃饭，下午去超市跟宜家，一次全部采……

我擦干双手，突然栖身上前，左手从背后托住她前胸，右手贴着大腿往上。她还来不及反抗，我的拇指拨开一层薄薄的障碍，钻了进去，堵住她源源不绝的唠叨。她嘤咛一声，有些地方软了下去，有些地方越钳越紧。其实，我是个手艺人。

我贴在她耳朵旁边说,好啦,听你安排,不过出门前,你得先随我安排。

中午我们随便吃了顿饭,然后便开赴宜家。因为之前没有去过,只是大概知道在哪个方位,所以找起来颇费了一点周折。俗话说得好,女怕嫁错郎,男怕没导航啊。

进了宜家,我更觉得头晕气短。这根本不是什么家具店,是一个用货架围成的巨大迷宫。照我推测,一定曾有人在里面迷路,然后直接饿死。叶子薇倒是显得轻车熟路的,她挽着我的手臂,指引前进的方向,这样我才不用撒面包屑做记号。

叶子薇总结道,这间宜家跟广州的差不多。

我点头附和道,是的,我也觉得。

她看了我一眼说,广州那家你去过?

我老老实实交代,没有,连深圳这家也没有。不过我无条件接受你的领导,也无条件同意你的看法。

叶子薇却说,看起来,你这几年的感情生活挺空白的。

我沉思了一会儿,从某一个角度来讲,她说的也对。

我们看了许多展示出来的样品,一一记下型号,然后就去了领货的区域。正在搬货的时候,我的手机响了,是南哥打来的,他问,云来,今晚要不要先一起吃饭。

我咨询了领导的意见,然后答复道,不用了,今晚直接去钱柜就好。

南哥在电话里问,嘿嘿,你小子,跟叶子薇在一起是吧?

我搬货搬得有些气喘,急促道,嗯,出来买点东西。

南哥会意一笑,然后他用过来人的语气,循循善诱道,年轻人,是金子总会发光的,是精子总会花光的,省着点用啊。

大采购之后是大整顿,在叶子薇的英明领导下,我们决心改造万恶的旧社会,来个天翻地覆慨而慷。

从宜家买回来的东西,大多需要自己组装,这种事情当然不能让女人来做。有一种理论说，工作中的男人最帅，对此，我很好地提供了一个反面教材。不过算了吧，狼狈就狼狈一点，我又不打算当水管工。

搞完住之后，就要搞吃了。这个项目由叶子薇主持，我主吃。忙活了一下午，我食欲大开，而且她的厨艺真的不赖。

吃完饭快八点钟了，我开始洗碗的时候，她已经进了浴室；洗完碗之后，我又看了几十页小说，她还没从里面出来。关于爱因斯坦的相对论，我是这样理解的，时间在男人这里过得快些，在女人那儿过得慢些。

又等了一会儿，我终于坐不住了。是可忍，孰不可忍。

我敲响了浴室的门，里面已经没了水声，叶子薇问，怎么啦？

我催促说，快迟到啦。

她答道，化一点点妆，马上。

结果，又马上了十几页书。

浴室门终于打开时，她施施然走了出来，脸上很淡的妆，眉眼恬然，毫无慌张的样子。今晚她穿一件咖啡色长裙，白色上衣，标志性的深 V。她站在浴室门口，顾盼着说，哎呀，应该带正式点的衣服。

我拿着自己的换洗衣物，迎上前去道，叶子薇同学，我们是去唱 K，不是去慈善晚会。

她牵起两个裙角，弯下膝盖问，先生，我看起来行吗？

我唱道，and I said yes, you look wonderful tonight。

她笑着说，听不懂你的英文啦。

她又把我推进浴室，嘱咐道，洗快点哦，别害我们迟到。

九

当我们赶到钱柜时，已经快要十点了。一路上，南哥差点把我的手机打爆。他批评道，无组织无纪律，下副本你敢这样，早给工会开除了。

我们跟在服务员身后，走在去房间的路上。叶子薇扯着我的手臂，有点紧张地问,我好久没见他们了,第一次就迟到,他们会不会生气啊?

我安慰道,没什么啦,主角总是最后出场的,哦,我指的是你。

服务员微笑着说,您好,到了。

我说了声谢谢,然后透过房门玻璃,向里面张望。两位家属正在合唱,南哥跟小川在那里玩大话骰。我回过头来交代叶子薇说,记得我刚才讲的哦。

她不耐烦地笑道,记得啦记得啦,我们快进去吧。

房门刚一打开,欢呼和叫骂同时响了起来。

南哥站起身来,骂骂咧咧道,你小子终于……哇,校花你好耀眼啊!

小张老师跟小兔两位妇女,把手里的话筒当成塑料花,边摇边喊,欢迎欢迎,热烈欢迎。

小川举起手里的喜力,笑着说,迟到,罚你们半打,两口子自行分配。

我牵着叶子薇的手,走到沙发旁边坐下。小张老师用话筒宣布,邓云来同学,邓云来同学,请先介绍你的美女老婆。

我又站了起来,笑着介绍道,大家好,这位是我的女朋友,传说中的叶子薇。

然后我一边指指点点,一边说,子薇,我详细介绍一下,喏,这是路人甲、乙、丙、丁,我不太熟的。

甲乙丙丁笑骂着围了过来,一定要罚我喝酒。我手搭在叶子薇小腹上,正色道,酒后驾车,万一出事,这可是一车三命啊。

叶子薇乖巧一笑,很配合地说,我又不会开手动的车哦。

南哥不满道,遇一次撞车党就怕成这样,大不了打的回去嘛,带发票找我报销。

其实,我本来就是打的过来的。不过今晚他们有组织有预谋,摆明了要灌我,想要推酒,总是得找些借口。我这样温文尔雅的男人,喝醉酒也一样失态的,我可不想在新女友面前出丑。

两位妇女把叶子薇挟持到一边,三人开始热烈地八卦,那亲密无间的样子,就像她们老早就是闺蜜一样。要我说,古代三个女人一台戏,我们这三位现代女性,可以演一部棒子剧。

这边厢,我们三个男的还在打酒官司。推酒并不是滴酒不沾,不过就是打个折扣而已。南哥坚持要罚我三瓶,小川在中间和稀泥,最后我干掉两瓶了事。

罚酒喝了,三个人皆大欢喜,坐下来玩大话骰。起叫是三个一,四个斋,五个不限,四次一瓶,劈加倍。玩这个小川是强项,他算术好,察言观色也很在行,讲真话假话都是浑然天成。其次是南哥,他有一种无所畏惧的气场,想劈就劈,决不手软。像我这样子,心计跟胆量都是半桶水的,畏首畏尾,拖泥带水,往往输得最惨。

我喝了大概有四瓶吧,就苦着脸讨饶,说再这样就回不了家了。然后不管他们答不答应,我火速跑去点歌,又拿了话筒站到电视前,架势一摆,算是安全离场。哼哼,先让两虎相斗,等会儿再来收拾你们。

我用手指敲了敲话筒,装模作样道,同志们请注意,同志们请注意,野猪马上就要拉屎啦,野猪马上就要拉屎啦。

其他人都是敷衍地鼓掌,只有叶子薇转过身来,眼神期待地看着我。我捏着嗓子说,今晚音道有点发炎,请大家见……

节奏就来了,开唱。你说你,从来未爱恋过,但很珍惜,跟我在消磨。这首歌算是暖场,张国荣作曲的,《如果你知我苦衷》。

一曲终了,掌声寥落,接下来是我的保留曲目。我清了清嗓子,一往情深道,接下来这首歌,献给我的女朋友叶子薇,《梦醒时分》。音乐起,你说——你爱了不该爱的人,你的心中满是伤痕;你说你犯了不该犯的错,心中满是悔恨。

这首歌小川他们耳朵都听出了茧,已经免疫了,但对于叶子薇来说,还是有很大杀伤力的。她从两个八婆中抽身出来,静静地看我。她轻轻拍着手掌,在每个空隙赞叹道,好听好听。

没错,我的确唱得很好。当一首歌你用了十年时光来浸润,你熟悉每个音的升降,正如你熟悉每段感情的起承转合,这首歌,一定会有打动人心的力量。

早知道伤心总是难免的,你又何苦一往情深;因为爱情总是难舍难分,何必在意那一点点温存。

叶子薇,这个坐在我面前,眼波流转的女人,这首歌不但是给你,还给那个不在场的人。

一曲唱完,南哥一边摇着骰盅,一边抱怨道,每次带的妞都不同,每次唱的歌都一样,什么时候才能换换啊?

小川抬起头来,笑着对叶子薇说,嫂子,别听他乱讲,喝多了。

叶子薇不说话,只是笑笑地看着我。

小兔把另一只话筒塞到她手里,说,薇,人家给你唱了,你也还他一个吧。唱什么,我帮你点。

叶子薇歪着脑袋,想了想说,帮我点 SHE 那首,《花都开好了》。

小兔拉着小张老师去点歌,一边点一边介绍道,薇唱歌可好听了,我们高中有什么联欢会,压轴是大合唱,倒数第二个节目总是她。

叶子薇手持话筒,站在房间中央。她先是低着头,音乐响起来的那一刻,她抬起头来看着我,盈盈浅笑。屏幕亮光的明灭之间,她眼里有什么在流动,那应该叫做感情,还是——爱?

她轻启朱唇,低吟浅唱。如果没遇上,那么多转弯,怎能来到你身旁?现在往回看,每一步混乱,原来都暗藏方向。

她还是凝望我,那样子地凝望我。她眼里流光溢彩,嘴唇上挑的角度,恰到好处,拨得我心弦荡漾。心底最深处的那根弦,少年时倾慕的女人,她不是在我尘封的记忆里,她就站在我面前,楚楚衣服,轻歌销魂。

颜色艳了,香味香了,花都开好了;你是我的,我有爱了,世界完成了,喔哦。她唱到这里,走上前来,轻佻地用食指挑我下巴。旁人纷纷起哄,我堪堪一笑,低下头去,竟觉得耳根发烫。

意乱情迷,是的,这四个字。

是满室不足的氧气,还是血管里流动的酒精,让我觉得燥热不安?

叶子薇已经唱到最后了，心紧贴着手紧握着，没有遗憾了，我很快乐，我很快……

一直都是深情款款的，突然之间，她却笑场了。只有我知道原因，早上出门之那一发，她快到的时候，也是这么呢喃的。

这个女人，是天生的尤物。

接下来的时间就有些凌乱了，先是大家纷纷上去唱歌，南哥吼的是 Beyond 的《岁月无声》，小川献唱陈奕迅的《Shall We Talk》，三个妇女同志又合唱了一些我没听过的新歌。然后南哥提议，六个人一起玩大话骰，女的输了，都由她老公喝。

嘿嘿，就等你这么说呢。

房间里除了小张老师，我们都是来自同一个小镇。这时候一边玩骰盅一边怀旧，气氛非常好。叶子薇也玩得不错，偏偏南哥校花当前，急于表现，所以总是出错。我们都说他是来骗酒喝。到后来他明显喝高了，反而是由小张老师代的。

这中间，叶子薇说要去上厕所，出门前把手袋也挎上了。我们都把骰盅扣着闲聊，等她回来再玩。小兔跟小张老师讲起某一期的《康熙来了》，是小 S 还是蔡康永说，如果你的情人跟你在一起时，手机总是调成震动，那对方一定有问题。

我的心突然就晃悠了一下，自从那次星巴克后，叶子薇的手机，确实没在我面前响过。我不是没注意到，只是不愿想太多。

南哥瘫坐在沙发上，高高举起手里的喜力，酒都洒了一半。他吵吵嚷嚷道，来，我们是共过患难的，三兄弟走一个。

我取笑道，共什么患难，我们去东莞又没给抓到过。

小张老师瞪了我一眼，估计明天南哥酒醒，又要受一轮严刑逼供。

南哥醉得不知死活，分辩道，东莞那是小事，我说当年高考……

我打断道，行了行了，别说那些乾隆年间的事。

这时候门口传来动静，是叶子薇，她走过来坐下，挎住我左手。小川站起身来，笑着说，嫂子，你真有眼光。云来看上去吊儿郎当的，其实很重情义，高考时要不是他……

我再次打断道,刘行长啊刘行长,不要痛说革命家史了,行不?

小川哈哈一笑,好好好,总而言之,这瓶是我敬你跟嫂子的,我先饮为敬,你们随意。

我也站起身来,笑骂道,不就是想让我跟你喝酒吗?绕那么多圈,来,干了!

酒只剩下几瓶,不久就清场了。南哥还嚷着要来多一打,我们齐声喝止。是时候散场了,各回各家,接下来的是余兴节目还是交公粮,看你自己怎么想了。

南哥醉得脚步踉跄,被小张老师扶着走,幸好她会开车。小川跟没事人似的,不声不响刷卡买单。我跟叶子薇就此告辞,走快两步,以免被发现我们打车。

我们上了的士后座,叶子薇倚着我的肩膀,不胜酒力的样子。车窗上,路灯摇曳出黄色的光轨,她的发丝之间,暗香浮动。

她还是用指甲划着我手背,低声问,刚才小川说什么高考,是怎么回事?

酒精让我的头脑变得迟钝,我一时间不知道她说的是什么,想了一会儿,才哦一声道,过去的事了,没什么好说的。

她抬起头来,撅着嘴道,说嘛,人家要听。

其实也没什么好说的,不过是高考作弊而已。语文跟英语,我最拿手的两门。当然,我们成功了。

高考比不得平常考试,如果被抓住的话,一辈子就完了。我们之所以铤而走险,一半是因为有必要,另一半是因为有把握。

我们就读的高中,是全县最好的中学,也是历年来的高考考场。这所学校有初、高中部,我们在里面读了六年,一砖一瓦都非常熟悉,这就占了地利的优势。监考的老师里,有一半是自己学校的,可以算是人和。至于天时,大概是我们三人的八字里,都有作奸犯科的命。

在我们那个年代,有个 Call 机就很了不起了,现在的种种高科技作弊工具，那时候有个毛线。由于客观条件的限制，我们只能走 low-tech 路线。

那一年的六月份，我们经过反复探讨，最终敲定了一个方案，此方案毫无科技含量，而且臭气熏天。我们利用夜修的时间，实地演练了几次，证明这方法确实可行。好吧，那就豁出去了。

在高三最后一次夜修的晚上，我们打开了红油剥落的铁盖子，爬到教学楼的天台。在这里厮混了六年，再多几天，终于要离开了。那个晚上月明星稀，云朵被风吹散，像一些不确定的未来。

我们手搭着手，对天发誓。

我说，如果谁不幸被抓……

小川说，绝不出卖兄弟……

南哥喊道，否则，小弟弟骨折！

哈哈哈哈哈，我们仰天长笑，衣袂飘飘，那时的年少。

关于这个计划，我没有对何小璐透露丁点。否则她一定要阻止的，她会说，你真傻，凭什么要帮他们？

七月骄阳似火，考试真正开始了。十年寒窗，为的就是这几天，如果你也经历过，一定会记忆深刻。

考场是由电脑分配的，小川跟南哥被分到了同一间教室，我是另外一间。根据计划，我事先准备好一小张白纸，做完选择题跟填空题之后，把答案抄在上面，小心翼翼的。

由于试卷分 A、B 卷，所以我抄的不是选项，而是答案开头的几个词。

然后，在约好的时间之前，我申请去上厕所。其中一个监考老师会跟着你，但不会跟进厕所里面，他在门口抽烟。我会真的撒泡尿，然后把抄有答案的白纸，揉成一小团，放在厕所的水泥隔板上。

过不了多久，南哥和小川也会依次来到这里，把纸团上的内容记在心上。至于答案的准确率，好吧，我高考语文是 860，英语也过了 800 分。

车窗外灯火阑珊，我坐在的士后座，笑着说，小宝贝，故事讲完了。

叶子薇哇了一声，惊叹道，云来，没想到你那么大胆。

我手往她裙下探去，低声道，还有更大胆的。

她哧哧地笑，用力捏我的手背，而我忍痛前进。司机大佬见怪不怪，连从倒后镜偷看都没。

她已经开始娇喘，突然却说，云来哦，你有没有想过，如果不是你们考试作弊了，或许小川就不会去那所大学。如果小川没去那所大学，他就不会跟小兔在一起。

我手上加大了力度，坏笑道，如果，如果，哪儿来那么多如果。如果我们高中就开始拍拖，或许现在，家里有一大群儿女，正等着你跟我。

接下来的星期天，我们过得极为奢侈。

我们像一对闲来无事的小夫妻，在家里消磨了一整天。叶子薇穿着我的运动短裤，坐在长沙发里，用笔记本上网。我手里拿着一卷小说，有时坐着，有时枕在她洁白的大腿上，皮肤的感觉有些微凉。

阳光还是很好，笔记本里播着一些又轻又懒的音乐，巴萨诺瓦什么的。

叶子薇在网上聊得挺开心的，不时轻轻笑上两句。她今天没有用香水，我把头靠在她小腹旁边，可以感受到她的热力，还有身体原来的味道。突然之间，就有了一种感觉，自己是一艘漂泊得太久的船，如今终于找到她的港湾。

我索性扔掉小说，双手抱着她的腰，脸贴在小腹上轻轻磨蹭，像一个失宠多年的孩子。

叶子薇把手插进我发根，轻轻抚摸，突然想起来似的问，云来，你那么爱看小说，为什么自己不写？

我咕哝道，有啊，写过一点。

她问，在哪儿？电脑里面吗？

我说，电脑上没有，楼上那堆杂志里有。

叶子薇有点兴奋道，真的吗？快去找给我看看。

我故意发出鼾声，假装是睡着了。她在我腰上捏了一下，我只好不情不愿地起身，伸了个懒腰，然后晃晃悠悠地上楼。那几本杂志跟其他书混在一起，放在一个瓦楞纸箱里，找了好一会儿才找到。

说实在的，这些东西写得幼稚而矫情，我不太愿意给认识的人看。况且，还有几篇是牵扯到何小璐的。我蹲在地上翻来翻去，选封面跟内容都比较干净的，嗯，就这两本吧。

叶子薇拿到两本杂志，捧在手上，很认真地看了起来。我不揭穿她，过了一会儿她问，云来，我找不到你的名字，哪篇是你写的呀？

我再一次把头枕在她大腿上，告诉她文章的标题。我喜欢胡乱地用笔名，让自己写的东西随意散落。如果有个一个人，最好是一个女人，她刚好看到了其中之二，会不会产生某一种猜测？

我喜欢想象这样的场景，喜欢这种不确定性。

叶子薇装作很认真地在读，我知道她是装的，因为她从来就不是一个爱读书的人。所以我解围说，子薇，这两本书送给你了，带回去慢慢看吧。

她欣然同意了，把书放在沙发的扶手上。然后大概觉得自己做得太明显了，又弥补道，云来，那你有没有出过书哦？

我笑道，没有，我太短了，不够长。

其实这样说也没错啦，写长篇小说需要更多的阅历、更大的智慧，以我现在的能力和时间，只适合写些短的，随意，无需负责。

叶子薇捏着我的下巴，笑嘻嘻地说，云来，如果我们以后结婚了，你写一本小说来纪念，好不好？

我敷衍道，好啊。

她却一本正经地幻想开了，小说的名字一定要是很浪漫的，然后呢，封面就用我们的婚纱照吧。还有还有，等孩子长大了，就可以给他们看哦……

我枕在她大腿上，温暖得昏昏欲睡。我朦朦胧胧地想，算了吧，我写的小说，只能把儿子熏陶成淫贼。

终于还是要离别的，我们生活在两个不同的城市。送走她之后，我们会一边滥用着通讯工具，一边期待下个周末的来临。一切都似曾相识。

叶子薇四点多就开始做晚饭，吃完之后，我开车送她到火车站，还是我买的车票。这一次她没有再推辞。我们已经不是外人。

我们走到进站口,她停下来,若有所盼地看着我。

我挠着头发说,咋啦?

她说,我们不来个吻别吗?

虽然我的内心极其淫荡,但在人多的时候,我还是喜欢装成好人。大庭广众之下接吻,成何体统? 只有我年轻时才干这事。

她却那样地看着我,所以我们还是接吻了,大庭广众的。心跳的加速,让我觉得很年轻。

然后她低下头,从包里掏出三件东西,一个半新不旧的手机、充电器,还有一个蓝牙耳机。

叶子薇笑着说,喏,送给你,别嫌旧哦。这卡加入了我们公司的集群网,以后我们打电话,一个月只要 10 块钱的管理费,还有这个耳机,以后开车时就安全些了。

我接过手机,按下电源。开机问候语,云,我爱你。

我摇头笑道,看来你是吃定了我啊,校花同学。

人来人往,而我们依依不舍地拥吻,然后时间到了。叶子薇上了回广州的火车,我又钻进了我的普桑。

刚刚驶离停车场,她的电话就来了,我手忙脚乱地戴上蓝牙耳机。叶子薇说她已经上了火车,说她旁边坐个黑人,香水味好熏;她说我忘了把上次的保温壶还她,下次又不能给我带汤了;她说,云,我已经开始想你了。

她讲到这里的时候,我已经走上了滨海大道,左手边是海,城市从我右侧滑过。我无知无觉地聊着天,当醒悟过来时,已经错过了要出去的那个路口。

叶子薇问,云来,怎么了?

我说,没什么。

一切并非没有预兆。我走在和目的相反的路上,正在越走越远,我身不由己。如果想要掉头,还得等下一个路口。

十

其实我还是不够低调，又或者是拍拖的人身上都有股骚味，特别容易被识别。公司的前台妹妹对我冷淡了不少，其他同事说什么话的都有，特别是我假装无意地展示了手机壁纸之后。那是一张叶子薇的照片，从上往下俯拍的，很深邃，很销魂。

隔壁部门的同事过来倒水，很八卦地问，小邓，听说你拍拖啦？

我打哈哈道，是啊，又被无知少女欺骗了。

就有人起哄说，浪子回头金不换啊。

还有人冷笑道，我们邓总一向犯桃花啊。

我站起身来，谦虚地说，哪里哪里，都是些烂桃花。

然后眼角滑向那人，微微笑道，不过，总比有人烂菊花好。

那人怒目圆睁，按着扶手，似乎想起身跟我对骂。不过最后他还是转过身去了，拿电脑键盘出气，打字跟打桩似的。不怪他孬种，公司上下，谁不知道我是死剩一把口的人？跟我斗嘴全无好处，因为我谁都不怕得罪，只除了老板，因为她能扣我钱呢。

无惊无险的，又到了下班的点数。我一钻上普桑，还没来得及打火，就先戴上了蓝牙耳机。人的习惯，其实是很容易养成的，特别是坏的那些。

出乎意料的，我等来的却是一条短信。叶子薇说，亲爱的，今晚我弟过来了，我要陪他吃饭，晚点儿不忙了再打电话给你哦。亲。

她有个亲弟弟在珠海读书，这我早知道了。那好吧，终于能放一晚上假了，我心里轻松了一下，却突然有点空落落的，还有种说不清道不明的情绪。

打电话给小川跟南哥，约吃饭，都说今晚有事。又打了个电话给刘麦麦，她一直嚷着要我请吃饭，答谢她这个红娘的。谁知道她说，儿子发烧两天了，得照顾他，出不了门。

我非常严厉地责怪道，你这妈是怎么当的？把我儿子烧成性无能了，你拿什么赔？

刘麦麦切了一声说，那我给你再生一个。下次再请我吃饭吧，放心，跑不了你的。

挂了电话，我想了一会，还是打给了 Cat。没错，我是有了女朋友，但跟别的女人吃顿饭，也不是大问题吧？

Cat 用那种语气说，哟，邓大官人，今天想起我啦？

我笑道，没错，本大官人今晚要翻你牌。怎么样，吃饭了没？

Cat 揶揄道，有空请我吃饭？我还以为你拍拖了呢。

我下意识地矢口否认，然后又笑着说，好吧，拍拖又怎么了，请你吃顿饭都不行？

Cat 冷笑两声，然后斩钉截铁道，对不起，就是不行。老娘最喜欢日有主的男人，见了你，我怕把持不住。等你被甩了再找我吧，拜拜。

我只好挂了电话，怎么了，拍拖就那么罪大恶极？小川，南哥，刘麦麦，Cat，你们四个是合伙来孤立我吗？

回到家，叫了份外卖，随便打发了一顿。我靠在窗台上，来支饭后烟，天一寸一寸渐渐黑透了。前几天这个时候，我正在热烈通话中，而如今，两部手机都很沉寂。

我抽了几支烟，觉得挺没瘾的，就蹲下来看那些鱼。它们正在游泳，没心没肺的样子，偶尔吐出几个气泡。书上是这么说的，鱼的记忆力只能维持七秒，所以它们从不寂寞。

其实可以打个电话给她的，但这就有点查岗的意思了，还是算了吧。我想了一想，决定发条短信给叶子薇。我说，跟我小舅子吃了些什么？不忙了就回我个电话吧，想念你的声音了。

然后就拿了本《小说月报》，蜷在沙发上看。两部手机都放在旁边，时不时就瞅上一眼，可是，没来电，也没短信。会不会是信号突然出问题了？这样想着，我给自己发了条短信，滴滴，很快就收到了。

我于是收敛心神，回来看书，却越看越烦躁。这都是些什么烂作者？小说作者的素质，一向是良莠不齐没错，但这一期估计是亲情专刊，作者都是编辑的七大姑八大姨。纯文学，也是有潜规则的。

我把书扔到一边，算了，换条短裤跑步去。出门时瞅了一眼，两部手机都躺在沙发上，所以在我跑步的时间内，叶子薇也找不到我的。这就算是名正言顺的小小抗议吧。

在楼下跑了四十多分钟，开门回家时，心里多少有些甜蜜的焦急，可是当我拿起手机，不禁大失所望，因为它们仍然没有动静。

我终于耐不住性子了，现在已经是晚上九点多。如果是跟弟弟吃饭，不至于忙到短信都没时间回吧？是手机放在包里没听到，还是出了什么意外？

我在沙发旁边走来走去，踌躇了一会儿，抓起手机打了过去。用的是集群网的那部，电话是通的，可是嘟，嘟……无人接听。

行，够了。这样的电话一个就好，因为对方如果有意不接，那打一万个也是白费劲。我搁下手机，心里的焦虑一点一点升起，就像是灼热的水泥地，被雨点扑打得灰尘四起。

叶子薇到底在做什么呢？真的跟弟弟在吃饭？

答案只有一个，但想法却可以有一万种，有好的，更多是坏的。

在这个世界上，最容易让人陷入的不是爱情，而是猜疑；更遗憾的是，爱情会随着时间而泯灭，猜疑除非被证实或证伪，否则的话，它就一直在那里。

我又开始抽烟，窗外夜色缭绕，热浪袭人，火红的烟头一明一灭，闪过许多想法。

想要缓解心里的焦躁，可以打个电话给小川，刘麦麦也行。当然不会说我现在的状况，可是扯一下淡，时间就会好过得多。一个人独处，最容易想东想西，哲学家都是这样出来的，还有精神病。

但我还是不打了，我怕不小心流露出的情绪，让他们察觉到我的软弱。两个人都不是等闲角色，刘麦麦有女人的直觉，小川那家伙更不用说了。

有那么一瞬间，我甚至想要开车上广州，但一秒钟后我就笑了。太不现实了，邓云来，你以为自己还年轻吗？再说了，冲动型的男人早就过气了，现在这个时代，就是装也要装得成熟些。

我闭上眼睛，狠狠吸了一口烟。很久没有这样折磨过了，或者换句话说，很久没有这样享受折磨了。

这几年过去，以为自己有些历练了，可惜啊，还是道行不够。

抽完烟关好窗户,我打开笔记本,拨号上网,准备玩玩游戏什么的,转移一下注意力。突然我想到,可以去看看叶子薇的博客,了解她这几年的生活轨迹。

让我失望的是,里面可以看见的日志并不多,而且都是些很虚的东西,某一时某一地的情绪。不知道她是只写了这么多,还是隐藏起了一些。不过她的文笔,倒是比我想象中好多了,有点像张小娴——我当然不是说张小娴有多好。

草草看了几篇日志后,我转战到她的相册里。这里的内容倒是很丰富,美女嘛,总是爱拍照的。相册专辑是按照地点来排序的,云南、新加坡、北海道、南昆山,等等。我一个专辑一个专辑地点开来看,有个人旅行,有公司团体游,无论照片里有多少人,她都是焦点所在。

渐渐地,我发现了一个问题。在那么多的照片里,有跟上次那个饭姐的合影,有其他女伴,也有与同事的大合照,可是,没有任何一张跟男人的亲密合影。

最令人疑虑的,是那个云南丽江的相册,里面只有她的独照。那么,拍下这些照片的、被刻意隐藏起来的人,到底会是谁?

我仔细钻研了二十分钟,也没从她博客里看出个子丑寅卯。那就算了吧,我没有帽子里的螺旋桨,更没有小侄女和大黄狗暗中相助,做不了神探加杰特。

关了笔记本电脑,我把头重重地摔在沙发背上,开始总结这一段时间。在跟叶子薇勾搭上了之后,我似乎渐渐迷失了自我,又或者说,我的功力大为倒退,变成了十年前的我,那个少不经事、患得患失的我。

与其说是为情所困,我宁愿承认自己是因为锌的大量流失,导致各项智力指标严重下降。

我陷在沙发里,深深地吸了口气,然后毅然、决然、凛然地站起身来。去他令堂的! 我不能纵容自己这样下去了,今晚之后,我要收回自己的感情。

其实故事走到这里,真相已经很清楚了。纵然她博客里找不到确凿证据,但这种掩饰,本身就是一种证据。叶子薇一定是对我有所隐瞒,而且她知道如果真相大白,我们就不可能在一起,所以她隐瞒得这么用力。

一切线索,都指向同一个答案,一个很合理的答案。我一早应该猜到了,或者说我一早就猜到了,只是瞒着自己。这个社会里,相同的故事,我们已经听得太多。

哦朋友,你只好承认,现实比想象中残忍,还是有一点点疼的。真相是含在口里的刀片,无论多么小心翼翼,把它吐出来的那一刻,还是会划伤自己。

我走到窗前,推开窗户,吐出憋了很久的那口气。啊……

想清楚一点,我有什么好损失的呢?其实我是赚了的。往远里说,我圆了少年时代的一个梦,往近里说,我为那一个无聊的两位数,又添上了一笔。好吧,只要我收敛感情,她不过是又一副隐形眼镜,博士伦——日抛型。

可就在这时,电话响了。

我一个箭步蹿了过去,抓起那部手机,集群网的,只有叶子薇才知道这个号码。

我接起电话,她笑着说,傻瓜,你找我吗?

我对她应该是淡漠的,还是热情的?就好像有太多的情绪一起急着涌出,全都堵在喉咙口,所以我张口结舌的,只是很低能地嗯了一句。

她像抚慰一个被遗忘在家的小孩,缓缓道,小傻瓜,我跟我弟、饭姐还有她男朋友,吃完饭就来唱K了,吵死人,所以没听到你电话。

我几乎马上就要相信她了,但理智勉强回到了我身上。我偷偷吸了一口气,想了一会儿说,哈哈,还以为你去见别的候选人了。

她嗔道,白痴哦,我现在在走廊,我弟就在房里唱歌,你要跟他讲吗?

我推托道,跟小舅子讲话我会紧张的,下次等我准备好了。

叶子薇说,不要脸,谁是你小舅子了。对了,我还跟我弟提起你了,他说对你有印象呢。

我奇怪道,哦,有什么印象?我做人一直那么低调。

叶子薇叹了一口气说,他读初一时,我们读高三。他记得升旗大会上,你给校长点名……

我赶忙打岔说,哇,有飞碟。

她也就不再提了,笑着说,饭姐说就快到国庆了,要一起去旅游,让你……

然后是门突然打开的嘈杂声,一个女人大嚷要叶子薇回去唱歌。我笑着说,好好玩吧,等你回家再讲了。

挂了电话,我甜蜜地松了口气,同时又产生了深深的挫败感。这样说来,今晚我是错怪她了。可是,刚才我想了那么多,难道全都算了?

我像一个初出茅庐的年轻剑客,耍着一套虚张声势的剑法,而那个魔女走了过来,只是轻轻一个手指,就化解了我所有的守势。

几乎所有的怀疑,都得到了合理的解释。根据叶子薇的说法,她弟弟叶子萌有时会到她家过夜,所以浴室里的剃须刀,门口的蓝拖鞋,等等,都是为了他而设。

再比如说今晚,叶子薇唱完 K 回家后,打了个电话给我。在我们通话的途中,我确实听见她用我们家乡的方言,跟弟弟说了几句。

叶子萌站在不远处问,姐,今晚我睡哪儿?

叶子薇说,客厅空调修好了,你睡沙发吧。

还有其他一些小小的疑问,但是都不值得问了。出于对她技巧的信任,我相信只要我开口问的,她都可以有很好的解释。合理的、自成逻辑的解释,而真相并不是最重要的。

真相,只有在小时候的电影里,才会有水落石出的真相;还有那些黑白分明的角色,不是我党就是日伪,不是革命群众就是汉奸,地道战,地道战,埋藏了雄兵千百万。

长大后,现实生活里都是模棱两可,难辨黑白的。对于我来说,相不相信叶子薇,答案只有两个,但选哪个都是错的。

一个人要骗另一个人并不简单,但如果两个人一起骗,就会容易得多;尤其当那一个帮凶,就是受害者自己时。或者退一步想,有一个女人肯挖空心思,为你编造一个又一个谎言,至少说明她心里是有你的。

更何况,这是个回头率跟回床率都很高的女人。

在今晚这个电话里，我们还详细说到了旅游的事。在我缺席的情况下，叶子薇、饭姐、饭姐的男朋友饭哥，已经作出了一起去旅游的决定。

至于具体地点，叶子薇说，等你周末上来一起商量咯，云来。

十一

很快就到了周五，我下班后没回家，直接奔广州。这时候的广深高速，其实并不太高速。我打电话让叶子薇先吃饭，她却说一定要等我。

夕阳由黄而黑，路旁的田地还有厂房，一寸寸被黑暗湮没。我突然觉得自己是集体郊游的小学生，玩一整天累了，正走在回去的乡间小路上；手里拿着水壶，路边炊烟袅袅，还有秸秆燃烧过后，那一种温暖的味道。

思念把路程拉得很长，在打开房门的一刹那，叶子薇像小狗一样扑了上来，紧紧揽着我的脖子。我们连房间都忘了进，就站在门口耳鬓厮磨，说一些谁都说过的傻话。

晚饭是叶子薇早就做好的，热一热就能吃了。我刚才在楼下的7-11买了瓶红酒，不贵所以也不太好喝，图的是那个意头。两个人一边吃饭，一边说说笑笑的，不知不觉就把一瓶酒喝光了。

酒能乱性，其实是有科学根据的。酒精促进血液流动，身体温度升高，某一方面的欲望就变得急切。这顿饭吃到后来，叶子薇已经是面若桃花，目光迷离，三岁小孩都能把她推倒。

晚饭后，我们连碗筷都没有收拾，从餐桌旁就开始脱衣服，连滚带爬地上了床。我把她压在身下，吻她的脖子跟耳垂。她的身体软得像湿了水的棉花，勉强吐出几个字，云来，我要。

我要了她一次，又要了一次，两次都很好。洗完澡后两个人筋疲力尽，搂在一起昏沉入睡。半夜我口渴得醒了，起来喝水。我端着水杯站在床前，而月光照在她洁白的肌肤上，仿佛微微呼吸的玉器。

多么美的造物，如果我能陪着她渐渐老去，岂不也是好的？

早上晨勃的时候,顺便又来了一发,然后倒头睡到中午。叶子薇比我先起来了,在厨房里做午饭。我放在床头的手机响了,摸起来一看,是小川。

我打了个哈欠道,早啊。

小川说,不早啦,我都干一上午活了。

我问,忙什么呢? 不是周末吗?

小川叹了口气说,银行那点破事,我是劳碌命,没办法了。今晚一起吃饭吧?

我挠头道,在广州呢,你上来?

小川笑道,刚才我心里就想呢,果然是。云来啊,看样子你是陷进去了。

我一本正经地说,没办法,她步步紧逼,我无法自拔的。

小川想了两秒才反应过来,然后哈哈大笑。我们又扯了一些别的,叶子薇在外面喊我起来吃饭,这才挂了电话。

吃饱饭后,我们先去了购书中心。叶子薇陪我转了两个多小时,我买了一堆明知道带回家也不会看的书。然后又去了对面的天河城,逛来逛去,试了很多衣服,每一件放在她身上都很好看。但是她很体贴的,只选了一件两百多的裙子。

其实我倒宁愿她买多些,这样月底我为了她而手头拮据,会有一种莫名的满足感。

到了下午四点多,叶子薇就催着要走。我问,不多买几件?

她笑着说,饭姐饭哥等着我们呢,走吧。

昨天就已经约好了,今天我们先去接那两口子,然后到帽峰山下面吃烧鸡。广州的路我本来就不熟,幸好有叶子薇热心地指路,这样走错了几个路口,兜了个大圈之后,终于还是到了饭姐家的小区。

没什么好责怪的,女人不认路,就好像男人不能怀孕,都是造物主一手安排,天经地义的事情。

车到了饭姐的小区门口,一眼就看见他们站在路边,光天化日的,竟然身穿一套情侣装。一样的迷彩短裤,一样的白色 T 恤,胸前印着一样的卡通图案。

饭姐比我记忆中的娇小很多，可能是她今天没穿高跟鞋，也可能是因为旁边的饭哥比较巨大。他倒算不上很高，但肩膀有两个饭姐那么宽，身材不能说胖，也不能说壮，介于两者中间。

我开车慢慢朝他们靠近，他们却没有发现，直到叶子薇摇下车窗，朝他们喊起来，喂，八婆。

钻进后座的时候，饭姐问了一句，咦，怎么换车啦？

叶子薇回过头去，嗔道，都跟你说了，上次那辆是别人的。

饭姐哦了一声，意味跟声调都拉得很长。

叶子薇向后座介绍道，这是我男朋友，邓云来，也是我高中同学。

我一边开车，一边笑道，没错，我暗恋了她十年，现在终于骗到手了。

饭哥笑得很有分寸，然后他也开玩笑说，子薇，云来，名字搞得跟琼瑶小说一样。你们都叫我们饭姐饭哥，我们也叫你们胸姐胸哥好了。

饭姐也大声附和，我和叶子薇相视笑了笑，也只好当是默认了。

饭哥对广州的路很熟悉，他只是偶然抬起头来，说一句左转右转直行多少分钟，就能指引我走在一条准确无误的道路上。其他时间里，他们小两口都在后座上讨论一些鸡毛蒜皮的事情。饭姐说上次跟谁吃饭，AA制的但她多出了五块，饭哥则在说什么羊城通月卡，一个月能省多少钱。

他们的对话里，显示出了大城市人特有的那种……那种精细吧。正是这一种日常生活里的精细，像一些细密的根须，让他们牢牢扎根于自己的城市。而像我这种不切实际的人，无论是在广州深圳，还是上海北京，永远只能飘着，毫无归属感。

此地的烧鸡其实没什么特色，那么多人山长水远地跑来吃，也不知道图的是啥。是周末闲得蛋疼，还是立志为中国石油作点贡献？

我们四人一桌，一边吃着烧鸡和其他农家菜，一边海阔天空地闲扯。席间我了解到，饭哥虽然看上去年轻，实际上已经三十出头。原来如此，我不过是"奔三"而已，人家早已是"双颌"——两个下巴，有福气。

过了不久，餐桌上的战场进入了扫尾阶段。纵观整场战役，饭哥消灭了将近一半的敌人，我跟叶子薇、饭姐合力消灭了另外一半。由此我们可以看出，饭哥的胖是非常合理，也是非常合乎逻辑的。

我看着他碗边摆放的鸡骨头，突然说，对了，我给大家讲个冷笑话，跟鸡有关的。

饭姐点头道，好啊，胸哥快讲。

我笑着说，这是我从朋友那儿听来的，他最爱讲冷笑话。我来问你们，什么鸡快，什么鸡慢？

饭姐抢答道，飞机，飞机很快。

叶子薇接着说，慢的那个，是拖拉机？

饭哥笑而不语，看来他是听过了，不过留个面子给我。我于是揭开谜底道，错了，是原味鸡块，妮可基特曼。

谢谢大家，冷场的效果很好，我尽得南哥真传。

等她们从这个笑话里缓过来之后，我们开始讨论旅游的目的地，并且逐步达成了一致意见，那就是国庆节去鼓浪屿。大家又各自分配了一些功课，谁负责订机票，谁负责小吃、景点攻略，等等。如此这般，会议算是圆满结束，我们准备打道回府。

我举起手臂，打个响指，召唤服务员埋单。在我掏荷包的时候，饭哥坐得非常安然，仿如一尊弥勒佛，饭姐则跟叶子薇唧唧喳喳。我在怀念南哥跟小川的同时，对于即将来到的厦门之旅，也多少有了些疑虑。

一般来说，在共度了两天周末之后，星期天的晚上就该劳燕分飞了。但是叶子薇让我留下，她说，多陪我一晚，明早再回去，好吗？

其实是不太好的，无论从哪个方面；缠绵变成了缠绕，就像一些树木死于藤萝。可怕的是，对于她的请求，我毫不犹豫地答应了。

第二天早上起来，仍然是居家的幸福在等着我。早餐比上次更丰富了，我却好像梦游一般，吃着吃着差点睡着了，好困。我甚至在想，是不是又请一天假算了？

吃完早餐，我慢腾腾地收拾东西，站在门口穿鞋，好像听见叶子薇说，携带,携带。

携带什么? 我漏了什么吗?

我还没有反应过来,叶子薇已经蹲下身子,帮我系起了鞋带,一边系一边责怪道,你呀,跟小孩子似的。

心里觉得担当不起的同时,又涌起了无限的温暖。自从上了小学之后,再没人帮我系过鞋带了吧? 在相处的这段时间以来,她给了我无微不至的照顾,屡屡让我有回到孩提时代的幸福,正是这样一种感觉,让我对她言听计从,就像小时候听妈妈的话吧?

然后她站起来,又转身拿起那个暖壶给我,星期五刚带上来的。她笑着说,没有好茶叶哦,还是立顿的,给你醒神用。路上千万要小心,爱你。

我在她额头上吻了一下,想要回应那一句,说出来的却是另外的三个字:我走了。

我关上房门,尽力不去回想她失望的脸。自从跟何小璐分手之后,我刻意逃避着那三个字。如今心甘情愿的,却已经开不了口。

接下来的路程还是和梦游一般,我喝再多的茶也无济于事。我甚至用力捏自己的大腿,没用,太困了。广深高速路从眼皮底下经过,瞌睡让它们变得又沉又涩,普桑在路上晃晃悠悠的,就像《一树梨花压海棠》刚开始的那个场景。

后来我实在支持不住,在虎门出口附近有座高架桥,过了桥,最右边是一个废弃的路口,我开到这里停下来,小睡十五分钟。双闪灯有节奏地响着,朝阳刺眼,但我睡得无比安详。

在封闭路口的水泥墩上,涂鸦着草药治糖尿病的小广告,那个"糖"字写错了,我至今还记得。

我梦见两只蜻蜓交尾,把阳光闪耀的车前盖当作一汪清泉,不断在上面点水,以满腔热情,却徒劳无功——就像人类。

然后好像从梦里醒来一般,突然就是国庆前夕了。一切都已准备就绪,机票订好了,酒店订好了,攻略也记了好几页纸。现代科技就有这个好处,明明从未去过一个地方,也能对当地了如指掌。

对于我来说,唯一需要解决的问题,就是那几条该死的热带鱼。虽然它们不像人一样一日三餐,但六天都不喂,也肯定是死翘翘的。

如果是以前,我可能会找 Cat,她不出门的话就托她照顾;给她我家钥匙也行,整个水箱搬到她那也行;然后请她吃一顿饭是少不了的,吃完饭后也该是有节目的。

但是现在不行了,现在我有了女朋友。说起来挺装模作样的,但我单身时可以允许自己混乱,有了明确的恋爱关系时,从来没有劈腿过。

我思来想去,最后的解决方法是给了隔壁住的小美人,就是停电晚上遇见的那个。因为要上钢琴班还是什么的,她国庆也没有旅行计划,而且对我的托管提议表现出了极大的热情。

当我最后把鱼饲料交到小美人手上时,她妈妈在一旁责怪说,哎呀,妮妮,又没养过鱼,万一把叔叔的鱼养死了怎么办?

我心领神会,笑着说,没事,这鱼都是楼下随便买的,10 块钱 3 条,不值钱。

机票是由饭姐订的,一号早上由广州机场出发,自然而然的,前一天晚上我就住在叶子薇家了。

她刚刚收拾好行李,弄得香汗淋漓,如今正在淋浴。我已经洗好澡了,穿着宽松的短衣短裤,坐在电脑前,用土豆网看《老友记》。其实已经看了无数次,不过,经典剧集是越煲越香的。

我如此喜欢这部肥皂剧,其实是有原因的,因为我从三个男主角身上,看见了自己的影子。或者确切地说,是因为我博采了三人之长。我的幽默感像钱德勒,泡妞的功夫略胜于罗斯,智商更是和乔伊有一拼。

整整看完两集,叶子薇还没洗好。我突然想起很久没去邮箱了,不如看看有什么信件。输入账户名密码,打开收件箱,新邮件不少,但都是些广告邮件、节日贺卡之类。

我刚要退出登录,却发现众多的邮件之中,夹杂着这样一个标题:邓云来,不看你会后悔一辈子的。送信人,Cat。

我一边点击一边摇头,这个姑奶奶,又搞什么妖蛾子?

邓云来狗日的:

你打开这封信的时候,老娘已经在北京了。这次不是出差,是跳槽到原来客户的公司。别臭美了,不是因为你谈恋爱了我才走的,是我跟客户勾搭上了,他答应给我高官厚禄。你狗日的不知道,有多少人垂涎老娘的美色!

上次说的男人装照片,我选了几张最火辣的在附件里,给你打飞机用。再见了,后会无期。

又及:想想还是该通知你,上次跟你做了之后,我就没来了。我记得你戴套了对吧?可是你玩得太猛了那次……老娘知道你在想什么,上一次 MC 之后,我就只跟你搞过。不过你放心,老娘自己会处理的,除非你……

正文到这里就换行了,我刚要滚动鼠标滑轮,房门的把手突然转动起来。我于是一飞鼠标点了红叉,关掉浏览器。怕被叶子薇发现是一方面,另一方面,我也不相信邮件里所说的。

那么久以来,Cat 喜欢时不时地戏弄我,就像以前逼着我娶她一样。这一次,不过是她的新把戏。她明知道自己生不了小孩,再流产的话可能命都搭上了,所以对于避孕,她应该是比我更紧张的。

房门开了,叶子薇站在门口,穿着丝绸的睡裙。她笑着问,在干什么呢?

我说,看看你电脑里有没有爱情武打片。

她走过来撕我的嘴角,嗔道,你白痴哦。

我一把搂住她的腰,右手顺着向上攀援。两个人一边笑一边闹,顺势就滚上了床。我正要掀开她的睡袍,床头柜上却又是一阵轰鸣。调成震动的手机,所以,是叶子薇的。

今晚她在收拾行李时,手机已经响了好几次。每次她都走到阳台上接,然后回来时就抱怨说,老板真变态。我问她到底怎么变态,她又笑着说,没事,不用理他就好。

这一次她拿起手机,盯着屏幕,咬紧下唇,直到它停止震动。我注视着她的表情,她似乎犹豫了一会儿,终于按下了关机键。

我笑道,这样才对嘛,周星星说,国家大事不如儿女私情紧要。

叶子薇放下手机,一边脱衣服,一边嗔道,就你心急。

我已经把床头灯调暗了,当她掀开那件丝绸睡袍的时候,整间屋都亮了起来。除了胸大之外,她就是这一点好,通体似雪,纯白无瑕,让我看不够。

她对我笑了一笑,然后爬上床。我正准备亲她,突然听见一阵有节奏的声音,咚咚,咚咚咚。我觉得好笑,指着墙壁说,有人比我更心急。

她搂住我脖子,奇怪道,这房子隔音不该这么差呀。

我往她耳朵里吹了一口气,热辣辣地问,我们要比他们更大声,好吗?

她身子软到一半,却突然僵硬起来,用力推开我,拿过枕头挡在胸前,警觉地说,你听。

隔壁真是操蛋,拿日用小家电在钻井啊,用得着这么大动静?我倒要听听是哪一家。

咚咚,咚咚咚!

声响越来越大了,我们互相看着对方,突然就明白过来了。这不是隔壁钻探的动静,是有人在拍门!

十二

叶子薇的反应比我灵敏多了,飞快地溜下了床,捡起那件睡袍,套在身上。

我也坐了起来,指针从十点掉回了六点。是谁?都那么晚了。

她背对着我,手里好像在做什么动作。叮叮咚咚,是开机的音乐。她把手机放在耳朵旁,尖声骂道,变态,你这个死变态!

叶子薇狠狠把手机摔在地上,啪的一声,电池都飞了出来。自从我们交往以来，她从来没有失态过，事情在这个晚上失去了控制，如同终于脱轨的列车。

外面的声音停了，静得很轻，又静得很重。

咚咚咚咚咚！敲门声重新响起的时候，再没有了节奏，一阵急风暴雨，像刮 8 号风球。

我穿上短裤，下了床，轻轻走过去，从背后环抱着她，尽可能温柔地问，怎么回事？

叶子薇回过头来，脸色苍白，欲言又止。她搂住我的腰，用力抱了一下，又一下，最后终于说，是我老板，怎么办，他好像有点喜欢我。

我的心跳突然停了。早知道答案像剃刀一样锋利，但当你亲手从锋刃上划拉过，那种疼痛——你知道的。

我深深吸了一口气，端起她的脸，看她的眼睛。

叶子薇却把头埋到我肩膀上，带着哭腔问，怎么办，要怎么办？

我心里的想法，我要说的话，用"复杂"两个字哪里够形容？脑海里转了千百句，到了嘴边，只化作紧咬牙关。

我深深浅浅地透气，一下一下抚摸着她的背。我想起她对我的种种好处……

好吧，无论十分钟后会如何，在这一秒，我还是要站在她身边，我应该支撑着她，我应该更有主见。无论如何，她只是个女人。

这短短的沉默似乎有十万年那么长，但我最终还是开口了。我说，子薇，我出去开门，我会跟他说明白的。

叶子薇好像有点害怕，她说，那他要是冲进来呢？他是个疯子。

我口气强硬地说，他不进来，我还要把他拖进来呢，打他一顿，看他还疯不疯。

其实我不大会打架，万一她老板是个一米八几的大汉？我的腿肚子在微微颤抖，说不清是愤怒、紧张，还是胆怯。

或许都有一点。

叶子薇却抬起头来，断然拒绝道，不行，你打了他，我还能在公司上班吗？我从她的语气里听出了责怪,好像说如果不是我在她家,她也不至于这么为难。

我不说话了,推开她,坐回到床上。

敲门声越来越急,好像还夹杂着喊叫。她在原地站了好久,终于拿定主意,走过来抱着我的头,说,云来,给我一点时间,我先去跟他讲。你不要出来,好吗?

我抬起头来看她。

她的眼神很可怜,她说,云来,求求你了。

我强笑一下说,好吧。

叶子薇在我额头上亲了一下,捡起地上的手机跟电池,一边装上一边往外走。

我抄起墙上挂着的衬衣,追上去递给她说,夜里冷,把衣服披上。

她回过头来,讨好地笑了一下说,你等我,很快。

叶子薇走了,留下我一个人站在卧室里,不知道自己想干什么,更不知道自己能干什么。

"他好像有点喜欢我"。

她说得倒是轻描淡写,但事情不可能这么简单。大家都是成年人了,我他妈的又不傻。

我在卧室里不知等了多久, 终于忍不住了。我们是正儿八经的男女朋友,又不是奸夫淫妇,这样躲着算什么事? 我是那种没用的男人吗? 我不承认,叫我怎么承认!

杀人不过头点地,小腿一伸拉鸡巴倒,弄他!

我打开房门走出客厅,看见叶子薇正站在玄关,手里拿着手机,隔着一扇门跟外面的人讲电话。我听见她说,你走吧,要不然我叫保安了。

我走过去说,还跟他废话什么,让他快滚,不然直接110。

外面的那人听见了我的声音,疯了一样地拍门,大声质问,May,你跟谁在一起?

他的声音从门外传进来,又从手机里传出来,像是可笑的二重奏。

她可怜巴巴地看着我,估计是让我别出声。我索性一把抓过她的手机,放在耳朵旁,客客气气地说,你好,请问你是哪位?

那人愣了一会儿,反问道,你是谁?

我回答说,我是叶子薇的男朋友,有什么问题吗?

那人说,男朋友? 她说今晚跟表妹在一起。

我看了叶子薇一眼,她应该没有听见这句话,脸上还是一副可怜兮兮的表情。好吧,事实就是这么残酷,一点都不讲情面。我没有猜错,这女人,叶子薇,是个大话精。

我继续刚才的问题,请问你是哪位?

那人说,我是她老板,我姓王。

我说,那么王总,那么晚找我女朋友,有何贵干?

那人突然提高了音量说,我还想问你呢,那么晚在她家里干吗?

还能干吗? 当然是干她了。不过我只是说,王总,这好像不归你管吧? 你是她老板,又不是她老爸。倒是王总你那么晚过来骚扰,已经吓到她了,你知道吗?

那人说,我拿笔记本给 May,就算国庆去旅游也要带上,国外客户是不放假的,你开门拿一下。

我捂住手机,对叶子薇说,你老板说要把笔记本拿给你,有这回事吗?

叶子薇想了一想说,昨天他有说过,要我随身带上笔记本,我才不理他。

我说,但人家都过来了,我们就收下也不会怎样,最多明天别带出去就好了。

她低着头没有说话。我接着说,子薇,我现在给他开门,你说好吗?

她紧紧抓住我的手,还是那一句,云来,万一他冲进来怎么办?

我抚着她的肩膀,安慰她道,天大的事有我,我是你男朋友,这事就交给我处理了,好吗?

她看了我几秒,终于点了点头,又慌忙补充道,你们别打架好吗,我最怕打架了。

我笑了笑说,放心吧,不会的。喏,你拿着手机。

我想整理一下衣服,才发现自己根本没穿上衣。我在短裤上擦了擦手,然后就去开门。她向后退了两步,看来是真的害怕我们打起来。我暗暗握紧了拳头,哪怕他是苏联摔跤手,我就是想打架。

门开了,外面站着一个胖子,一个虚弱的胖子,一个浑身大汗的——死胖子。

那人看见我开了门,没有冲进来,反而向后踏了一步,随时可以逃跑的样子。我细细打量胖子,他戴一副近视镜,右手提着个硬纸袋,衣服湿湿地粘在身上,每个毛孔都向外渗透着汗液,像是一捏就出水的海绵。

他没我高,比我胖,我在心里掂量了一下,虽然我是半个排骨型,但饱他一顿老拳,还是没问题的。

我伸出右手说,王总,你好。

他犹豫了一下,把硬纸袋换到左手,然后把右手伸了过来。

我一把攥住他的右手,用力盯着他说,王总,这几年来,谢谢你对我女朋友的关照。

胖子大概没料到我会说出这种话,牛头不对马嘴地答,我来就是把笔记本拿给 May,公司很多事情要处理。

他举起左手的硬纸袋,我却不接;他想把右手从我手里抽出来,我紧紧握住不放,用力捏他的关节。我说,王总,进来坐坐吧。

皱眉头就对了,我就是要激怒你。来吧,只要摩擦发生了,我就可以让它扩大。没什么说的,我就是想打你一顿。

他却很没种地说,不坐了,我要回去了,还有事。

这时叶子薇走了过来,接过胖子手里的硬纸袋,对我说,就让他走吧,好吗?

我松开手,他一句话都没有多说,转身就走,算是落荒而逃了。

我看他的背影消失在走廊,然后才关上房门。她把硬纸袋放在茶几上,我往里面瞥了一眼,果然是笔记本,还是白色的苹果 Macbook。

她走过来抱住我的肩膀,期期艾艾地说,云来……

我推开她，到沙发上坐下，摸出一支烟，点上。我发现抽烟是个错误的决定，因为它在我手指间不停地跳动，放大了我的颤抖。我狠狠地吸了一口烟，感觉整个肺都在燃烧。

已经不需要再说什么了，大家都清楚这是怎么一回事。无论她怎么解释，无论我怎么表态，其实都是心照不宣的外交辞令。我知道她在撒谎，她知道我根本不信，但如果还想维持这段关系，双方都要配合着演下去。

如果我过去生活得很干净，没有像 Cat 这样的情事缠绕，现在这个形势，我当然可以愤怒。很可惜，我不是。

时间过得那么快，香烟快燃到了指间，桌上却没有烟灰缸。做个决断是那么难，而且无论我怎么做，看起来都是错的。

我可以把烟蒂扔在地上，霍然起身，踩灭那暗红的火光，然后跟叶子薇说分手。她一定会哭的，会说我错怪她了，会求我不要离开。但有什么关系呢，我相信自己心肠够硬，抛弃女人的事情，我又不是第一次做。

然后，我们就作废了明天的机票，还有这一段感情。之后，我会继续以前的生活状态，一边明着放纵，一边暗自等待。终此一生，或许我会等来比她更好的女人，或许不会。

香烟弥漫的同时，挂钟滴滴答答在响。指间的焦灼越来越近，我脑海里乌烟瘴气，却明明白白地知道，事情得做个了断。

就算了吧，坏人我来做。

我咬紧牙关，刚想起身，叶子薇却转身而去，倒了半纸杯的水，放在茶几上。然后她轻轻夺下我手里的烟蒂，投进水里。纸杯发出滋啦的微响，是什么被熄灭的声音。

纵然是丝丝点点计算，下一秒会发生什么，终究和预计的相差太远。

我还是站起身来了，她垂手而立，欲言又止；脸上那做错事的表情，让我毫不犹豫地心软。她似乎想要抱我，在她轻轻举起手臂的同时，我已经把她揽入怀里。

我并不是那么急切地要抱住她，我只是害怕，如果继续面对面地凝视下去，她会发现我眼里的亮光。而这一种与生俱来的软弱，正是我所深恶痛绝，拼命想要掩饰的东西。

我们就这样拥抱着，长久地沉默。叶子薇把头伏在我肩膀上，渐渐开始抽泣，然后终于哭出声来。她断断续续地重复一些话，无非是老板是疯子，他想害我，云来我不能没有你，诸如此类。

我安抚着她的背部，斟酌良久，用低沉而坚定的语气说，子薇，无论事情怎么样，你都要记住，我们是站在一起的。

她轻轻一颤，双臂把我箍得更紧，喃喃道，你真好。

此时此刻，我怀里确确实实抱着个温软的女人，我可以闻到她发丝里的香气，同时感受她的爱意、愧疚和感激。这个女人柔软得像一个梦，我不忍醒来，一晌贪欢。

我心里清楚，有一些事实坚硬地存在着，就像茶几上那个笔记本；但既然无法面对，也只好摆到一旁。以后的，以后再说。

我不知道我们是什么时候开始接吻的，我只知道她的反应比我还热烈。她用力吸吮着我的舌头，指甲深深陷入我的肩胛，似乎想把自己嵌入我的胸膛。我竭尽所能地回应她，两个人的喘息里，充满了迷乱和狂热，又那么绝望。

我们几乎要在客厅沙发上来的，后来她双脚缠在我腰上，我举步维艰，挪进卧室。我们一起跌倒在床上，叶子薇马上就想要，我说，等等，我先去拿……

她却执意不肯放手，在我耳边说，云来，我给你生个儿子，好吗？

儿子。我想给她相应的承诺，比如结婚。最后，我什么都来不及说。

十三

第二天吃早饭的时候，我偷眼看了一下茶几，上面的笔记本已经消失了。我一句话都没有问，过去的就让它过去，我是个识趣的人。

电闸拉下，水龙头关了，还有煤气阀。我们背着旅行袋出门，在电梯里有说有笑，就是那种一起去旅行的、最幸福的小夫妻。我们如此亲密无间，简直像是某个秘密的同谋。

我们搭的是机场快线大巴，车上人头涌涌，所有人脸上都是一派喜庆，仿佛大家不是去旅行，而是在牢里蹲了十几年，如今重获自由。叶子薇拿出手机，打电话给饭姐，笑说迟到的那一对，要罚在大庭广众接吻。

叶子薇的语气欢快而自然，像是昨晚的一切都没有发生。我越过她的脸庞，车窗外阳光明媚，就把所有不悦当成一场梦，因为现在，你有义务要快乐。

大巴轻快地到了机场，我们拿好行李，挤下了车。你预料到国庆节的机场，应该是有很多人的，但你仍没想到竟会是那么多，多得操蛋。

每个乘客都步履匆匆，一副来者不善罢甘休的样子。有一种人流是无痛的，而我眼前的这种人流，有坚固的箱角和细高的鞋跟，会把你弄得很痛。

叶子薇皱着眉头说，哇，好多人哦。

我牵起她的手，一边朝里面走去，一边笑道，这说明自改革开放以来，随着我国居民经济水平的上升，打飞机的次数有了极大飞跃。

她正要掐我的手背，我们却听到一个浑厚的男声，喂喂，胸哥胸姐，我们在这儿！

我循声看过去，除了那一对狗男女，还能是谁？他们没有穿上次的情侣装，而是换了另外一套情侣装，好一对活泼可爱的米老鼠。饭姐就不说她了，饭哥多大年纪了，拜托你成熟点好吗？

当然了，这些话我只是在心里说说而已。相比于他们而言，我跟叶子薇这一对，要算是更为低调、更有心计的狗男女。

饭姐指着我们，大笑道，你们慢到，罚你们啵一个！

我笑道，好啊，子薇啵你，我啵饭哥。

饭哥凛然道，别搞我。

叶子薇飞速在我脸上轻轻吻了一下，饭姐说，切，没意思，算了算了。

我抬起左臂，看着手腕上那不存在的表，抿嘴点头道，时辰已晚，我们赶快搭飞机去。

接下来,我们两对男女说说笑笑,步入大厅,找到航空公司的柜台,排队办理登机事宜。叶子薇跟饭姐有说不完的话题,我们两个男眷夹在队伍中间,有种被冷落的感觉。我们努力想变得熟络,各自找了些话题,聊了几句,又都半途而废了。

终于排到了柜台前,我们换了登机牌,托运好行李,然后一路过五关斩六将的,到登机口找位置坐下。叶子薇跟饭姐继续热烈地八卦,饭哥全神贯注地玩弄 PSP,我也只好从随身的背包里,摸出一本《小说月报》。

饭姐的视线飘过来一下,然后一半鄙夷,一半好奇地问,胸姐,他爱看那种没营养的书啊?

我翻页的动作为之一滞,心里非常无语。没错,《小说月报》是很不争气,总拿一些莫名其妙的家具图来作封面,让别人误会也是难免。她有可能是误会了,但也可能,她确实认为文学"没营养",而那些狗血淋头、奇技淫巧的明星八卦,能带给她更高的精神享受。

我多么想站起来慷慨陈词,捍卫文学的尊严,但同时我又知道,即使我面红耳赤,费尽口舌,最后换来的,可能只是她面无表情的一声"哦"。

那好吧,我转过身去,尽量让自己投入到小说里,胸口却仍有东西堵着。人一旦有了想捍卫的东西,就会变得软弱。

等了半个小时之后,我们从容地上了飞机,分成前后两排,从容落座。飞机从容地在跑道上滑行,我从容地紧紧抓住扶手,有一滴冷汗从容滑落。

好吧,我承认我稍微有点恐机症。

不要跟我说什么飞机是最安全的交通工具,这一定是航空公司编出来的谎言。忘掉那些狗屁统计数字吧,相信人类对危险的直觉。我每次坐飞机都有种植物神经紊乱的感觉,而我从没见过有人骑三轮车会脸色苍白,冷汗直飚。

试想一下,你乘坐着一个冷冰冰的金属制品,以那么高的速度飞翔,脚下是一层铁皮,再往下是三万英尺的高空。最让男人无法忍受的是,这个危险的庞然大物,根本由不得自己掌控。你的小命捏在机长手里,万一他老人家活腻了呢?

机身明显地颤抖了一下，估计是脱离跑道，开始起飞了。我紧张地闭上了眼睛，听到耳边温柔的女声，叶子薇问，云来，你怎么啦？

我吞了一口口水，勉强笑道，没事。

叶子薇拿出一张纸巾，帮我抹去额头的汗水，好笑道，没想到你还怕搭飞机哦，大男人。

我分辩道，这有什么奇怪，打飞机不会搞出人命，搭飞机可说不准哦。

她捧起我的右手掌，在我手心轻轻抚摸，安慰道，放心啦，算命的说我是生儿子的命哦，现在儿子都没生出来，我们怎么会有事？

她又笑着说，那个算命先生很灵的哦。

我用左手去摸她的小腹，说，那你怀一个哪吒吧，三年内我坐飞机都要带上你。

或许是托了哪吒的洪福，一个小时后，我们平安降落在厦门机场。去鼓浪屿是要搭渡轮的，而码头离机场还挺远，需要搭计程车过去。

按照之前所作的攻略，从机场到码头有两条路，其中一条路横穿市中心，比较近；另外一条则是环岛路，远一些，但可以看到沿途风景。比较远的路，当然会花比较多的路费，但既然我主动坐到了前排，饭姐饭哥也就没什么意见。

的士司机是个四十多岁的大叔，颇为健谈，一路上滔滔不绝，为我们介绍厦门的风土人情。路上最值得一提的是针锋相对的两个巨型标语，我们这边的是"一国两制，统一中国"，金门岛上的是"三民主义，统一中国"。

我回过头去，微笑着对后座的三人说，在这里，我有一个不伦不类的比喻，其实海峡两岸，就像是因为吵架而分手的恋人。这个故事告诉我们，男女双方对同一件事的描述，有可能是完全相反的，所以旁人决不能偏听偏信。

原本笑闹着的三个人顿时冷了下来，饭姐勉强笑着说，这个比喻确实挺……

饭哥接上道，不伦不类的。

叶子薇摇头笑道，你啊，就是乱七八糟的书看太多啦。

过没多久，我们就到了码头。付了的士费，我又自告奋勇地去买船票。刚刚走了一班渡轮,所以我们又要坐下来等候。此时的情景,和两小时前在候机室差不多,两个女人在八卦,饭哥在把玩 PSP。我下意识地把手伸进背包,想要拿的是书,最后摸出来的却是一包烟。

我站起来对他们说,我出去抽根烟。

原来读书和吸烟一样,都是一种恶习,会让当事者上瘾,还会让旁人掩鼻皱眉。

我们订的酒店在鼓浪屿的西边,要坐渡轮环绕大半个岛,从一个小码头上岸。渡轮接驳的地方像一座烂尾楼,只有空荡荡的骨架和楼梯。被海水常年侵蚀的部分,布满了如同疥疮的贝壳。

这间酒店跟热闹的购物区相隔甚远,在这人头涌涌的国庆节,勉强算是一个幽静的所在。酒店大堂前面的院子里,有一株巨大的榕树,枝繁叶茂,气根密布,活过了多少年的历史。

我们四人在大堂登记入住,然后便跟着服务员上房。这里的一切都那么……古色古香。楼房只有五层,电梯欠奉,楼道狭窄,我们走过一间间客房,木门上油漆斑驳,门槛上甚至长出了小小蘑菇。

有一瞬间我以为自己穿越了,空气里充盈着八十年代的味道,就像我们小时候偶尔去过的招待所。嗯,这其实是一段怀旧之旅。

我跟叶子薇住在 408 房,另外一对在我们隔壁。两对狗男女约好外出的时间,然后就各自进了房间。我们房里的家具和布局,都是表里如一的怀旧,不过拉开窗帘,倒是有无敌海景。

叶子薇刚进浴室洗澡,我便听到了敲门声,打开来一看,却是饭哥和饭姐。饭姐兜头就问,你们这里有热水吗?

我问了下浴室里的叶子薇,她说里面一切正常。那就是 409 房的供水系统出了问题,十月份的厦门不算热,但女士们还是不愿用冷水洗澡。

于是我们一起到楼下大堂交涉,一开始是饭哥饭姐齐齐上阵,得到的答复是,抱歉,请耐心等候,我们会在今晚之前修好的。

这时候我决定出卖男色,以我俊朗的面容、不俗的谈吐,征服柜台里面的小姐。果然，经过几分钟的据理力争，我得到了不同的答复。那位小姐带着甜美的笑容说，先生，请您往旁边站一点，不要妨碍其他客人。

好吧，我的优点是帅，而我的缺点，是帅得不太明显。

最后的解决方案是，饭姐也到我们408的浴室洗。洗澡对于女人来说，是一项耗时巨大的工程，所以等到叶子薇洗好，饭姐进去之后，我已经饿得有点灵魂出窍了。

饭哥躲在409里玩PSP，我跟叶子薇站在窗户旁聊天。海的颜色很好，她刚洗完澡，身上散发着温暖气息。

我突然捂着肚子，大叫一声，啊！

叶子薇吓了一跳，问道，云来，你怎么啦？

我皱着眉头说，惨了，我的胃正在消化它自己。

她嗔怪地打了我一下，又问，我包里有些无糖饼干，你要吗？

我表示不用，然后抱怨道，刚才怎么不让饭姐跟你一起洗？节省时间。

她撇嘴说，咦，这样会很怪吧？

我说，有什么好怪的，很香艳啊。

叶子薇却说，那你会跟饭哥一起洗吗？

我一时语塞，过了一会才分辩道，可是我跟他不熟啊。

她上下打量着我，笑着问，嘻嘻，那等到很熟以后呢？

只能怪我想象力太丰富，此时此刻，我脑海中浮现出和饭哥共浴的场景。这幅画面该怎么形容？瘦头陀与胖头陀恩爱共浴，谱写神龙岛温情诗篇？

我吞了一口口水，突然就不那么饿了。

叶子薇却摇起我的手，追问道，会不会吗？

我咬牙切齿道，不会啦。

她笑着说，怎么啦，怕他看到你的……可爱小牙签吗？

我正色道，牙签还好啦，起码是硬的，怕就怕是牙线。

叶子薇笑得花枝乱颤，我捏住她的下巴说，乖，小妹妹乖，叔叔今晚帮你剔牙哦。

我们正准备接吻，浴室门突然被推开，饭姐一边走出来一边大嚷，饿死了饿死了。

好吧，感谢饭姐的及时出现，不然我可能会因为饿昏了头，咬下叶子薇的香舌。

饭姐走过来说，不好意思哦，让你们等那么久，我们快出去吃……

她突然惊讶地哇了一声，拿起窗台上的一个小玻璃瓶。这个小瓶是叶子薇用完之后，随手放在那里的，造型像是一支金色的唇膏，插进一小块冰里。

饭姐爱不释手地捧着小瓶，嫉妒地说，哇，胸姐，原来你都在用这个啊。

我打趣道，嗯，这是我送给子薇的，大宝 SOD 蜜，金装版。

饭姐用眼角扫了我一眼，不屑道，什么大宝啊，这是 Dior 的凝世金颜，一瓶四……

叶子薇赶忙抢过那个小瓶，催促道，八婆，你不是说饿死了吗？快出去吃饭吧，回来再给些你试用。

我看着她手上那轻巧的瓶子，心里却突然有些发沉。听饭姐的语气，这一小瓶东西肯定不是四百，那只能是四千多了。我一个月工资还不够买两瓶的，而她往脸上抹的时候，却是那么漫不经心。

这几年来，她到底在过什么样的生活？

阳光洒落肩膀，我们走在人来人往的街头。饭哥饭姐手里拿着地图，正在找我们要去的那家驰名鱼丸店。叶子薇抱住我的右手，撒娇说，喂，还在想着那个吗？我又没让你给我买啦……

我摸着饥肠辘辘的肚子，又看看眼前汹涌的人潮。我心里清楚，吃饭应该在饭点比较好；我也知道来鼓浪屿旅游，最好避开公众假期，这样人才没那么多；可是人生不如意十之八九，很多事情不是你说了算的。

我对着叶子薇笑了笑，温和地说，傻瓜，你想太多了。

我心里一清二楚，如果是前几年就开始和她恋爱，这段感情可能会更完美；但操蛋的是，现实就是这个鸟样，你想要拥有一些什么，就必须要容忍另一些什么。

什么时候你学会妥协，什么时候你才真正长大。

这一整个下午，我们就在鼓浪屿的街上，走走停停，吃吃喝喝。要我说，此地的小吃有些名过其实，就如同此地的风景。或许它们本来都是好的，可惜被这流量过多的人潮稀释掉了。

我想，岛上蜂拥而至的这一大票人，其实不是来旅游的，他们是来参加一场声势浩大的露天派对，或者干脆想要压垮这座岛，让它沉进海里。

只有那传说中的猪肉松，算是没有辜负广东人民的厚望。另有一样好玩的饮品，由 Babycat 独家提供，名字叫做"铁奶"。我好奇地点了一份，端上来一喝，却原来是铁观音奶茶。

老板，你太有才了。

晚上吃完饭后，我们绕着海岸，路过大半个岛屿，慢悠悠走回酒店。

我们各自回了房间，叶子薇一身香汗，急着要洗个澡。幸好隔壁房的热水已经修好了，要不然饭哥捧着衣服进浴室的情景，会让我产生不舒服的联想。

趁着叶子薇洗澡的空当，我坐在窗台旁边，读没营养又不争气的《小说月报》。玻璃窗外，一抹月牙懒洋洋地挂在天上，别有一番情趣，可我的心思不在那里。月，是小布尔乔亚情调，日，才是劳动人民的正经事。

我洗完澡出来的时候，看见叶子薇坐在床上，嗖一下关了电视机。看来今天晚上，她同样充满了革命热情，要和我干一番大事业。我们在床上展开了亲切会晤，当我提及计划生育这一项基本国策时，她却甜蜜地笑着说，不用，我不准你用。

看起来，革命不是请客吃饭，而是把对方推倒的暴力活动，分分钟搞出人命。

好吧，事已至此，就让我们狠狠地把革命进行，到底。

在家的时候，我们总是循规蹈矩的，可能是陌生的环境，反而让人放开了。这个鼓浪屿的晚上，我们从床上转战到了电视柜，然后又杀入了浴室。

我让叶子薇趴在盥洗台上，自己站在后面，双手扶着她的腰。大理石是黑的，凉的，偶尔摩擦着两朵小红花，却是那么的热。我们可以从镜子里欣赏自己。这是一个阶级分明的姿势，有助于了解是谁在革命，谁在被革命。

因为怕空调太冷,我之前就关上了浴室门,又打开莲蓬头,让热水洒在浴缸里。如今浴室内水汽蒸腾,镜子逐渐变得花白。我不断命令叶子薇,让她用手擦去镜子上的水汽;这一种支配的过程,让双方都感到兴奋莫名。

突然之间,有一股淡淡的腥甜,钻进了我的鼻腔。我疑惑地低头看去,地板的白色瓷砖上,正滴答绽放着几朵红色小梅花。很快我就反应过来了,叶子薇当然不是处女,所以这几滴血,只能是另外一种解释。

叶子薇惊叫了一声,显然她也发现了这件事情。她惊讶地咦了一声说,早了那么多……

然后她又回过头来,对我抱歉一笑,说,其实不要紧的。

但实际上,我对血海翻波没有太大兴趣,所以我从她身体里退了出来,随便清洗了一下,然后又走出浴室。叶子薇显然又要洗澡了,我把自己扔到床上,心里颇为扫兴。

不过也好啦,至少我不用担心奉子成婚什么的。

我没等到叶子薇洗好,就迷迷糊糊睡了过去。有一些挥之不去的回忆,出现在我梦里。比如说,窗外投进来的黯淡月光,充满陈旧气息的房间,还有那触目惊心的——血。

午夜梦回,我发现有个女人,此刻正枕着我的胸膛。我睁开蒙眬睡眼,看见她长发如水,披在我的肩上,散落在月光之下。半梦半醒之间,我心底暗自好笑,刚才做了个那么长的梦,梦里有许多人和事,竟像过了十年。

好在,那只是梦;好在,我还抱着你。我轻轻抚摸着那女人的背,不由自主地唤了一声:

璐。

十四

那次军训后不久,我就跟何小璐好上了。

一辈子里,你可以谈很多次恋爱,但初恋只能有一次。那应该是简单而美好的,对吧? 虽然会带些青涩,虽然,结果往往是伤感的。

我一直尝试让自己相信,我的初恋也是单纯美好的,但我心里明白,那真的算不上是。

何小璐,我生命里的第一个女人。她是隔壁班的班长、团支部书记、预备党员、年级前五名,绝对担得起"品学兼优"这四个字。

她的家庭其实并不幸福,父亲早年因病去世,母亲改嫁,继父是农机厂的下岗工人。现在回想起来,正是这样的身世,养成了何小璐争强好胜的性格。她一定要凭自己的能力,离开这个破烂的县城,过上更好的生活。

后来叶子薇对我说起, 在军训的时候, 她跟何小璐分配到了同一个宿舍,并且无意中提起了对我的好感。而正是从此以后,何小璐对我表现出了前所未有的热情。我想,这两件事并不是没有联系的。

无论如何,回首往事,我不愿意说成是何小璐主动勾搭我,因为那样的话,会显得我的动机非常可疑。仿佛我之所以开始初恋,不是为了追求真爱,而只是为了打发时间,或者结束处男之身,等等琐碎的原因。

那好吧,就让我这样总结,当年的那一对少男少女,是情投意合,水到渠成,然后就勾搭成奸。

我们的第一次接吻,是在中午学校的单车棚里。或者用"吻"这个字眼,有点抬高了那个动作的技术含量。当时我们毛毛躁躁的, 又害怕被同学看见,所以从技术上说,我们只是把舌头塞到对方嘴里。

在我的记忆里,那个中午寂静无人,操场上的阳光白得炫目,还有知了铺天盖地地聒噪。实际上,那应该是十月中旬的某一天了,我不禁怀疑,树上真的还有知了吗?

人的一生,只有回忆是属于你自己的。可是就连回忆,也是一副阴森森的脸色,处心积虑,时不时要骗一下你。

初吻后的那天下午,放学后我去了学校附近的小网吧,跟南哥一起玩星际。那天刚好小川也来了,我们三个坐在一起,打五家电脑,用的地图是 Big Game Hunters。

南哥惯用的是虫族,他孵了一大堆口水怪,一边指挥它们蜂拥而上,一边大唱张信哲的歌。我的爱如潮水，爱如潮水将我向你推……

在一盘的间隙里，我装出满不在乎的样子说，喂，跟你们讲，中午我亲了何小璐。

小川瞪大眼睛问，不会吧？

我心里暗自得意，虽然南哥声称他在初二就破了处，但小川一直没谈过恋爱，而且，接吻对那时的高中生来说，该算是一件新鲜刺激的事。更何况，对方是一个人所周知的好学生。

跟"好学生"做"坏事"，就好像是在对抗老师、学校，甚至整个教育制度。无论是哪一代人，在躁动不安的青春期，都有些反社会的叛逆心理。

南哥一副过来人的语气，关切地问，年轻人，初吻吧？

大概是爱面子吧，我毫不犹豫地说，不是。

南哥点了点头说，那还好，要不你就亏了。高三那个长毛，你知道吧？他好久前就跟我说过，他亲过何小璐，还……

我的脸一下子就涨红了，南哥注意到了，赶忙打住。

胸腔里充满了巨大的情绪，好像快要爆炸一般。愤怒、耻辱、嫉妒，还有些别的什么，这是初恋男人独有的体会，复杂得难以用语言解释。

何小璐中午明明说过，那也是她的初吻，她为什么要骗我？她怎么可以骗我！难道她当我是傻子吗？

不行，我一定要问清楚，现在就找她问清楚！

那个傍晚，我在何小璐家的巷口徘徊了半个小时，终于还是没敢进去。算了，明天再说吧。

骑单车回家的路上，每户人家的厨房都飘出烟火气，而我心里满是屈辱。我把自己想象成悲剧里的男主角、世界上最不幸的人，或者别的什么。

我骑着车在大街小巷里横冲直撞，好几次差点撞到人。风很大，吹得衣领啪啪作响，那时候的我们啊——奔马闹市，年少轻狂。

我回家吃过晚饭，一个人躲进房间里生闷气。那是上世纪九十年代末，小县城里的高中生，根本不会拥有手机。那么，打电话去何小璐家里？她妈跟黑山老妖似的。总而言之，我无法联系到她。

我坐在密闭的房间里，胸口的那股怒气，渐渐腐烂变质，化作带毒的汁液。我恶狠狠地想，明天一定要揭穿她的谎言，然后，我要用最轻蔑的语气，跟这个女人绝交。

第二天下午放学后，按照之前的约定，我来到一座老旧的石拱桥旁。由于河流改道，河水已经不再从这里流过。桥下的河道变成一大片草地，每天下午都有人来踢足球。石拱桥的几个桥洞里，有一间小小的剃头铺，还住了几个拾荒者。

我把单车靠在桥下的河床，侧坐在后座上，向何小璐来的方向张望。她终于来到的时候，比往常迟了十几分钟，这更点燃了我心里的怒火。

我从后座上跳了下来，劈头盖脸把她骂了一通。我把昨天南哥说的话，用最尖酸的语言，变本加厉重复了一遍，还加了些更进一步的想象。

何小璐脸色苍白，嘴角不住颤抖，好像受到了极大的侮辱。我在指责的空隙里，看见她白皙而瘦削的手指，正神经质地掰着自行车的把手。

最后，她终于哭了。眼泪顺着她的脸流下，然后一颗颗掉到草地上。远处是皮球发出的空洞的嘭嘭声，而她身后的桥洞里，炊烟袅袅。

她哭了，她因为我而哭了。认识到这一点时，我心中的愤怒突然烟消云散，取而代之的是奇妙的满足感，甚至激发出一种保护的欲望。我几乎立刻想把她拥进怀里，这个倔强而柔弱的女人，我不要让她再受到伤害。

何小璐无声地抽泣着，我抓住她的手，她却硬生生抽了出来。我站在一旁看着她哭，心里既满足，又担心。

后来她终于说话了，她说，邓云来，你要跟我分手可以，但不许你侮辱我。

何小璐是这样解释的，没错，有那么一回事，但那是未经她同意的一吻，而且只吻在她侧脸上。而我所说的后半部分，那些更丰富、更龌龊的内容……

她狠狠注视着我，一字一顿道，邓云来，你要我的处女吗？给你。

这时候她双眼通红，脸上满是泪痕，却带着视死如归的表情，像个女烈士。

我口干舌燥，张了几次嘴，最后用叛徒般的虚弱声音说，你，你以为我不敢吗？

何小璐冷笑一声，说，你以为你敢吗？

我无话可说，再去抓她的手，这一次她没有反抗。我轻轻拭去她眼角的泪，心里已经百分百确定，她是被冤枉的。我是多么愚蠢啊，竟然不相信自己心爱的女人。

直到多年以后，我春节回老家，重新遇见了长毛。那时我大学毕业了两年，跟何小璐早已分手，而长毛是一间小网吧的老板。他高中毕业不久，就娶了个北妹做老婆，现在有一儿一女，都会打酱油了。

他当年郑伊健式的长发，已经稀疏得不成样子。我坐在网吧收银台里，一边喝他泡的功夫茶，一边说起高中的事情。

我们提到了何小璐，长毛说，当年确实是跟她接吻了，还做了一些别的事情，总而言之，只差最后一步了。我端起一杯茶，嘴上笑着，心里却隐隐作痛。

是的，甚至到了那个时候，对于那一段初恋，我仍没有完全释怀。我只好说，女性在身体和智力上的发育，都比男性早了很多。

绿茶涩口，我一饮而尽。女人啊，你们的共同语言，是谎言。

自从石拱桥的那个下午，我跟何小璐就一起密谋，要如何交换双方的童贞。在那段时间里，为了短短的十几厘米，我们走了很长的一段路。

最初的尝试，始于一个星期天的下午。我跟家里人说要去小川的老屋，在田里煨番薯，就把家里那辆女式摩托开出来了。我在一个没人的巷口，跟何小璐接上了头，然后两人向着县郊驶去。

我们这一对秘密小情侣，为了避人耳目，只好走偏僻的小路。一路上风尘滚滚，何小璐从背后紧紧抱着我。让我记忆深刻的，并非她青苹果一般的乳房，而是比我还要嶙峋的肋骨。

我们来到县郊，找了一间老旧的旅社，在门口把摩托车停好。何小璐在外面等我，而我进去登记入住。柜台里的女人一直在嗑瓜子，我掏出身份证的时候，她飞快地朝门外一瞥，然后高深莫测地笑了。

我给了她 50，她找给我 20，还有一把钥匙。房间号码是 403，没有什么特别之处，可是我从不曾忘记。

我装出若无其事的样子，走到门外，把房号告诉何小璐。然后我转身就往里面走，因为我怕一有拖延，有人会紧张得放弃。

楼道昏暗而狭窄，还有一股可疑的尿臊味。阳光从楼梯转角的窗户射进来，被分割成一条条长块，灰尘在其间飞舞，从这儿跳到那儿，又从那儿跳到这儿。

我推开 403 的木门，房间里比外面更黑。一切摆设都那么陈旧，我怀疑桌上放着的那个红色暖瓶，都比我年纪更大。

我打开了电视机，又关掉。我坐在本该是白色的床单上，又站了起来。有一阵子我心里确定，何小璐一定是半途而废，偷偷跑掉了。在走向房门的那一刹那，我突然又想，她一定会来的。

楼道响起了轻轻的脚步声，像害怕惊醒了昏睡的阳光。房门被轻轻敲打，砰砰声似乎都在我心室上。我打开门，她就站在那里，于是我紧张得牙齿打战。

何小璐走进房间，我看见她微微皱起眉头。我紧张得口干舌燥，手脚不知往哪处放，心里一个声音说，要不然，还是算了？

可是，就在我打起退堂鼓的时候，何小璐那么坚决地走了过来。我还没来得及反应，两个人就拥吻到了一起。她就是这样的人，想要得到什么，就会无所畏惧地去争取。

无论在这件事情上，还是在整段关系里，她是主谋，我是从犯。

我们站在电视机前，互相亲吻抚摸，说了些谁都说过的傻话。最后她说，云来，要了我。

我的手指那么笨拙，终于还是解开了她上衣的扣子。在昏暗的空气里，她的内衣显得那么洁白、崭新而廉价，一如青春本身。

我像一只缺乏经验的年轻豺狗，对着眼前的猎物，不知从何下手。从理论上，我知道那东西的扣子是在背后的，可是三番两次，硬是解不开来。何小璐对我笑了一下，左手伸到背后，轻巧地啪了一声，把它们展示在我面前——那一对青涩小巧的果实。

我弯下身子，开始亲吻它们。在小小的果蒂上面，我尝到了洗衣粉的苦涩清甜。

何小璐开始轻轻地战栗，呼唤着我的名字，云来，哦，云来。

然后我们就滚上了床，虽然床单的颜色那么可疑。在她的撕扯下，我也脱掉了自己的衣服，露出营养不良般的肋骨。我们光着身子，喘着粗气，应该坚硬的，像铁，应该湿润的，已经如水，一切都该水到渠成。

但是没有。

她紧张而且怕疼，我毫无经验，不得其门而入。两个人都到这个地步了，我很害怕成不了事，让她失望；而越是这么担心，就越是难以成事。

我的一切尝试，都像是做无用功，在进进退退之间，再而衰，三而竭。我慢慢就失去了冲锋陷阵的勇气，身体和意志一起软了下来。我心里无比懊恼，绝望地看着它。它真不争气，我真不争气。

真倒霉啊，我就这样搞砸了吗？

何小璐发现了问题所在，轻拍我的肩膀，安慰道，不要紧的。

其实这句话应该是我对她说的，如果她不要那么紧，我也就不会举步维艰了。事已至此，我们又根本不懂什么技巧，无法让畏缩的东西挺身而出。我只好翻身下马，躺倒在床上，任由她枕着我的手臂。

我们在床上躺了一会儿，窗帘外的阳光渐渐暗了下去。我们都是家人眼里的好孩子，今晚还得回家吃饭，所以便穿好衣服，打道回府。

回家的路上，夕阳把尘土染成了红色。我一路无话，心里暗自悔恨。分手的时候，何小璐对我说，不要担心，你还怕以后没有机会吗？

在接下来的一个周末，我们去了另外一家旅馆。可上次的失败就好像一个诅咒，让这第二次的尝试，仍然以失败告终。我又一次懊恼地躺在床上，何小璐没有怪我，反而帮我把责任归结到环境上，她说旅馆这里太过脏乱，墙壁又薄，让人提心吊胆。

最后她建议道，云来，你可以找一个熟悉的地方，这样就不会紧张了。

我感激地看着她，或许，真的是这样而已。

那一次分手之后,我改弦更张,开始寻找更适合的环境。有条件要上,没条件创造条件也要上,这样才不会辜负她对我的期望。

我最能放松的地方,当然就是我家了,但把何小璐带回家? 除非我疯了才会这么做。幸好,我们家在城南的开发区,新建了一栋房子,暂时没有人住,空在那里。

于是,我借口说学习紧张,而家里临近夜市,每晚都吵得我无法读书,所以申请自己到新房去住,图个清静。家里人不疑有诈,欣然同意了,还帮我把书桌、椅子、床什么的,都搬了过去。

我跟何小璐无数次的幽会,便是自此开始的。

每晚在家吃完饭,洗过澡,大概八点多钟的时候,我便骑单车去城南的新房。路上人烟稀少,就如同在那房子里面,它也是空荡荡的。墙壁裸露着水泥原来的颜色,一楼偌大的空间里,只摆了一张乒乓球桌。

新房的楼梯还没装扶手,每天晚上,我会一手提着书包,靠着楼梯内侧,慢慢地走上二楼,然后在房间里坐下来看书。

何小璐的爸妈九点多就会去睡觉,之后她就会蹑手蹑脚地出门,来这儿跟我幽会。第二天早上父母起床,而她不见踪影,她的解释是很早就去学校了。

我在房间里看书到十点半左右,楼下就会传来敲门声。然后我就会跑着下楼,一推开门,何小璐都会扶着单车,笑笑地站在门口。外面的夜色像烟雾一样,飘过不远处的田野,将我们两个人,将这孤零零的房子笼罩。

我们会一起上楼,在房间里真的读一会儿书,然后上床厮混。实践证明,弄不进去并不是环境的问题,而是我自己的原因。在最初几晚的尝试之后,慢慢地我们就忘记了原来的目的,只是为了爱抚而爱抚,把爱抚当成一场游戏。

两个年轻而单薄的身体,在昏黄的灯光下纠缠着,在这小县城的尽头,世界的某个小角落。这样的缠绕无始无终,好像我们忘记了时光,要不然就是时光遗忘了我们。

　　我第一次真正地进入何小璐，是在我生日的晚上。或许是因为之前的那么多准备，所以在整个过程里，她没有多少破瓜的痛苦。她喘着气，轻轻感叹道，真好。

　　然后她抱着我的脖子，在耳边说，云来，我把我自己送给你，当是生日礼物。

　　窗外是黑的，床单洁白，而床单上有几滴鲜红，祝贺我的成人礼——那一个晚上，我刚满十八。而何小璐，我身边的这个女孩子，她还要再过两个月，才正式成年。

　　青春最后会烟消云散，就好像每个少年都终将死去。可是总有那么一些记忆，你并不是想要记住，只是没办法忘记。

十五

　　身旁的女人翻了个身，睁开惺忪睡眼，我却吓得魂飞魄散，完全清醒过来。不过这样一来，我倒是分清了哪个她是梦，哪个她是现实。

　　我观察着叶子薇的脸色，她听见刚才那句"璐"了吗？叫错床上女人的名字，那可是会被踢下床的重罪。

　　好在她只是皱着眉头，迷迷糊糊地问，你怎么啦？

　　我松了一口气，解释道，我去倒水喝，你口渴吗？

　　叶子薇轻轻地摇了两下头，好像又睡了过去。我从床上起来，拿着电水壶到浴室去盛水，心里暗自庆幸。她没听到固然是最好的，如果她听到了而假装没有，那么她是个聪明的女人。就像出发前一天的晚上，我也是个聪明的男人。

　　我盛满了水，顺便在水龙头下洗了个脸。我告诫自己，清醒一点，以后要小心口舌，别让早该埋进土里的乾隆年间的往事，破坏了新社会里的男女关系建设。

　　擦干脸之后，我走出浴室，把电水壶放在底座上。打开开关，慢慢听见加热的轰鸣。水的温度会逐渐升高，过程是你早就知道，连最后的沸腾都在预料之中。

这就像接下来的几天，我们往返于厦门和鼓浪屿之间，一切都波澜不惊，该去的地方都去了，该吃的东西都吃了，却不过如此而已。或许，不是这里的景色不够美，而是你已经看过太多的美景。

旅途的最后一天，我们正在旅馆里收拾行李，却接到了小川的电话。我一边把衣服塞进旅行包，一边用肩膀夹住手机，毕恭毕敬道，刘行长，有什么指示？

小川的声音听起来眉飞色舞，他说，云来，我要摆喜酒了。

我笑道，恭喜恭喜，有钱人终成眷属啊。日子选好没？在哪里摆？

小川说，选好了，十一月初八，回老家的酒店摆。你当伴郎是早就讲好的，前几天小兔还说，如果子薇愿意去做伴娘，那就最好不过了。

我哈哈笑着说，要请我们这一对金童玉女，同台献艺啊？我们出场费可是很贵的呢。

小川故作严肃道，我们那么多年的感情，难道是用钱可以衡量的？

我也正色道，刘行长，这你就错了，友情还是要用钱来养啊。唐代的李白就说过，桃花潭水深千尺，不及汪伦送我钱。

叶子薇正在旁边收东西，听到这儿捏了我一下，嗔道，你啊，就会胡扯，真是没救了。

电话那边，小川也笑着说，送钱还是太俗，这样吧，送你们邓氏伉俪，一人一张 KTV 钻石卡，终身免房费，怎么样？

我皱着眉头问，有那么好？不会是一打啤酒要 800 块吧？还是说……难道你的 KTV 开张了？

即使是小川，这时也难以掩饰内心的喜悦。他踌躇满志道，还没，不过很快了。这下子，我去长春发展也安心多了。

原来是这样子，我果然没有猜错。刚才就在想，小川跟小兔在一起那么久了，早该到了瓜熟蒂落的时候，他没理由表现得如此惊喜。这一间 KTV 他筹备已久，如今终于搞定了，双喜临门，不兴奋才有鬼呢。

我打趣道,刘行长,不,刘总,房费免了,那酒水呢?

我跟叶子薇对视,又故意淫笑说,还有小姐呢?

叶子薇剜了我一眼,又伸出两只手指,做了个咔嚓的手势。

小川说,刘总你没叫错,不过可不是我,是我哥。你有什么更进一步的要求,跟我哥商量去吧。

说起小川的哥哥,他叫刘大石,比我们大两岁,还没结婚。他们两人的样子很像,简直就是一个模子里刻出来的,但如果论能力的话,两兄弟就差远了。

刘大石的学习成绩一向很差,大学不要去想了,连高中都是出一大笔赞助费去读的。高中毕业后,大石就到家里的大型眼镜店帮忙。他为人忠厚老实,换句话说,不是做生意的料。父母对他一直不满意,嫌这嫌那的,动不动就说,看你弟弟小川……

两三年前,大石跟一个女孩子好上了。她是隔壁服装店的店员,外省人。父母坚决不准他娶一个"北妹"回家,处处搞破坏,最后让隔壁老板把那女孩子辞退了。一向逆来顺受的大石,这一次终于爆发,离家出走,到那女孩的出租房去住。

可惜,世事往往就是这样无奈,到了最后,大石不但跟父母闹翻了,那个女孩子也离他而去,不知所终。这一两年来,大石三天两头才回一次家,其他时间就游手好闲,在县城里四处晃悠,成了有名的浪荡子。

小川的这一间KTV,地处关外龙岗的中心城。他费尽心思地张罗,一半是为了自己,一半为了他哥哥大石。本钱是家里出了一部分,银行贷了一部分;那些工商、文化、环保等等证件,都是他辛辛苦苦去跑来的,南哥也帮了些忙。

上上下下的关系,小川都已经打点好了,又从别的地方挖来了人,负责经营和管理。让他哥哥大石来当老总,其实就是给他一份体面的工作,让他好找老婆。

我不知道大石是怎么想的,我只是有点埋怨我妈,为什么不给我生个弟弟？

小川告诉我，星期四晚上南哥有个饭局，让我们一起去作陪，问我要不要去。我说到时候再看，又聊了一些有的没的，然后就挂了电话。

我们收拾好行李，跟隔壁房间的狗男女会合，退了房，然后就搭渡轮离开鼓浪屿，再打的去机场。他们三个在后座唧唧喳喳，饭哥发牢骚说，他由于水土不服，已经便秘了三四天。

我回过头去，打趣道，你这是大肚能容，容天下难容之屎。

车子里顿时静了下来，像我预想的那样。而窗外阳光正好，我们结束了一段平常的旅途，即将要回到更平常的生活里。有些事情正在发生变化，只是我们都没有想到。

到了星期四的那一天，南哥又打电话给我，让我晚上一定要到场，帮忙喝酒。我不好意思再推辞，就答应去了。

晚餐在一间高档粤菜食府，主人是在关外开厂的许老板，以及一众随员；宾客则是三个打工族，我是蓝领，小川是白领，像南哥这样的公务员，我们称之为黑领。

席间有一位皮肤很白，头发黑得一看就是染出来的老头儿，他旁边则是一个年轻女人，浓妆艳抹，身材还算不错。我以为这老头儿是台湾或香港人，谁知道他一开口，说的却是日语。

许老板介绍道，这是某日本客户的驻华代表，名字叫高岛三郎。而旁边的这位陈小姐，则是高岛的翻译兼秘书。南哥、小川还有我，轮番向日本鬼子敬酒，感谢他对我国的经济支援，中日友好万年青呀，万年青。

过了一会儿，陈小姐离席去上厕所，许老板对我们挤眉弄眼，用一种狎玩的语气说，我们的陈小姐，可给祖国争了气呀。高岛老头儿来中国的两年里，她足足骗了他八十多万，拿回老家建了栋房子，又养了个小老公……

日本鬼子不知道我们在说什么，面带微笑地看着我们，笑容里有一种跟年龄不相称的天真。为国争光的女人回来了，许老板打住话头，我们会心一笑。喝，继续喝，一切尽在酒中。

觥筹交错，宾主把酒言欢。几十年前的那场血腥的战争，到如今，只是多灌日本鬼子两杯的借口。

到后来，日本鬼子喝得有些高了，他歪歪扭扭地站起来，朝我们三个敬酒，叽里咕噜的，说了一大堆鸟语。

我们三个也站了起来。陈小姐翻译道，高岛先生说，你们三位是高中同学，对吧？如今过了许多年，还那么要好，在我们日本是很少见的。这份情谊，请三位一定要珍惜。

高岛三郎微笑着看她说完，然后仰起头来，把杯中酒一饮而尽。放下杯子时，他双眼似乎带着泪光，用蹩脚的普通话说，敬你们三兄弟。

我跟南哥、小川相视一笑，也把杯里的酒一口饮尽。除了小川，我跟南哥都是家中独子，并没有体会过血缘上的那种兄弟情会是什么样子。而像我们这样，一起偷过学校生物园的芒果，一起踢过球，一起去过东莞，又一起指定对方做伴郎……我们这样的三个人，或许真的称得上兄弟？

在我们三个人里面，南哥的酒量最差，偏偏又爱出风头；小川其实很能喝，在酒桌上又进退有度。我的酒量跟酒品，在三人里都是居中，所以这晚醉的程度也居中。

回家洗完澡，跟叶子薇简单聊了一下电话，便上床睡觉。睡到半夜，把自己渴醒了。倒水的时候，突然想起国庆旅游前，Cat 的那封邮件。

我打开电脑，登陆邮箱，却是密码错误。再试，再错。我挠头想了好久，最后试了一次，却还是错的。怎么搞的，是我的酒还没醒？那封邮件我只看了一半，Cat 说她有了我的孩子，难道她说的是真的？

我拿起手机，打了一个电话给 Cat。果然不出所料，里面的声音是，对不起，您所拨打的电话已关机。去了北京，她或许换了号码吧。

这个女人，她说怀了我的孩子。

我举起手中的水杯，突然觉得头疼欲裂。我想起了另一个女人，真的为我怀过孩子的女人。

夜深人静，或许是那些该死的酒精，这一刻我的心底无比软弱。

快八年了，我们再没联系过。自从分手以后，我把她所有联系方式都删掉了，但是实际上，有一些号码，是永远烙在心上的。

何小璐。

我用拇指揉着太阳穴，脑海里思绪万千。这么多年了，她该嫁为人妇了吧，而我则和她曾经的敌人，建立一段稳固的感情。

我想，到了这个时候，我们应该可以坐下来，当成是多年的老朋友，云淡风轻地谈一些往事，有说有笑，偶尔叹一会儿气。

这块石头我已经背了太久，该到了放下的时候——而解铃，永远需要系铃的那一位，无论你叫那人冤家，或是死敌。

我闭着眼睛对自己说，联系她吧。好。

但是该通过什么途径呢？打电话或者发短信？这样子不但冒昧，而且按照她的性格，估计那么多年里，都不知换了多少个号码。那么，还是通过另一个方式吧。她的 QQ 是我帮她申请的，六位号码，而且很好记，估计她还在用。

我于是登录了 QQ，查找，在对方账号里，填下了永世不忘的那六个数字。在输入验证码的那一栏，我苦思良久，最后写下的三个字是：

嗨，是我。

我想，她应该会记得我的。退一步说，如果她连这个都忘记了，或者她知道是我却不通过，那我也没必要和她说什么了。

我关了电脑，又把杯子里的水喝光，然后就上了床。心里有事，这个觉睡得并不踏实，半梦半醒的。好不容易陷入昏睡，却突然被一阵电话铃声吵醒。我睁开惺忪睡眼，一边看着窗外微明的天色，一边从枕头旁摸出手机。这会是谁呢，叶子薇，Cat，还是……何小璐？

我接起电话，那边传来焦灼的一声喂，却是小川的声音。

我问了一句，怎么啦？

心里有不好的预感，小川在这个时辰打电话给我，肯定不是为了闲聊。

小川说，云来，我在北大医院，你马上过来，现在。

我顿时睡意全消，小兔还没有怀孕，所以医院里发生的不会是什么喜事。我还想问清楚些,但小川只是让我到医院后打他电话,见面再说。

小川拜托道,云来,快点来,我只能靠你了。

我挂了电话,胡乱洗了把脸,匆匆出门。走到门口又折了回去,把抽屉里所有银行卡都翻了出来。虽然小川用不上我这一点点钱,但我还是要带上,以防万一。

下了电梯,走出大堂,我看见天色渐渐发亮,一轮朝阳在高楼的背后,挣扎着喷薄而出。久违了,深圳的清晨。

突然间一阵凉风吹来,我打了个喷嚏,才发觉衣服穿少了。在这忘了季节的城市,好像在那么一瞬间,清冷的秋天就来了。

我驱车来到北大医院,打了好几次电话,小川才接了起来。他让我在停车场等他,说他很快就会下来。

我倚着车前盖,一支烟还没抽完,就看见小川急急忙忙向这里走来。我掐掉烟,问,到底怎么回事?

小川勉强笑了笑,说,我哥出了点事。

我心里咯噔了一下,还想问下去,他却按着我的肩膀说,我那辆车给他撞坏了,只好委屈你当司机。云来,先送我回家拿点东西,要快。

两人一前一后钻进了普桑,我发动车子,从倒后镜里看见他掏出手机,正在打电话给谁。马达轰鸣,而他的声音低沉,我只断断续续地听见几句。

洒水车……肋骨断了,幸好没插进肺里……皮都撞得卷了起来……吩咐护士,一定要阻止警察抽血,就说抽血的话,伤者有可能死掉,要他们负责……

最后他说,拜托了,爸。

我听出来了,这个电话是打给他未来岳父,小兔他爸爸——某区某局的局长,跟这医院有着某种利害关系。

我把小川送到他家楼下,他上去了十几分钟,再下来的时候,手里多了个黑色的小包。这一次他钻进车子,坐在我旁边,对我说,云来,我们回医院。

一路上,他仍在不停地打电话,有几个是跟伤势、抽血有关,另外的几个,似乎是打给 KTV 的员工。这几个电话,都表明同一个意思,就是小川要尽一切努力,掩盖他哥哥醉酒驾驶的事实。要不然的话,大石这一辈子就毁了。

还有另一次简短的通话,不知道对方是谁。

小川问,他们来了吗?

小川又说,嗯,都准备好了。

小川最后说,行,我马上就到。

挂了电话,他转过头来对我一笑,抱歉道,云来,辛苦你了。

我懒得骂他的见外,问道,大石现在怎么样了?

朝阳的光芒穿过前窗,照得车内一片毛茸茸的金黄。小川闭上眼睛,深深吸了一口气,然后缓缓道,我哥还在昏迷中,没有生命危险。手脚都没大事,不会落下残疾。只是肋骨断了几根,还有破相是免不了。

我试着打趣道,那倒没关系,男人身上有几道疤,90后的非主流更喜欢。

小川摇头苦笑,拍拍我的大腿,还是那一句,云来,辛苦你了。

说完这些话后,他疲倦地低下头,再没有谈话的意思。我顺着他的视线,看见他手里紧紧抓着那黑色的小包。尽管疑虑重重,但我此时能做的,就是不断地松紧离合,变换挡位,好在渐渐稠密的车流中穿插自如,尽快赶回医院。

太阳一寸一寸地升高,这个城市渐渐苏醒。这些人来来往往,脸上挂着昨天的疲劳和今天的期待。对于几个小时前发生的小小事故,他们一无所知,更毫不关心。

而我眼前浮现出大石的那张脸,跟小川那么像,只是多了几分憨厚。我记起某个冬天的下午,我们那么多人站在田里,他双手倒腾着烫手的番薯,笑着递给我说,来,趁热吃。

十六

我跟小川赶回医院,在走廊里,看见了一对哭天抢地的老夫妇。他们刚刚失去了年轻的女儿,车祸发生时,她正坐在大石身旁。

关于这起事故的前因后果,我是后来才慢慢了解的。KTV即将开业,各路人马都已经齐了，其中有一位叫小雯的女服务员，跟刘总刘大石特别投缘。在车祸发生的前几个小时，刘总和几个员工在 KTV 里开怀畅饮，散场后，他坚持要送小雯回家。

在通往梅林关的一个十字路口，一辆洒水车从右边突然驶出，而我们喝得烂醉、一路飞车的刘总，直勾勾地撞了上去。在旁边女人的惊呼中，他用仅有的一丝清醒——或者本能——往左打了一下方向盘。电光火石之间，雷克萨斯的右边车头撞上了洒水车，车前盖瞬间被挤成压缩饼干，而其后的那个女人，当场香销玉殒。

在我们生活的这个城市里，有人开奥迪，有人开奥拓；有人开奔驰，也有人开奔奔；有钱人的座驾是捷豹，开捷达的人更多；而无论钢板的厚薄相差多少，坐在车厢里的人，那一具血肉之躯，都是同样的脆弱。

这个女人，这个连二十岁都没到的年轻女人，她原名王银稳，在 KTV 里化名小雯。她打算凭借顾客施舍的小费和轻蔑，维持她老实巴交的父母在深圳某一个出租屋里的生活。他们在老家贵州的山区里，辛苦耕作了大半辈子，女儿是想让他们享享福。

而如今，她身材单薄的老父母，正双双瘫倒在小川的膝前，哭得声嘶力竭。女儿就这样死了，被一张白色的床单覆盖着。在所有无济于事的悲伤过后，他们只好回去贵州。这个流光溢彩的城市，就像是女儿买来、此刻套在他们身上的衣服，光鲜而肥大，永远不适合他们。

我想抽一支烟，却想起这是在医院里。走廊又长又冷，弥漫着消毒水的气味，我背靠在墙壁上，眼前一出戏正在上演。

这样的情景，在电视剧里并不少见。小川把两位老人扶起来，让他们坐到走廊的椅子上，然后像一位杰出的牧师，站着给他们布道。

小川就是有这个本事，他演得像是跟老人们同一阵线，是在为了他们的权益而奋斗；他的每一个建议，似乎都是在为两位老人家着想。

我隔岸观火，看小川的表情不断变换，听他说的每一句话，那么进退得当。小川的演讲富于感染力，他说的话有软有硬，连哄带骗，让这对老实巴交的夫妇晕头转向，诚惶诚恐，根本没办法拒绝。

但我还能怎么呢？难道要我大声跳出去，说出酒后驾驶这个真相，以此作为两位老人的砝码，好让他们从我十几年的死党这里，得到更多的赔偿？

小川右手是那个小黑包，左手是一张列着条款的纸，他对那个干瘦的老男人说，阿叔，包里有十八万，只要你们在这里按个指模，现在就能拿走，现在。

老男人看了一眼妻子，他的眼神里是认命的绝望。老夫妻对视良久，最后她艰难地点了点头，而他颤抖着伸出右手，还用沙哑的声音说：

谢谢老板。

我闭上眼睛，胸腔里有什么东西正在翻腾。算了吧，就这样算了吧。这世界本就没有公平，没有正义，只是看你站在哪一边。

小川长长地松了口气，走过来拍拍我的肩膀说，云来，你帮我带两位老人家去处理后事，该签的都签了，不要留下后患。云来，我能信的人只有你了。

他再次拍我的肩膀，疲惫地笑道，辛苦你了，兄弟。

我觉得肩膀无比沉重，是因为他的手掌，还是那两个字？

处理好所有事情后，一天都过了大半。我开车送两位老人，回关外的出租屋。去梅林关的路上，车流拥堵，不知道那鲜活的生命，是消散在哪一个十字路口。

一路上，两位老人悲痛欲绝，下车的时候，却没忘记对我说，谢谢老板。

老板？我不是老板，我只是打工的，跟你们女儿一样。

但我说出口的是，老人家，节哀顺变。

然后我掉头走人，倒后镜里，那干瘦的老人紧紧抱着黑色小包，就像不久之后，他们也会这样抱着女儿的骨灰盒，踏上回老家的火车。

在一个红灯前，我点燃了一支烟，把尼古丁狠狠吸入，再徐徐吐出。烟雾弥漫，车窗外的世界，依然在忙碌地转个不停。有人年纪轻轻，却躺进了殡仪馆，我有幸还没死，现在，我要回家睡觉。

回去洗了个澡，我把自己扔上了床。准备睡到五点多，然后就起床，等叶子薇的准点电话。我不打算告诉她今天请了假，就像小川说的那样，这件事越少人知道越好。

回想起跟叶子薇第一次见面，在中信广场的那家星巴克，我还打趣说，要把她介绍给小川那单身的哥哥。如今，我跟叶子薇已经快要谈婚论嫁，而大石却躺在医院的病床上，不知道醒来没有。

造物弄人，原来并不是"作弄"的弄，而是"弄他！弄他！"的那个弄。

我在床上翻来覆去，不知道怎么搞的，身体疲惫，脑子却异常清醒。算了，还是起床找点事干吧。

我打开电脑上网，又登陆了 QQ。随着一声咳嗽，右下角的小喇叭闪动。我想这一定不是我想等的那人，但是点开窗口，上面赫然是何小璐的号码，已经通过了我的好友请求。

我把好友名单拉下，一眼就看见了那个熟悉的号码。她的头像是彩色的——她居然在线。我没有急着跟她说话，而是点开了她的个人资料，先看一遍。

何小璐把能改的内容都改过了，除了号码本身，一切都跟我记忆中的不同。她的签名是用白话写的，看起来，她已经抛掉了粤东小镇的一切，成为一个彻底的省城人。

经过那么长的时光，她唯一没有改变的，就是她喜欢改变。

我打开了对话框，打字的光标在不停闪动，我一边反复思量，一边又担心她的头像，会突然就暗下去。

我是那个优柔寡断的唐僧，有一段往事被压在五指山下，过去了好多年。现在，我只要在键盘上敲打几下，就能揭下那一张符咒，打开枷锁，让妖猴重回世上，兴风作浪。

我的手指那么迟疑，打了几个字，删掉；然后再打几个字，再删掉。

陈奕迅的声音刚好在耳边唱：相约在一个适合聊天的下午，分开很多年，还以为没有包袱……

最后，我终于咬紧牙关，按下回车。我说的是，嗨，在吗？

三秒之后，滴滴滴滴，她说，在。

然后我们几乎是同时问，你过得还好吗？

我摇了摇头，不由得一笑。你过得还好吗？这是一个问题。我应该坦承自己过得不好，以此换取她可能的一点同情，还是应该吹嘘自己过得很好，让她觉得当初离开我是一个错？

就在我思来想去的时候，她先回答说，我还好啦，昨天刚从尼泊尔回来。

我问，去旅行？

她打了个笑脸的符号，说，去度蜜月。

我对自己说，哦，她嫁了，何小璐，她果然嫁了。

当结果来临时，一切并没有想象的那么糟。这就像是股市里一个巨大利空，经过市场的长期消化，等到靴子真正落地，股价已经懒得再跌了。

尘埃落定，我心里的第一感觉，竟然是如释重负。郁积在心里的那口气，终于可以释放出来，整个人都轻松了不少。至于那一点点的失落，简直可以忽略不计。

那就这样了。

我的指关节不再僵硬，在对话框里飞快地输入，哈哈，几时摆酒的，也不告诉我。

何小璐却反问道，干吗，想封个大利是给我啊？

我说，早就打到你瑞士银行的账号里了。

说，好啦好啦，我们没有摆酒，旅行结婚。你呢？结婚没？

我说，还没，不过嘛，我女朋友你也认识的。

何小璐指责道，别卖关子了，是谁？

我说，叶子薇。

她发了个头晕的表情，说，天哪！你怎么会跟她？

我得意道，先说你的，我的等一下再讲。

何小璐说，好啦。

在接下来的聊天里，何小璐用近乎欢快的语气，向我介绍了她的近况。大学毕业后，她在广州找了一家小型的外资企业，从文员开始做起，现在已经是部门主管。结婚证是几个月前领的，老公是地道的广州人。他们买了车，买了房,打算明年要孩子。

何小璐向我展示了几张婚纱照,还有这一次旅行的相片。她老公不算太帅,但也还好,笑起来很阳光,一看就有安全感。我想,他是一个好男人,一个比我更好的男人,他能让何小璐过得开心。

事业成功,家庭幸福,一个女人想要的东西,她都得到了。何小璐没有辜负我,也没有辜负那一次背叛;她在一个离我不远的城市,活得很好。

作为交换,我也如实反映了自己的婚恋状况。对于我勾搭上叶子薇这个事实,何小璐感到非常意外,甚至还有点淡淡的妒忌。毕竟叶子薇是我们高中的校花,而且她跟何小璐当年,本来就互相看不惯。

何小璐不无醋意地说,你呀,过得很风流嘛。

仅仅是半个下午的聊天,以前在一起时她的缺点,又浮现在我眼前。她"要心"太重,嫉妒心强,爱慕虚荣,固执己见——由于不幸的童年生活,何小璐的性格是有缺陷的。

我高中时就得出了这个结论,然而自从分手后,我逃避了她的种种不足,把她想象成一个完美的女人。

如今,我渐渐领悟到,在漫长的年月里,我所恨的并不是何小璐,而是一个我捏造出来的人,一个假想敌。正在跟我聊天的、活生生的这个何小璐,只是一个平凡的女人,并不值得我那么长久、近乎宗教狂热的憎恨。

现在回过头来看,我之后的那些女朋友里,比她好的不在少数。原来,我之所以活得不快乐,不是因为得不到想要的,而是因为想要的得不到。

我们聊到快要六点,她那边突然静了下来。是下班走人了吧? 我刚想关掉QQ,信息又响了起来,她说,不好意思,刚去喝水了。一到尼泊尔就咳,回来也没好,难受死了。

我说,有一种黏糊糊的液体,要放进嘴巴里慢慢吞下,用来润喉特别好。

我又说,念慈庵川贝枇杷膏。

何小璐发了个冷汗的表情,说,你呀,一点儿都没变。我先下班了哦,下次聊。

我还没来得及跟她道别,手机就响了起来。集群网的那部,只能是叶子薇。

我接起电话，突然没头没脑地说，喂，我们结婚吧。

叶子薇愣了一下，然后笑道，你发神经呀？

说出这样的话，把我自己也吓了一跳。好像这句话不是我说的，而是从嘴巴里自动蹦出来的。不过，我之所以会心血来潮，大发神经，跟今天发生的那么多事有关。

首先是何小璐，我长久以来的一个心结。如今她嫁人了，这事就此了断，我也终于可以放下执念。再加上凌晨的那场车祸，一死一伤，让我更加体会到了生命的脆弱。

结婚要趁早呀，要不然孩子都没生一个，突然就挂掉的话，那这辈子就亏大啦。

可是，无论何小璐还是刘大石，这两件事，我都不能跟叶子薇说。我挠挠头发，算了，还是继续装疯卖傻。

我故作一本正经道，子薇，我不是发神经，你看我的眼睛，多么真诚。

叶子薇嗔怪道，少来了。你以为结婚那么简单啊？要先合了生辰八字，然后是订婚，然后拍婚纱照，婚纱我不要借的，要自己定做的哦……

我听得头皮发痒，大喊一声，哇，UFO！

电话那边静了下来，估计她是在无奈地摇头。过了一会儿她说，云来，这周末本来是我过去深圳的，但是我这边刚好有事。

我问，什么事？

叶子薇说，我有一个本科班的男同学，上个月刚生了个儿子。饭姐也是我们班的，她叫我周末一起去看他儿子。

我想了一会儿说，那我上省城找你们吧，顺便当车夫。

她笑道，什么车夫呀，讲得那么难听。对了，你说我们是送纸尿片，还是送奶粉？奶粉怕不是他喝的牌子，还是纸尿片好一点儿……

这一次，我把手机贴在耳朵旁，静静地听她絮叨。叶子薇说的这些鸡毛蒜皮的事，像是一条条细绳捆在我身上，把我从游离的边缘，一点点拖回凡尘。这种感觉倒也不错，或许，我真的该考虑结婚了。

聊了一会儿之后，我挂掉电话，又关了电脑。我把自己靠在椅背上，发了一会儿呆，然后莫名其妙地笑。此时此刻，我的心情无比舒畅。

岁月静好，尘世安稳。

十七

星期五晚上十一点，我坐在叶子薇的卧室里，满腔欲火，暗自忍耐。她正在浴室里洗澡，而我身体的某一个部分，早就翘首以待。

等她洗完澡，我要跟她大战三百回合。

为了今晚的盘肠大战，我已经提前做了准备。前几天晚上我都有去慢跑，然后还买了哈药六厂的钙加锌，钙锌同补，只花一样钱。嘿，还真对得起咱这张脸。

哦，那是大宝的广告。

叶子薇洗了很久还没出来，想必也是在精心准备，要把最好的自己，呈现在最亲密的男人面前。

我坐在电脑前，百无聊赖地上网闲逛，突然想起 Cat 的那封邮件。国庆节前，在同样的情形、同样的电脑上，我看了她的半封邮件。等我回到家里之后，想看剩下的半封，却无论如何也登录不了邮箱。

到底是怎么回事？嗯，让我试试在这台电脑上，能不能打开。

我打开邮箱的登录页面，把光标移动到方框里，准备输入账号。方框自动弹出一个下拉名单，记录的是这台电脑登录过的邮箱账号。

我正要选择自己的账号，突然之间，发现了其中的蹊跷。在这个下拉名单里，除了叶子薇和我，还有另一个陌生的账号。TigerWang@163.com。

Tiger Wang？王虎？叶子薇跟我提到过，她老板就叫这个名字。王虎，王总，那个站在门外，满身是汗的死胖子。

兜头一盆冷水，浇熄了我所有的情欲。我眉头紧皱，这件事只有两个可能：王总来过叶子薇的卧室，像我一样坐在这里，用这台电脑上网；又或者，叶子薇知道他的邮箱密码,登录这个邮箱的人是她。

无论哪一种解释,都不会让我好受。更严重的是,在我的印象中,上一次登录时,下拉名单里没有这个账号。所以无论哪一种可能,都是在国庆后才发生的。

这就是说,无论真相如何,事情都是现在进行时。

如果是几年前的我,现在可能二话不说,拿起衣服,摔门而出,从此不再联络。可如今,我都快奔三了,脑子和前列腺一起变了,变得淋漓不尽、缠绵悱恻。

我也不想踢开浴室门,去跟叶子薇兴师问罪,因为我信任她;并非信任她这个好女人,而是信任她这个好对手。我知道,以她的技巧,在这件事上,她一定可以自圆其说。

比如,她会说,是公司同事来她家里吃火锅,而王总刚好急着要用电脑;再比如说,这其实是一个公用邮箱,她要处理公司的一些业务。或者,是一些我想也想不到的,更无懈可击的解释。

在这样的前提下,只要我一出口质问,就占了下风。她会是一副受尽委屈的样子,而我则成了多疑、小气、缺乏自信的那个角色。

总而言之,如果我没下决心闹翻,那就干脆不要问。

我进退两难,思来想去,突然烟瘾发作。跑到阳台上,刚吸了半支烟,叶子薇就洗好了。虽然我心里有事,但看她那围着浴巾,出水芙蓉、吹弹可破的样子……罢、罢、罢,日后怎么样,还是日后再说吧。

在接下来的床第之欢中,叶子薇发现了我的潦草。她不但没有责怪,反而主动俯下身子,含住了我。我多少有些感动,虽然从没要求过,但我知道,这是一个臣服的仪式。如果你的她,找出种种理由推脱,不愿为你用口,说多爱你那都是假的。

我低下头,轻抚她的头发,看她那卖力的样子。如果说深爱的程度,跟深喉的程度成正比,那她是真的很爱我。

此时此刻,我的身体和灵魂,被温暖和湿润紧紧包裹,像是沉入一片泥沼。我应该抽身而去吧?可是到了这个关头,与其说我无力自拔,不如说我选择了深陷。

昏黄的灯光中，天花板渐渐升高，或者是床垫正在下陷。当淤泥漫过膝盖，你预见了自己的未来，结局已早注定，你的口鼻都将被淹没。

认识到这一点儿，你停止了挣扎，心中的焦灼渐渐退去，取而代之的，是一种绝望的安全感。

第二天，我们起得不算晚，和她一起收拾了房子，然后下楼去买菜，顺便买送人的纸尿片。我在超市里推着购物车，突然发现轮子被什么卡住了，停下来低头一看，却是自己的鞋带。

叶子薇嗔怪地看着我，然后毫不犹豫地蹲了下去，这是她第二次帮我系鞋带。这一次，是在周末的超市里，大庭广众，人山人海。眼前半跪着的她，曾经是多少人眼里高高在上的校花。

即使在这个时候，我也没有忘记昨晚的不快。可是，人类都有自我保护的心理机制，而且功能强大。此时此刻，我俯视着她的秀发，不禁在想，或许是我多心了，或许一切都只是个误会。

可悲的是，我一清二楚，这无非是在自欺欺人。

那么好吧，退一万步说，就算她真的对我不忠，难道我不能默默承受？或者换一个想法，如今她的所作所为，对我而言，既是惩罚，又是救赎——对于以前我在别的女人身上，犯下的所有辜负。

这个世界，原本就是这么污浊。我突然相信，只要我能容忍并原谅这一切，那么我将洗去身上的尘埃，偿还所有的债。我可以抛下过去，成为更好的男人。

我并非没有注意到，这些想法，其实充满了信徒的狂热。可是，真爱的本质就是自我牺牲，一如宗教。

这时候，叶子薇系好鞋带，从我脚下站了起来。她戳着我的脑门说，傻瓜，发什么呆？

我回过神来，笑着说，我在想啊，你这个样子，看来是吃定我了。

她揽过我的手臂，娇声道，绑住你，让你一辈子也跑不掉。

我们回家吃完午饭，又休息了一会儿，下午两点钟出门。先去接了饭姐饭哥，然后再去刚生了儿子的同学家。

那同学名叫小新，家住番禺。饭哥指路说，一直往南走，过了洛溪大桥，往南，再往南，转个弯就到了。

叶子薇跟饭姐在那里唧唧喳喳，讨论素未谋面的孩子。说什么小新老婆那么丑，儿子千万别像她呀；什么小新的村子福利好，生小孩有发多少钱呀；说什么9月中旬出生的，是处女座呀……

饭哥插了一句说，男仔是处女座，总觉得怪怪的。

我说笑道，处女座还好，不是射手座就行。老是射在手上，说明找不到女朋友，多不吉利啊。

叶子薇白了我一眼，嗔道，就会胡说。

饭哥倒是接下了我的茬，学着电视剧里皇帝的口吻，装腔作势道，朕赦你无罪。

过了没多久，我们来到一个村口，有一辆紫色的飞度在等着。饭姐对我说，这就是小新的车，跟着他走。

小飞度在前面领路，我在后面跟着，在七拐八弯的村路里走了一会儿，然后一起停在他家楼下。

我们都下了车，互相介绍。小新跟我差不多高，长得很干净，看上去像二十出头的。寒暄过后，我们提着大包小包的纸尿片，跟小新一起上楼。

客厅里弥漫着一股乳臭味，小新的老婆正在看电视，儿子躺在旁边的睡床上。看见我们来了，她赶快站起来迎接。就像饭姐说的，这女人长得真不怎么样，又黑又瘦，偏偏骨架很大。我突然想起一首优美的童谣，盆骨宽啊，盆骨宽，外婆的盆骨宽……

我们坐在客厅的沙发里，依次抱过了小新的儿子。婴儿的手脚那么小，皱起额头的时候，像个粉红色的猴子。

叶子薇送出了两大包纸尿片，小新老婆一边说怎么好意思，一边伸出手来接下了。饭姐还拿出一对银脚镯，说是跟叶子薇合钱买的。

接下来，小新带我们在屋子里参观，看了卧室里的大幅结婚照，还有浴室里孩子洗澡用的浴霸。然后我们又坐回客厅，两个女人向小新老婆请教育儿经，我们三个男人彼此不熟，有一搭没一搭地聊着天。

正在这时，小新的妈妈从厨房里出来，端出一大锅甜醋煲猪脚，热情地招呼我们一起吃。我慌忙摆手说不用，她却硬舀了一碗，端到我面前。我勉强喝了两口，借口说抽烟，逃到了阳台外面。

我站在阳台上，向远处看去。乡间的房子虽矮，空气却好得多。

抽了两根烟，回到客厅里，小新老婆应该是带孩子进卧室了，剩下四个人有说有笑的，正在热烈聊天。

饭姐大笑道，如果你们两个当时没分开，现在小新的孩子就……

叶子薇看见我进来，狠狠剜了饭姐一眼。饭姐吐了一下舌头，赶紧收口。

我的表情多少有些不自然，你们拍过拖没关系，但至少该先跟我讲。我在叶子薇旁边坐了下来，这个女人，有太多事情瞒着我。

接下来，我们又聊了一会儿，然后就起身告辞。小新送到楼下，又准备开车给我带路。我说我认得出村的路，就不用再送了。他憨憨地笑了笑，对我说，结婚千万别忘了送帖给我啊。

出了番禺，饭哥饭姐说他们要去看新装修的房子，我就顺便送了。谁知道，这一送就送到了白云区往北，一个城郊的新楼盘。好不容易到了目的地，饭哥饭姐下车走了，只剩下了我和叶子薇两个人。

我握住变速杆，叶子薇又握住我的手腕。她说，云来，你在生气吗？

我笑道，生什么气？

她咬着下唇说，我跟小新啊，其实我们在一起半个月，只是牵过手而已。

我装作恍然大悟道，哦，你说这个啊？我没生气，你想太多了。

她皱眉道，我跟他真的没什么，不信你可以问饭姐。

我心里暗自冷笑，问饭姐？你们两个人原本就穿同一条裤子，就算说你是处女，她也敢打包票。

我刚要说什么，叶子薇的手机却响了。她掏出来一看说，是我妈。

我便不再言语，专心开车。被饭哥饭姐骗到这么远，偏偏省城的高架桥飞来飞去,路上还是塞成了狗屎。桑塔纳在车流里停停走走,叶子薇坐在我旁边,跟她妈妈絮絮叨叨,家长里短。我渐渐就有些烦躁了。

我们来到一座巨大的立交桥上,我放慢车速,仔细观察从哪个路口左转,才能回到黄埔大道上。叶子薇却在讲电话的间隙里,伸出手来,颇有气势地向前一指。

我就顺着她手指的方向直走,越走越觉得不对劲。这一条路,好像是直接通往番禺的。果然,在走了一阵子后,我又远远地看见了洛溪大桥。前方几百米有个缺口可以掉头,但是堵在我前面的车,慢得让人绝望。

我心中升起无名火,脸色不由得沉了下来。这是我第一次在她面前黑脸。你不认识路没关系,那拜托你静静坐着就好。为什么要自以为是,颐指气使,把我往阴沟里带?

叶子薇见我脸色有变,跟她妈妈匆匆话别,然后就挂了电话。她看着前面的路,犹疑道,云来,我们是不是走错啦?

我不说话。

她又说,这条路我们好像走过……哎呀,是去番禺的,我们要掉头才对。

我还是不答话,难道她没有看见,我早就往路的左边蹭了吗?

叶子薇说,好啦是我不认识路,对不起。

我忍不住摇头道,问题不在这里,你不认识路没关系,我慢慢开,走错也不敢怨你。

她拉松了安全带,身体倾向我说,我又不是故意的,我怕你走错呀。

我皱着眉头,讥讽道,对呀,多亏你指路,要不然现在就走错到吐鲁番盆地了。

叶子薇说不出话,赌气似的重重坐回椅子上。我也没空闲理她,认真开车,生怕错过了前面的掉头缺口。

等到我终于掉了个头,开始走在正确的路上,心里不由得轻松了一下。我看了看时间,又估量了下路程,然后对她说,子薇,我们六点钟前就能回到家了。

岂料却没有回音,我扭过头去看她,她却故意不理我。好吧,这一次轮到她不说话了。其实我已经到了发作的边缘,但还是息事宁人地笑了笑,打趣说,怎么啦? 难道现在还要我哄回你?

叶子薇却说,邓云来,我回去就看熟广州地图!

我砰一声猛锤喇叭,把她吓了一跳。

我很想大声怒吼,搞什么? 到现在你都不知道错在哪里?

然而几次话到嘴边,我还是咽了回去。难道要我告诉她,走错路只是条导火索,挂在那一头的炸药是……不,我不会说。

两个人在车里默默无语,昏沉沉的夕阳下,城市像一部发黄的旧电影,在车窗外慢慢放映。

就这样,终于到了她家楼下。我在路边停车,盯着车前窗说,你上去吧,我先回深圳了。

她扭过头来看着我,张张嘴却没有说话,然后就松开安全带,推开门下了车。

十八

回到深圳,我随便吃了顿饭,然后到便利店买了瓶低价红酒,自己上了楼。

开了门开了灯,开了红酒,又开了 CD 机。是一张很老的唱片,以前街边卖的那种,一人一首成名曲。我对窗痛饮,杯子里是很新的葡萄酒,耳边是年份很久的歌。

早知道,第七首会是陈淑桦,《梦醒时分》,一如早知道我这样的心情,喝完大半瓶就会醉。

早知道伤心总是难免的,你又何苦一往情深。因为爱情总是难舍难分,何必在意那一点点温存。

小川一早说过了,跟叶子薇在一起,我要学会收放自如。现在看来,我的功力还是不够。她不是我有能力掌控的女人,而以我这种性格,也不可能会放下戒备,任由她掌控。

我饮尽杯里的愁绪，站起身来。窗外有一轮明月，我醉眼蒙眬，伸出拳头在眼前一握，似乎要将它收进掌心；然而松开手的时候，它仍然挂在天上，像刚才那样，像几千年前那样。秦时明月汉时关，而我们是可笑的凡夫俗子，转眼百年，一切都是过眼云烟。

对于这段感情最后的结果，我不是现在才有预感；然而认认真真地萌生退意，这还是第一次。

明知道是镜中花、水中月，我何苦做那冥顽不灵的猴子？

想到要放弃，我突然就松了一口气。对于叶子薇带给我的烦恼，我并非一定要背在身上；而对于这一团乱麻般的感情，我更没有义务去解开。我完全可以就这样，扔下一切，轻装上路，做回我自己。

无非是个女人。

我坐了下来，又给自己倒了杯酒。心里有了底，手腕和酒瓶都轻了许多。当然了，如果可以的话，分手这两个字，最好还是让女方来说。

刚喝完这杯酒，手机就响了。掏出来一看，果然是叶子薇。我深深吸了一口气，收敛酒意，然后才按下接听键。

叶子薇在那边问，云来，回到家了？

我冷冷道，嗯，有什么事吗？

她愣了一下，然后用小心翼翼的语气说，云来，今天是我不好，没想到你会那么介意，也没想到饭姐嘴那么多话。

我拉长声音说，哦……那如果她不说的话，你准备瞒我一辈子喽？

叶子薇解释道，我不是这个意思，我只是觉得这样的事情，没什么必要讲。我对天发誓，我跟小新真的……

我冷笑一声道，你用不着发誓，更用不着跟我交代。我怕一交代起来，两三天都听不完。

讲完这句后，电话那边静了一下。照我想来，叶子薇当了那么多年校花，追求者众，难免心高气傲。虽然现在年纪大了，不如以前吃香，但傲气还在那里，要激怒她并不难。

果然如我所料，等叶子薇再开口时，已经换了一副口气。她问道，你今晚是怎么了，喝酒了吗？

我很贱地学着她的口气说，喝不喝酒，我觉得没什么必要讲。

她终于按捺不住道，邓云来！你别这样幼稚好不好？麦麦说你跟她同一间房睡了两星期，你跟我讲了吗？

我一时语塞，没想到刘麦麦这个婆娘，会口无遮拦到这种地步。虽然没有必要，但我还是下意识地辩解道，我们一点儿事情都没有，我跟她怎么可能？

叶子薇似乎有备而来，紧接着答，对啊，麦麦也是这样说的。我相信你，为什么你不能相信我？

我被她驳得无话可说，不由得有些恼羞成怒。不过幸好，我接起这个电话的本来目的，就是要跟她吵架。

于是，我索性破罐子破摔，强词夺理道，哦，那你是早就知道这件事，却从来不跟我提起，就等着有一天我怀疑你了，你再拿来压我是吧？叶子薇，你未免太有心机了吧？

她似乎意识到了什么，用冷冷的声音问，你到底想要说什么？

我的心突然软了一下，好像看见了她退后一步、自我防备的样子。恋爱中的哪一方都害怕受伤，所以当危险靠近的时候，只好把自己变成浑身上下布满钢针的怪兽。如果你想要放开胸怀去拥抱，在感动对方之前，你会先把自己搞得遍体鳞伤。

我闭上眼睛，在心里叹了一口气。长痛不如短痛，速战速决吧，趁着插进对方身体的，只是细细的钢针，还不是一把匕首。

于是，我咬紧牙关道，其实我想说的是，自从跟你在一起之后，我慢慢发现，许多事情不是自己想象的那样。子薇，这并不是你的错，可是我……

电话那边，她突然大声喊叫，够了！我不要再听了！邓云来！我们分手吧！

没想到解脱来得这么快，我心里一松，口里却没反应过来似的，继续滔滔不绝道，嗯，这样子其实最好了，趁着大家还没伤筋动骨，留下一段美好的回忆，以后我们还是……

嘟，嘟。她把电话挂了。

我看着手机发呆，这样的结果正是我想要的，连同随之而来的失落和伤感,也是我想要的。然而,还是那么的失落,还有伤感。

我把瓶底的葡萄酒一饮而尽,站在窗前,想着要不要下去买瓶好点的,就当是庆祝回归单身。

窗对面的那栋楼里,有些温暖的黄色灯火,还有一些在渐次熄灭。几家欢乐几家愁,每个窗户后面,那些男男女女的未来,似乎都有着无限的可能。

假如我们就此收手,假如故事到这里结束,至少,算不上一个悲剧。

我站在窗台前想了一会儿,最终没有下楼去买酒,而是开始收拾她的东西。其实也没有什么,几件衣服,小瓶装的化妆品,集群网的手机搁在她家了,充电器还在这里,也一并还给她。

至于她送我的一些小礼物,我打算留下,就当是纪念品吧。我早就是大人了,坚强得可以面对这些东西,成熟得不需要靠送回一切,来确定这段感情已告终结。

花了十几分钟,把东西都打包好后,我又发了个短信问她的详细地址,方便快递。谁知道这条信息刚刚飞走,手机就收到了一条短信,打开一看,却是饭姐来做说客了。

饭姐在短信里面说,关于今天的一切,她很抱歉,没想到我会那么介意。然后她又指天画地地发誓,叶子薇跟小新真的没有什么,如果我们因为这个分手,那她会内疚一辈子。

我刚想把短信连同这八婆的号码一起删除,却又收到了饭哥的短信。他的话就简单多了,他说,胸哥,过去的就算了,是男人就大方一点!

我不禁摇头,你们知道什么? 叶子薇在你们面前,一定是扮成了可怜兮兮的受害者。我可以告诉你们真相,小新的事不过是个幌子,我真正在意的,是叶子薇跟她老板的勾当。包括国庆旅游前的那次拍门,包括她电脑上的邮箱记录。

那个站在门外,浑身是汗的死胖子,三十多岁的已婚男人。如果叶子薇真的跟他有一腿⋯⋯光是想想都让我恶心。我相信,把这个理由说出来之后,这次分手就变得理所当然了,会得到舆论的广泛支持。

问题是,我不想争个输赢,去辩论谁对谁错。我只想保持最后的一点儿高风亮节,就当是对叶子薇的补偿。反正都分手了,讲出来只会破坏叶子薇的形象,而饭姐是她走得最近的闺蜜。

我叹了口气,就算了吧,坏人我来做。

我刚删了他们的信息跟号码,三分钟没到,又来了个陌生号码的来电。毫无疑问,这又是叶子薇搬的救兵。我揉着太阳穴,不知道该接还是不接。

这么看来,叶子薇后悔了,她不想跟我分手。我心里一半是烦恼,另一半是近乎虚荣的欣喜。哦,这个女人,她舍不得我。

可是,这样程度的挽留,未免有些过了。吵架后请说客帮忙的女人,我不是没遇见过,但叶子薇搬的不是救兵,而是三十万天兵天将。

我看着屏幕上的陌生号码,猜测这是叶子薇的谁。是他吗?是她吗?老天保佑,千万不要是她妈。

我犹豫不决,在铃声快要响尽的时候,终于还是接起了电话。那一边是个似曾相识的年轻男声,这让我松了一口气。

他说,邓先生你好。

我犹疑道,你是?

他说,我是陈新,我们下午见过的。

我说,哦。

他温和一笑道,是这样的,我听说你跟 May 吵架了,还跟我有一点儿关系,所以我觉得很抱歉。如果你现在方便的话,我想跟你解释一下……

接下来,他把跟叶子薇交往的那两个星期,详细跟我讲了一遍。据他讲来,在那两个星期里,他很喜欢叶子薇,做了种种努力,而叶子薇却一直很淡漠。所以到了最后,他知道自己无法得到叶子薇的心,就主动退出了。

对于他所说的一切,我保持着应有的怀疑,因为许多地方是违反逻辑的。他在对我说谎,但是,我却对他并不反感。

他打这个电话过来,诚心诚意地撒谎,不是为了自己,而是为了爱过的、已经不在一起的女人。我想,如果不是认识得这么诡异,其实我跟这个男人,可以成为朋友。

到了最后,小新说,嘿,老友,我要讲的就是这些了。

我想了想说,谢谢你那么有心,你讲的我都听起来了,不过,这不代表我会重新考虑。

小新笑了一下,用一种推心置腹的语气说,云来,我觉得你跟May很配,你们应该在一起的。好好珍惜。

我说,谢谢,再见。

他说,拜,希望能收到你们的请帖。

挂了电话,我觉得身心俱疲。从目前的战况看来,叶子薇是想要发动群众,把我淹没在人民战争的海洋中。

如今我坐在椅子上,一边玩弄着空杯子,一边等叶子薇的电话。我明白,这三个人无非是铺垫,而今重头戏即将上演,我必须打起精神,严阵以待。

当然了,这个时候,我也可以选择关掉手机。但你我都知道,这只是在拖延问题,而不是解决问题。

我等了大概十五分钟这样子, 她的电话却迟迟没有来。然后我突然醒悟,叶子薇,她是在守株待兔,等我主动打过去。她在琢磨我的心理,她知道我会按捺不住。而我,果然是要打回去的。

叶子薇,你真是个好对手。

她接起电话的时候,却是带着哭腔的。她的声音梨花带雨,百转千回,像是故作坚强之后,终于撑不住的柔弱。

她说,云来,求求你……

我听得心尖都在打战,差一点儿就要丢盔弃甲,举手投降。果然,前面那些虾兵蟹将,都是些可有可无的附赠品;仅仅是她的这一句唱腔,就已经值回票价。

我勉强收敛心神,用自以为很冷酷的声音说,不要哭了,分手是你讲的,该哭的人是我吧。

叶子薇抽泣着说,对不起,是我错了,是我太任性,你原谅我好吗?

仅仅是她说这句话的几秒内,好几次的,我都想要放弃了。我想告诉她,子薇,我们还是在一起吧。天知道,为什么"复合"这两个字,比"分手"两字要好讲得多？

　　然而，我还是咬紧牙关，冷冷道，但是子薇，你这个决定是没有错的，我也觉得我们不适合在一起。

　　她哭出声音来说，云来，那你告诉我原因好吗？我不想糊里糊涂地分手，当我求求你了，求求你……

　　我长长地叹了一口气，心里想，叶子薇，我该怎么跟你讲呢？如果这个时候，我把心里真正的疑惑搬出来，质问你跟老板之间的关系，那你一定会在电话里大声哭喊，要以死来证明自己的清白。

　　其实到了这个时候，大家都知道对方真正在意的是什么，但是那一层窗户纸，谁都不愿意去捅破。而且，正所谓捉奸在床，我又没有真凭实据的，一说出来，马上就变得被动了。

　　我们两个在电话里，长久地沉默。两部手机后面，是两座不同的城市，隔着一段高速公路的距离。

　　她却似乎狠下心来，结束了哭泣，用一种决绝的语气说，云来，我现在就去你那儿。

　　我脱口而出，都那么晚了。

　　聪明如叶子薇，一定会从这句话里，看出我的软弱。我是希望她过来的，而且还担心天太晚了，她在路上不安全。

　　她是那么的善解人意，所以，她会给我一个不能抗拒的理由。

　　叶子薇用幽幽的口气说，云来，我手里有一瓶没开的伏特加，让我去你那儿，要不就让我喝完它。

　　事到如今，我还能说什么呢？我的心理防线被全部摧毁，我知道自己现在想要做的一切，就是抱着她，帮她拭去眼角的泪水，说以后再也不会欺负她。

　　我甚至很没骨气地说，可是你太不安全了，要不然，还是我开车上去吧？

　　她却不容置疑道，不要，你今天已经很累了。我打的士过去，你先睡个觉，我到你楼下再打你电话。

　　我说，这……

　　叶子薇还说，今天是我错了，给我一个认错的机会，好吗？

我还在犹豫不决,她反过来安慰我道,乖乖的,听话。

我心里涌起一种安全感,就像是在读小学的时候,老师已经帮你安排了一切,你只要乖乖照做就好,那样的充实、温暖、无所顾虑。我再也无话可说,只好轻轻讲了一句,路上小心。

叶子薇的声音里,已经带上了破涕为笑的喜色,她说,我这就下楼,你等我。

她又说,云来,我爱你。

我皱着眉头说,啊,我也……一样。

天知道,我就是没办法说出那三个字。自从跟何小璐分手以后,那三个字像是一讲就会死的魔咒,我再也没有讲过,每次只能含糊其辞地应付。好吧,我是个懦夫。

挂完电话,我收拾好酒瓶酒杯,上楼洗了个澡,又检查了橡胶日用品的库存,然后就没什么事可做了。

我挠着湿漉漉的头发,蹲下来看水箱里的热带鱼。自国庆回来之后,鱼的数量有所改变,不过不是变少,而是变多。

回想起去隔壁拿鱼的那天,小美人兴奋得直跳,她说,叔叔你看,小白生了小小白!

我顺着她的手指看去,发现四娃身边,围绕着六七条小鱼,只有西瓜核那么大。原来是这样,叶子薇第一次在我家搞完后,指出四娃是快要生 BB 了,她并没有看错。

如今,我盯着水箱里的鱼,不由得皱起了眉头。诡异的是,那个搞大四娃肚子的,又会是哪个家伙呢?

十九

星期天的早上,我和她在同一张床上醒来,以恋人的身份。窗外秋雨初歇,又出了太阳。

她云鬓惺忪,食指在我胸前画圈,喃喃道,相公,我们今天做什么好呢?

我指着窗外说,娘子,今天我们就像外面的水泥地吧。

叶子薇皱着眉头说,什么意思?

我加重音调,一字一顿道,干了又湿,湿了又干。

她狠狠在我胸前捏了一下,疼得我哭爹叫娘。然后她说,我觉得,今天我们去找麦麦吃饭,答谢她这个媒人婆。

我嘶嘶地吸着冷气,却又犯贱道,不用那么着急,可能过多半个月,我们又不用请她了。

她狠狠剜我一眼,作势又要捏我。我抓住她的手腕,顺势压了上去。窗外,又下起一阵小雨。

不凑巧,星期天刚好是刘麦麦最忙的时候,我们只好在她诊所旁,选了个还算干净的小饭馆,吃一顿仓促的午饭。

刘麦麦跟叶子薇多年没见,所以刚一会面,两个婆娘就大呼小叫,拥抱在一起。我在一旁打趣道,刘医生,请你放尊重点,抱我老婆可是要收费的。

刘麦麦切了一声说,死人头,你老婆借我一晚,我给你一万。

她又捏着叶子薇的下巴,像日本太君一样淫笑道,你的,花姑娘,大大的好。

这一顿午饭,她们两个聊得很狂欢,我基本上插不上嘴,只好埋头猛吃。刘麦麦介绍道,这家店的老板,也得过男性泌尿系统疾病,是她刘医生妙手回春。所以每次来这里吃饭,老板都会交代厨房,菜要弄干净些。

叶子薇好奇道,是什么男性什么系统疾病?

我夹起一条菜心,又夹起个牛肉丸,一起放进碗里,装腔作势地介绍道,各位观众,这就是男……性疾病的典型症状。

叶子薇仍然一头雾水,刘麦麦却伸出拇指,夸奖道,你太有才了。

我耸耸肩膀,没办法,世界就是这样子,有人才华横溢,有人菜花肉粒。

一顿午饭很快就吃完了,刘麦麦赶着回去挣钱,临走时她威胁我说,死人头,你要是敢不娶子薇,我就跟你绝交。

我摆手让她快滚,她却又咬着叶子薇的耳朵,不知道嘀咕些什么。

等刘麦麦走了之后，我八卦地问，娘子，刚才她跟你说啥了？

叶子薇双颊飞起两朵红云，看了我一眼，又含笑低头说，麦麦讲，她有生儿子的秘方……

之后的下午里，我带叶子薇去了红树林，看别人放风筝，还有水面那些大鸟。到了傍晚时分，我又送她去火车站。我们在角落里拥吻，然后依依不舍地道别。

我看着她的背影，直至被人群湮没。然后我点了一支烟，狠狠吸上一口。不知道这一百多公里的缓冲，是让这段感情变得更好，还是更坏。

当我走回天台停车场的时候，却接到了我妈的电话。她老人家跟我客套了几句，然后就直奔主题，无非是老刘的儿子小川要结婚了，王姨要给孙子摆弥月席了，张伯的女儿……

我笑道，行了行了，我有女朋友了。

我妈喜出望外，真的？是哪里人？

我说，高中同学。我要开车了，以后再跟您讲。

挂了电话，我摇头笑了一下。从大学毕业开始，家里人就催我结婚了。这不难理解，我爸是家里的长子，我妈在家也是老大。二十多年前，我一呱呱坠地，就是义不容辞的长子嫡孙。我曾经笑话我妈，说她要感谢我的出生，大大提高了她的家庭地位。

她老人家却一本正经地说，你想不想也提高一下？

结婚，生子，明知道这件事情我是非做不可，却又总觉得离我十万八千里。情场上我算是中级玩家，但在谈婚论嫁这个领域，我绝对是个菜鸟。形式上的繁琐就不说了，结婚之后，两个人的风花雪月，就变成了柴米油盐。

而且，再漂亮的女人也会老，再过个几年，我每天早上睁开眼，看见的都是那张永远不变、黄色的脸。这样子的未来构想，未免让人有些沮丧。

不过话说回来，我也不想到五六十岁了，去领个五保户的牌子，钉在门框上。而如果能扫清心头的疑云，叶子薇倒是个不错的结婚对象。最起码，娶了她的话，奶粉钱总能省一些吧？

星期三的下午,我出来给公司办点事,然后就去医院探望刘大石。我买了一大篮水果,还有他爱吃的糖炒栗子。不过这会儿,他估计得让别人剥了。

之前小川跟我讲过,他哥已经从重症监护室,转到了普通病房。此刻,我正在走廊上寻寻觅觅,一边被消毒水味弄得头昏脑涨,冷不丁有人蹿了出来,一把拽住我,把我吓了个半死。

等我定睛一看,却是小川他们的妈妈。

阿姨一边说人来就好,破费什么,一边接过了我手里的水果篮。我尾随着走进病房,她放下水果篮,就热情地攒住我的双手,反复摩挲。那样子,就像是农家大婶见了解放军战士,党的恩情比海深,农奴翻身做主人,只差抹眼泪了。

我如实相告,说那晚我实在没帮上什么忙,她却无论如何不信。

阿姨说,小川都讲了,要不是你,啧啧……

小川那家伙就是这样,他帮了你会绝口不提,万一你帮了他,能讲的他大肆宣扬,不能讲的更牢记心里,等以后报答。

阿姨还在絮叨个不停,病床上的大石咿咿呀呀的,像是在喊我的名字。我总算是摆脱了阿姨的热情,站在床边仔细看他。他身上的绷带没有我想象的多,不够格当木乃伊,勉强算是半成品。

照我估计,这些天里来看他的人不多,所以他才这么兴奋,一直口齿不清地跟我聊天。阿姨在后面偷偷捏了下我的手,其实不用捏我也知道的,那就是别提小雯,以免穿帮。我不知道小川是怎么编的,我只知道,在大石的世界里,小雯一定没有死。

我看着大石的脸,被纱布笼罩的憨笑后面,他未必没有怀疑真相。只是,谁这样半死不活地躺在床上,还有勇气去刨根问底?

有时候真相太过残忍,所以骗你,是为了你好。

走出住院部大门,阳光铺满了一地,白花花的晃眼。我大步踏了出去,任由阳光洒落肩头,心里好一阵轻松。年轻人啊,既然你不在监狱里,又没躺在病床上,那还有什么好烦恼的?

我伸手想要去摸烟，这个时候，手机却响了起来。我掏了出来，阳光太刺眼，看不清上面的号码。我直接按下接听键，再送到耳朵旁边。

喂？

是一个陌生女人的声音，又有点似曾相识。

我皱着眉头问，喂，你是？

那个声音似乎喜出望外，她说，天哪，云来，你真的没有换号码。

我这个手机号是全球通的，从上世纪末用到现在，一直没换过。我一边在脑海中匹配这个声音，一边信口开河道，没换有什么奇怪，我这辈子最大的缺点是专一，然后就是恋旧。

说完这句话，电话那边传来夸张的笑声。

我突然就停住脚步，怔在当地。这笑声像一把锐利的标枪，由多年前的她投掷而来，穿过往事的迷雾，从黑暗里突围而出，最后刺破我的耳膜。

我知道她是谁。她是何小璐。

周围嘈杂的人声，把我带回到现实里。我干笑了两声，招呼道，嗨，何小璐。

何小璐夸奖说，哎呀，没想到，你还听得出我声音，真厉害。

我开玩笑说，那是，早说过了，我这辈子都不会忘记你，我做鬼也不会放过你的。

如我所料，她又开始大笑，可是笑到一半，她突然咳嗽起来。我假模假式地关心道，上次的咳还没好啊？枇杷膏没喝够？

那一边的响动稍微小了，却是何小璐把手机拿远了。那咳嗽声听起来很空洞，像在巨大的院子里，用力拍打床单。我耐心地等着她咳完，本想再说句什么俏皮话，她却开口道，云来，我病了。

我那该死的幽默感刹不住车，仍然说笑道，有病要去看医生呀，身体是乱搞的本钱。

何小璐说，我现在就在医院。

她停了一下，又强调道，云来，我真的病了。

我的心突然就往下沉。在我的记忆中，何小璐是个从不认输的女人，永远精力充沛，热力十足，我很难把"病"这个字，跟她扯到一起。这时我突然醒悟到,已经多年没有联系了,她今天突然打电话给我,本来就有些不妙。

我沉吟着,不知该怎么开口,她却反而笑了,故作轻松道,看,吓着你了吧? 其实也没什么大事啦。

我小心翼翼地问,是怎么回事? 方便告诉我吗?

那边静了一会,然后她说,好呀,你愿意听的话。

接下来,何小璐用一种旁观者的沉稳语气,给我讲了她病情的来龙去脉。是上次她说的咳嗽,但绝非简单的那种。据她说,早在去尼泊尔之前,她就咳了很长一段时间,以为是支气管炎什么的,再加上新婚燕尔,工作又忙,一直抽不出时间去医院。

直到这一次,从尼泊尔回来之后,大概是因为高原反应对肺部的影响,咳嗽一下子就严重了许多。前几天夜里,实在咳得连觉都睡不着,于是被她新结婚的老公扭送到了医院。

何小璐说,拿到检验报告的时候,老公脸色都变了,哎呀,他好没用的。

何小璐还说,医生说呀,有可能是红斑狼疮,也可能是胸膜炎。听起来挺可怕是吧? 不过都能治啦。

何小璐笑着说,早上他们给我抽了胸腔积水,能装满两个大可乐瓶。现在轻松多了,要不然说一句咳三句的,电话都没办法讲。

她最后说,老公去单位请假了,刚才我一个人躺在病床上,窗外有棵木棉树,然后……就想起你了。

我牢牢地握住手机,小腿却有些发颤。往事像刺眼的阳光,潮水汹涌,瞬间把我淹没。

木棉花,英雄树,生长在气候炎热的地方。三四月的时候,大红的花朵在铁枝上盛放,像一些小小的火炬。

那是高三的下半学期,刚开学不久,我陪何小璐去邻市的妇幼保健院。穿过病房的窗户,天井里有几株高大的木棉,正开得如火如荼。那样子的情景,那样子的时光,她不会忘,我也不会忘。

毕竟,说到打胎,我们都是第一次。无论快乐或痛苦,第一次,就容易永世不忘。

得知她有了孩子,是在年关将近时。而在过去的一个学期里,因为种种原因,我和何小璐的恋爱关系趋向公开,还因此被学校点名批评了一次。只不过因为双方成绩都好,老师没有太过为难。

那时候,我们走在湿冷的街道上,她戴着我买的手套,我系着她织的围巾。我正在打算要去哪里吃点心,一碗热乎乎的牛肉面,或者绿豆汤什么的。

她突然说,我那个没来。

我说,啥?

何小璐停下脚步,脱下手套,然后又戴上。她抬起头来,直勾勾看着我说,云来,我有了你的孩子。

我始料未及,结结巴巴地说,上次我有什么啊,啊,难道是上上一次吗?

她冷笑了一下,问道,你怕了吗?

我勉强咧嘴笑了一下说,有什么好怕的。不过,那个,你是怎么知道的?会不会弄错了?

她盯着我的脸,失望地摇了摇头,然后突然甩下我,大踏步向前走去。我赶忙追了上去,拖着她的手,解释道,璐,别生气,我又没说我不负责。

何小璐头也不回地说,你不要管我,我会自己处理好的。放手,你放手!

刚好有一个街坊走了过来,我就真的放开了手。等到再要去追她的时候,已经来不及了。于是我就站在那里,看她跑到那个路口,一转身,踪影全无。

搞出这事,受罪的是她,惹祸的是我。只怪我年少无知,迷信什么前七后八;实际上,在安全期的尾巴,一点儿都不安全。

在肇事之前,她说要做措施,我坚持说不用;在事发之后,我们的意见倒是一致的,那就是这个孩子,无论如何都不能要。

于是,在接下来的日子里,我开始认真地做功课,内容都是围绕那个小手术的。感谢那个时代就有了网络,还有搜索引擎,雅虎或者搜狐什么的,要不然的话,这些事我该从何得知?

总而言之,在除夕到来的前几天,我趁着大人都在忙活的时候,偷偷摸摸在家里上网,查阅资料,然后抄在笔记本上。我一条条地详细罗列,包括手术的最佳时机、费用、注意事项,术前术后的调养、饮食。还有最重要的一条,就是邻市妇幼保健院的地址。

当然是要去邻市的。我们生活在一个很小的县城,街头巷尾都是熟人。像这样见不得人的手术,谁会蠢到在当地做呢?

至于手术的费用,倒是很好解决,我从压岁钱里扣留几张就成。

当我终于做完所有笔记,扔进带锁的抽屉里,已经是腊月廿七了。窗外有零星的鞭炮声,街市上熙熙攘攘的,大人在办年货,小孩子在买新衣服。好一片欢天喜地,红红火火。

有谁会想到,一个高中生坐在他午后冷清的房间里,做好了周全的计划,要在新的一年,杀死自己未成形的孩子?

突然有一阵子,我觉得好难过。

楼下传来我妈的叫喊,来啊,还不去买对联?

我答应了一声,锁好抽屉,匆匆下楼去了。

二十

高三这年的寒假特别短,除夕刚过,转眼到了初七,马上就开学了。整个年级的学习气氛越来越紧张,毕竟高考一步步逼近,而这是决定我们命运的大事。在这样的情况下,何小璐肚子里的那颗定时炸弹,我们更是欲除之而后快了。

我们按照手术的最佳时间,等到三月份,选了个星期天,大清早就出门,搭上了去邻市的班车。

那时候的客车都是卧铺,车厢里弥漫着可疑的味道,铺位更是油腻腻的。何小璐躺在靠窗的位置,我怕她晕车,准备了两个大的黑色塑胶袋。之前她就说过了,总有些恶心作呕,不知道是真的妊娠反应,还是心理作用。

一路上她都病恹恹的,看着窗外,不怎么搭理我。不过,那两个塑胶袋倒是没用上。

窗外的风景从城镇变成郊区，郊区到了乡村，又慢慢回到城镇。客车进了邻市，马上就要进站，车上的乘客都坐起身来，收拾收拾准备下车。何小璐突然抓住我的手，紧张地地说，要不然，我们回去吧。

我张张嘴巴，欲言又止，过好久才挤出一句话，对不起，可是我们说好的……

她对我摆摆手，示意我不用说了，然后又勉强笑了一下。她在笑自己傻吧？可是就连傻子都知道，我们已经回不去了，何况她那么聪明的女人！我们辛辛苦苦读了那么多年书，为的就是这一次高考，怎么可能为了这不该来的禁果，改变自己的人生轨道？

我还想说些什么，她却已经恢复了平日的冷静，轻轻地说，我们下车吧。

如果她一直哭哭啼啼的，或许我还好受一点儿；她最让我心疼的，就是现在这有泪只在心里流、刻意坚强的样子。

我们在车站里下了客车，搭那种人力三轮车，去妇幼保健医院。这是一座靠海的小城，阳光从云后洒落，车辆在路上喧嚣。我不禁想，阳光照射下的海水，是否也这样在沸腾？

其实这个地方，高二时我带何小璐来过。那时候两个人正勾搭上不久，到这没有熟人的地方拍拖。所以这一次，也可以算是故地重游了。

我们乘着三轮车，路过一间 KFC。上一次来的时候，在这间店里面，何小璐吃了她人生里的第一个汉堡。因为我们那个山区小县城，跟何小璐家里一样穷，即使到了现在，也开不起一家麦当劳或 KFC。

车站离医院并不远，即使三轮车走得慢悠悠的，还是很快就到了。我牵着她走进医院大门，开始了我不愿意提及，或者真的已经忘掉的，繁琐而冷冰冰的流程。

我已经忘了医护人员的眼睛里，流露出的到底是同情、鄙视还是麻木，我只记得，她一直握住我的手。紧紧的，死死的，带着爱，还带着恨。

然后，一切安排就绪。我坐在走廊的椅子里，那个小小的手术室外。里面躺着我的女人，正在以一个难堪的姿势，让冰冷的金属伸进身体里，去搅烂那一团肉，一点儿，再一点儿地挖出来。

这漫长的痛苦,全都由我而起。怪我年少无知,心存侥幸,贪图那本能的欢乐,几秒钟。

短短的几十分钟,对我来说,长得像一个世纪。最后,护士终于扶着她出来了,我仓促起身,看见她脸色苍白,快要虚脱的样子。

护士交代我说,到隔壁房间,休息半小时再走。还有,楼下大门对面,有卖红枣鸡蛋汤的。

我站在那里发呆,她责怪道,还不快去买?

我跳起身来,冲着跑下楼梯,脚步声回响在苍白的医院里。窗外,木棉花红得像火。虽然最后会凋零,但它们至少燃烧过;还有一些生命,未曾绽放,已变成一团粉红色的泥。

我气喘吁吁地跑下楼去,在医院对面买了份红枣鸡蛋汤,然后又气喘吁吁地跑了上来。

何小璐躺休息室的病床上,双眼紧闭,手捂着小腹,这个姿势看得我心疼。我拉张椅子坐下,轻声道,璐,喝点汤,趁热。

她慢慢坐起身来,皱着眉头。我开始用汤勺一口一口地喂她,两人一句话都没有说。在我的记忆里,这个画面只剩红白二色,触目惊心。白的是医院的墙壁、床单、汤勺,白得像她的脸;红的是碗里的红枣,和窗外的木棉。

然后,有泪滑落。

汤是甜的,暖的,泪同样是暖的,然而又苦又咸,任谁都尝过。

也就是在这一刻,我默默起誓,要用余下的所有生命,来对这个女人好。同时我又绝望地意识到,无论我怎么偿还,都不可能还得清楚,对于她,还有那团被捣碎的骨肉。那可以是一个生命,鲜活得如同你我。那是地上我生命的延续,而我亲手葬送。

这辈子,我永远有罪。

当天下午,我们搭乘同一班客车,打道回府。车上的乘客,看起来一个比一个眼熟,所以一路上,纵然我们有千言万语,却也不知怎么开口。三四个小时后,我们在县城的车站里下车,相视无语,分道扬镳。

我无精打采地回到家,我妈正在厨房里忙活,传出来一股奇怪的药材味。我把自己锁进房间,却一眼看见那个笔记本,就这样躺在桌面上,明目张胆。我想起早上出门的时候,太过匆忙,只记得撕下地址,却忘了把它锁回抽屉里。

我的心一下子就提到了嗓子眼,我妈总会进来帮我收拾房间的,那么,她有没有发现这个笔记本?

这个疑问搞得我坐立不安,我想着下楼打探军情,刚进厨房,却看见我妈把一锅汤慢慢舀进保温壶里,面无表情地对我说,益母草炖鸡,给你的同学补补身体。

她又叹了一句,儿子啊,你好造孽。

许多年后,回想起这一段,我总会忍不住假设,如果笔记本早两天被我妈发现,结果会是怎么样? 或许,我妈会安排何小璐先把孩子生下来,休学一年,再回去读书。这样的话,我们的生活,会跟现在完全不同。

也许,我跟何小璐都没考上大学,留在那个破旧的县城,随便做点儿小生意,开个网吧什么的。想象一下这个画面,柜台前夕阳西下,她在后面的厨房里做饭,油烟四溢;我们的儿子刚放学回来,小小的书包还没放下,就缠着我要买变形金刚……

可惜,现实生活里,容不得也许。

在那以后的一个月里,我妈又炖了几次益母草鸡汤,后来我干脆让何小璐来我们家里喝。我妈其实不太喜欢何小璐,之前总在我面前唠叨,说,来啊,你这个女同学下巴太尖,福薄。但可能是为了帮我赎罪,在那之后,无论我想买什么东西给何小璐,她总是一口应允。

等何小璐元气恢复过来之后,我们就投入到了紧张的高考复习。我跟她约好了,要一起考去广州的那所大学,以我们几次模拟考的成绩,是没有多大问题的。然后,我们一起读大学,一起毕业,找工作,上班,结婚生子……

然而,人算不如天算,或许是因为帮小川和南哥作弊,得了报应,成绩出来的时候,何小璐如愿去了我们相约的大学,而我的分数,只能去深圳的那所大学读普通本科。

我们说好不会分开，然而，我们分开了。我不愿细说我对她有多好，正如同我不愿细说，分手后我有多么绝望，多么想不通。要知道伤心总是难免的，如果你也被抛弃过，这种痛，你懂。

后来，时间像缓慢生长的青苔，遮住了流血的伤口；我告别青春期的阵痛，开始活得像个成年人，在这个城市里，纸醉金迷。

拜初恋所赐，我学会了两样事情，第一是抽烟，第二是善用计生工具。我并不是有多么崇高，多么妇女之友，说到底，我只是自私。有一些伤心，一辈子只要一次，就够了。

像一场大梦醒来，我又站在这里，几百公里外的另一个医院，站在刺眼的阳光中。手里茫茫然握着一个手机，通话已经终止了。我忘了刚才是怎么安慰何小璐的，忘了她跟我道别时，是叫我去看她，还是叫我别去看她。

我一时间忘了自己要去哪里，站在原地，徒劳四顾。这时候，有两个中年男人，从我身边匆匆走过。他们说起了一个字眼，突兀的，张牙舞爪的，那是一种凶险的绝症。

我突然想起七月十四，当我第一次睡在叶子薇床上，所做的那个梦。何小璐带着一个七八岁的小孩，站在教室门口，呼喊我的名字。黑白的梦境逐渐清晰，原来隔在我们之间的，并非几张课桌，而是地板上一条汩汩流动的河。

在这一瞬间，我突然意识到，何小璐的病不是那么简单。那个梦，是在暗示着什么。

这不祥的预感，和恐惧一起从天而降，像巨鹰的两只利爪，紧紧攫住我的心脏。一股寒气自脚底升起，让我手脚发麻，如坠冰窟。

过了好久，我终于回过神来，记起自己要去的是停车场，而站在这里晒太阳，并不能解决任何事情。我把自己挪进了普桑，车厢里被阳光逼得像个蒸笼，反而让我清醒了一点儿。

我想了一会儿，然后掏出手机，打电话给刘麦麦。

她那边一接起来就说，死人头……

我不知怎么的，觉得这个词特别刺耳，赶忙打断道，麦麦，我有正事要请教你。

刘麦麦大笑道，哈哈哈，生儿子的秘方是吧？

我懒得跟她说笑，直接道，正经的，我找你借两本书，讲病理的。

她奇怪地咦了一声，问，跟什么相关的？

我深深吸了一口气，故作轻松道，癌。

有些人因为种种原因，被迫躺在病床上，也就心安理得的，停下了手里要做的事。但除此之外，这世界仍在忙碌地转，别指望它会稍作停顿。

星期五的晚上，小川召集我和南哥一起吃饭，商量筹办婚礼的事情。大石还过着地主老财般的生活，饭来张口，针来伸屁股，所以本来由他做的事情，就分摊在我们三人身上。算起来好像很多任务，一分下去，也就这样而已。

摆酒的日子定在农历的十月廿六，据说是今年里最好的一天。小川最中意的那家酒店，早早给别人订了，只好退而求其次，挑了另外一家。大厅跟包厢加起来，一共四十张桌子，每桌三千八百八十八，再加上十万块的酒水，大概是二十五万这样子。

对于这个花费，南哥评价说，嗯，不贵。

我白了他一眼，对于这个玩网游花掉了十万块的人来说，还有什么是贵的？

花车这方面，主婚车是酒店提供的，加长奔驰，南哥找他的一个关系户，借了三辆五系宝马，剩下的则由同事、朋友、客户拼凑而成。

我跟子薇当伴郎伴娘，南哥是兄弟之一，姐妹则是小兔的几个同事，我差不多都见过，长得像雾像雨又像风的，就是不太像人。

这时候，小川举起手中的啤酒杯，致意道，总之，辛苦你们了。

我举杯说，为人民服务。

南哥则庄严道，为了联盟！

吃完饭，我们打算去松骨，谁料就在埋单的时候，他们两个先后接到电话,要赶场去陪领导,陪客户,这样一来,我顿时成了孤家寡人。

如今我坐在方向盘前,看着他们两辆车尾灯闪烁,绝尘而去。我摇下车窗,点燃一支烟。现在去哪儿好呢?

一个人去推拿也不是不行,但总觉得有些怪。我突然想到,要不然上广州去找叶子薇,给她一个意外惊喜?

本来下午我们说好了,我这边要陪两个哥们晚饭直落,她那边要和饭姐等一干八婆,逛街唱K。那从晚饭到十二点这一段时间,电话都有可能会听不到,所以就等各自回家后再联系。

现在我提前空了下来,可以用两小时的时间,跨越广深高速,去她楼下等她回家,或许手上还拿束小花什么的。

这样想着,我打着了火,踩下油门,朝着高速入口的方向开去。但是在一个红灯面前,我又改变了主意。

搞突然袭击这一套,弄巧成拙的机会很大。她那么漂亮的女人,总会有男人送她回家的。这小小的暧昧是在我允许的范围内,她也不必让我知道。但如果当面撞上了,那尴尬不是自找的?

反正我们已经说好了,12点后再通话,我不该让她觉得我疑神疑鬼。这时前面的红灯变绿了,我大打方向盘,抢了几个车道,在路口掉头回家。

一进门先喂了鱼,然后是洗澡,换上宽松的衣服。我坐在电脑面前,随手抓起桌面的那本书,棕色封面,又厚又重。

经过昨晚的一番研究,我大概锁定了其中几十页的内容,如今我再仔细研读。我一边回想前天在电话里,何小璐所描述的症状,一边用手指划过书里的字句,越对应,心越往下沉。

她幼年失怙,而父亲所罹患的,正是这种恶疾。

我心情烦躁,放下手中的书,拿出一支香烟,却又捏个粉碎。如果她患的真是这种病,那岂非太不公平?

这本书是我从刘麦麦那里借来的,里面写的都是专业术语,佶屈聱牙,读得我一愣一愣的。我合上书本,揉了揉眼睛,又上网搜了会儿资料,好填补书上不懂的空白。

尽管我不愿意相信，但随着理解的深入，一个名词在我心底逐渐浮现，越来越清晰。

非小细胞肺癌。

何小璐所描述的，类似红斑狼疮或胸膜炎的症状，其实都可以是这种肺癌的表征。我想，她之所以对病情那么轻敌，是因为医生跟家属，都在瞒着病人自己。

非小细胞肺癌，按照我临时抱佛脚的医学知识，这是一种非常凶险的恶性疾病。更为严重的是，由于肺部的代偿反应，病情在被发现的时候，往往已经是中晚期了。那么，即使采用积极疗法，病人的预后也很差，能够存活的几率不大。

当然，这一切只是我的推测而已，真正的病情如何，还得她那边才能弄清楚。

这几天来，我给她发了两条短信，但是都没有回复。我又不敢打电话过去，怕打扰到治疗什么的。她的QQ更是没有上过了，估计早就被勒令远离电脑，远离该死的辐射。

我查完资料，随手点开她的头像，意外发现她的QQ空间有更新。进去一看，却是她丈夫代发的一篇日志。

他首先解释了这一段时间里，小璐之所以突然消失，是因为身体出现了一点儿问题。他又感谢所有关心小璐的人们，让大家不用担心，她的病情并不严重；而作为小璐的老公，他一定会倾尽所能，让她尽快好起来，活蹦乱跳地，回到大家的视野里。

最后他又告诫大家，千万不要像小璐一样，以为工作就是生活的一切，最终忙垮了身体。

在日志里，他表露出一种乐观的情绪，我拿不准是真心的，还是装出来的。但愿何小璐的病情真的那么乐观，但愿我之前所想的一切，统统都是狗屎。

但愿。

廿一

我对着电脑显示器,挠挠头发,突然自嘲地笑了。我担心个毛线啊?为了一个分手多年的女人,搞到自己眉头深锁,凄凄惨惨戚戚,有意义吗?

好吧,无论事实如何,我不过是个无名无分的关心者。何小璐的病情,就留给医生跟她老公去烦恼吧。至于我自己,还是关注一下现在的女朋友为好。

桌上放着两部手机,我先后拿起来查看,果然,都毫无动静。我又打开了叶子薇的QQ空间,看她最近更新的日志。都是些张小娴风格的感情废话,平心而论,她的日志内容空泛,文笔倒是不错的,比一些狗屁不通的小说家好多了。

草草看完几篇日志,我又转到了她的相册,欣赏上次去鼓浪屿旅游的照片。阳光,沙滩,海浪,没有仙人掌,倒是有花样百出的猫,还有她的单人照、跟饭姐的合影,在一些斑驳的老楼下。

出乎我意料的是,翻遍整个相册,都没有出现我的身影。回想起在岛上时,虽然我对到此一游的留影没有太多兴趣,但在饭姐的张罗下,我还是跟叶子薇合照了几张的。

然而,在相册里没有我的照片,一张都没有。就像我们刚开始勾搭时,我看她的其他照片一样,男人,或者男人们,被她故意隐藏起来了。

其实除了相册,日志也是一样的,根本不涉及我们正在进行的这段恋爱,更不会出现"我男朋友"之类的字眼。如果是一个不知情的人,来看她的QQ空间,一定会以为她是单身。

我的心情,一点点变得烦躁起来。不是要你敲锣打鼓,四处宣传,但至少不要把我当成隐形人,又把这段感情扔在一旁,像是不值一提的抹布。我们又不是地下恋人什么的。

这一段相处的许多疑点,在一瞬间,全都涌上心头。哦,或许她要的就是这个,地下恋人,以便同时处理好几段感情关系。

而我不会让你如意的。几乎是在一瞬间,我就作好了决定,站起身来,抄起手机,准备开始我的反击。

在握着手机的时候,我明知不该这么想,但一段回忆还是不期而至。多年前,何小璐跟我提分手,我苦苦追问是不是有第三者,因为之前打她的手机总是不接,短信也是大半天之后才回。

而当时那个手机,诺基亚8250,是我妈送给她的,说是方便我们联系。甚至每个月的电话费,也是我帮她出的。

在分手的那个下午,阳光凶猛,占据了宿舍楼的墙壁的爬山虎,艳绿得有一股妖气。何小璐一口咬定,没有别的什么人,只是我们不合适。

一星期以后,跟她同校的另一个高中同学告诉我,看见何小璐走在校道上,抱着一个男生的手臂。好像是学生会的部长。

我知道,抱怨一个躺在病床上的女人,会显得特别卑劣,但事实如此,我对女人的不信任感,正是由她开始。

女人们,我很好骗么?多混了这几年,我不要再当一个傻子,任人愚弄。

我走到窗户前,先是拨打了叶子薇的电话,不出我所料,彩铃唱到无疾而终,电话还是无人接听。

这个时候,我也可以打电话给饭姐,在叶子薇的说法里,她们是在一起唱K的。但同时我也知道,这样做毫无用处,因为她们沆瀣一气,早就串通好了。一方面,饭姐绝不会接我的电话,另一方面,我的这种举动,只会给饭姐留下心胸狭窄的话柄。

那么,该怎么办才好呢?好吧,跟女人周旋,需要一些摆不上台面的智慧,或者叫伎俩也可以。我开始搜索手机电话簿,拨下一个广州的固定号码。

电话通了,那一边说,你好,甜蜜蜜糖水店。

我用广东话说,要两份番薯糖水,一个杂果班戟,送到某某小区,C座,1730。

那一边说,好的,先生,还需要其他什么吗?

我说,就这些,要快,十点半前送到。

挂了电话,我到浴室里换了衣服,拿起桌上的烟,又走回到窗前。当我抽到第四支的时候,手机响了起来,是一个陌生的号码。

电话那边,是一个莽撞的小伙子,他抱怨道,先生,你刚才要了一份外卖吗？

我说，是啊。

他说，我刚刚按了对讲机，楼上说没有叫外卖。保安不让我上去。

我拖长声音说，哦？你是在什么座？

那边传来翻动塑料袋的声音，然后他说，先生，你不是在 C 座 1730 吗？

我装作恍然大悟道，你们写错了，我这儿是 B 座 1730，快点送过来吧，我快要饿死了。

挂了电话，我心里有一点点内疚，对这不知不觉中，充当了一次探马的外卖小弟。不过，作为交换，他等一下会在 B 座大堂里，问候我的祖宗十八代；而我如果有机会的话，下次会给他一点儿小费。

不管怎么样，我已经得到了想要的信息，叶子薇家里有人。就是现在。

我掐掉手里的烟头，换上皮鞋，急匆匆地出了门。我的直觉没错，她欺骗了我，至少是对我有所隐瞒。我当然可以装聋作哑，好让这段关系维持下去，但是，去他妈的维持关系。

我已经受够了忍气吞声。无论是戴绿帽的人，或者给别人戴绿帽的人，我一个都不想当。

现在，我要这一切水落石出。如果事情不是我想象的那么糟，那固然不错，但假如事情真是那样……我咬着下唇，握紧拳头，心里升腾起一股被欺骗的感觉。我要打他一顿，指节跟皮肉碰撞，砰砰，那踏踏实实的声响。

我要杀上广州，捉奸在床。

一个半小时后，我从一个灯火明亮的城市，穿过一条黑乎乎的高速，来到另一个城市里，灯火辉煌。一个半小时，对于一辆普桑而言，这是了不起的速度了。

此刻，我正在地下停车场的出入口，摇下车窗，对着保安亭里的老家伙，挤出满脸媚笑。之前叶子薇带我进出了几次，所以这老家伙不情不愿的，还是递给我一张停车卡，开闸放车。

我缓缓驶入车库，正在这时，一辆黄色的丰田 FJ 越野车，从下面盘旋而上，停在出口的道闸前。黄色的 FJ，好像听叶子薇说过，她老板就有一辆。

我犹疑着慢慢往下开，却蓦然从倒后镜里看到，那辆 FJ 的车窗里，伸出一只粗胖的手。

我像是被一棍打醒，当下松开刹车，冲下螺旋形的车道，在开阔的地方掉了个头，又加大油门，吭哧着爬了上去。待我来到出口时，刚好看见那辆黄色 FJ 的尾灯，在路口闪了一下，拐个弯不见了。

我把停车卡连同十块钱的钞票，一同递给那个老家伙，让他不用找零，赶快开闸。我就像是按捺不住的跑马，在道闸升起的那一刻，踩尽油门，在赛道上狂飙。

普桑拐了几个弯，上了中山大道。幸好，那辆 FJ 开得不快，也没怎么转弯，我在车流里左右穿插，两个红灯之后，慢慢追了上去。

然而，我该怎么让他停下来呢？

我一边思索着这个问题，一边控制着速度，跟 FJ 并排而行。我扭头向右，隔着两重车窗，里面人影模糊，似乎就是国庆旅游前的那晚，我所见到的王总。

那个死胖子。

我胸腔一片燥热，恶毒的想法在脑海里翻腾。好啊，你们这对狗男女。是那个外卖打草惊蛇，还是胖子早有家室，本来就不打算留下过夜？

我深深吸了一口气，然后放慢车速，溜到 FJ 的正后方。紧接着，我开始狂闪远光灯，同时大鸣喇叭。那辆 FJ 迟疑了一下，打了右转灯，让开中间的车道。

我于是加大油门，冲到路的前面，不打转向灯，却猛然向右变道，挡在 FJ 前面。然后，我开始轻踩刹车，减慢车速。等他刚打转向灯，我突然又加大油门，抢先向左变道。

如此几番捉弄，那辆 FJ 也被我惹怒了，开始向我闪大灯。在一明一灭的光亮里，我头晕目眩，热血沸腾，而理智就如同上一个红绿灯路口，早被我抛在脑后。

我摸摸安全带的锁扣，确定已经系好，然后屏住呼吸，右脚猛踩刹车！

随着肾上腺素的极速飙升，眼前的一切都放慢了动作，车流，灯光，空气,一切都变得凝滞而黏稠。连声音也不知死哪去了,我所能听到的,只有自己沉重而缓慢的呼吸。

叶子薇送我的,系在倒后镜上的护身符,像秋千一样晃荡,慢慢撞在玻璃上。

突然之间,一声刺耳的尖啸,划破了凝固的时间,那是轮胎与路面剧烈摩擦的声音。紧接着的几秒内,还会有一些金属、玻璃和血肉,要在路灯的光晕里迸裂、飞散,最后被遗弃在马路上。

至少在那一刻,我是这么认为的。

然而,或许是由于四轮驱动良好的制动能力,又或者是胖子本来就有所防备,那FJ从右后方斜着闪了过去,堪堪避过我的车尾,又向前滑出一段距离,最后停靠在人行道旁。

此时此刻,我的心脏开始剧烈跳动,恐惧这时才追了上来,还有后怕。如果刚才他撞过来,六十公里的速度并不快,但或许,已经足够让一两根骨头断掉,在我或他身上。

而这样的一件事情,肯定谈不上美妙。

普桑停在马路中央,像是川流不息的河里,一个荒芜的孤岛。我坐在车厢内,惊魂未定,后面的车辆从我旁边经过,其中的一些摇下车窗,对我破口大骂。

我抬起头来,看见那辆黄色的FJ,正停在前面不远的地方,打着双转向灯。我对自己说,好吧,无论如何,我截停你了。

我的呼吸渐渐平缓,又深深吸了一口气,然后重新发动车子,向那辆FJ靠拢。我把车停在他前面,挂挡,熄火,推开门下车。

FJ的车门慢慢打开一条缝,里面的人探头探脑,似乎在犹豫着,到底要不要下来。我点燃一支香烟,同时重燃满腔的怒火,深深吸了一口,然后大踏步走过去。

死胖子,看我不打死你。

那车门终于打开,一个胖子走了下来,脸上满是油汗,反映着路灯的光。我却停下脚步,愕然呆在当地。

没错,这是一个胖子,却不是我想打的那个。我千辛万苦,差点把命都搏出去了,他却不是什么王总。

喵了个咪的,到头来,我认错人了。

那胖子脸上挂着愤怒,又夹杂着更多的恐惧。他跟我一样站在原地,嗫嚅着,似乎还没拿捏好,该用哪一种态度来对我。

或许,他心里正在犯迷糊,我到底是 High 大了的白粉仔、无法无天的撞车党,还是什么时候惹下的仇家——他最担心的应该是后者。毕竟,在这样一个大城市里,谁能活得绝对无辜、问心无愧?

而我就这样站着,一边吸烟,一边盯着他。

最后,他终于鼓起勇气,用不高的音量说,你有没搞错?

我面无表情道,对不起,认错人了。

他似乎松了一口气,开始骂骂咧咧,丢你老……

我把烟头扔到地上,低着头问,要怎样?

那胖子胆怯了,挪动脚步,退回了车上,一声咒骂从门缝里漏出来,黐线。

他的这种做法,是非常合理,也是非常合乎逻辑的。置身处地想一想,如果是你一身富贵,开着好车,突然被一辆破破烂烂的普桑截停,而下来的那个男人,瘦得潦草,双眼通红,一脸杀人犯的表情——你也会退回车上去的,毕竟,你那条命金贵些。

廿二

如今,我站在一颗芒果树下,路灯光照不到的角落里。地上有一些死掉的烟头,风从街道的那一头吹来,呼啸而过,消失在另外一头。

夜深人静,凉意袭人,在这亚热带的城市,秋天终于还是来了。我狠狠吸了一口烟,心里打算着,等这次回去,就该把外套翻出来了。

烟雾在黑暗里消散,这样的忧伤无始无终。

过了午夜十二点,手机上的日历跳动,从理论上讲,已经是新的一天了。

我又等了几支烟的时间,电话终于响了,谢天谢地,是叶子薇。

她当然是刚刚回到家里,连鞋都还没脱,就打电话给我的。我当然是刚刚到她家楼下,就在几分钟前,因为我实在太过想她。

电话的那一边,她惊喜地叫道,云来,不是吧?你说的是真的吗?你是在骗我,对吧?

我爽朗地笑道,骗你的话,你就是小狗哦。

叶子薇不想跟我斗嘴,她接连追问几句,确定了我真的在楼下,之后便说,你在大堂等我,让我下去接你。

我答应道,好。

她最后说,云来,我好爱你。

十五分钟后,在电梯里,我们柔情蜜意,顾不上有摄像头,已经拥吻到了一起。她的舌头那么柔软,就像我第一次吻她时那样。

在这个晚上,许多事情发生了,却像什么都没发生过。许多事实都被掩盖,我们能看到的,只是彼此呈现给对方的表面。

就好像她的房间,一切摆设都无动于衷,没有其他男人来过的迹象,当然,也没有我留下的痕迹。我穿的睡衣,都被她收进衣柜,如今帮我捧了出来,散发出柔软的芳香,又叠得那么整齐。我实在没什么好抱怨的。

这一个夜晚极尽缠绵,当我每一次深入她体内,都像是最狂热的爱,或者最狠的报复。

当风暴过后,云雨初歇,她躺在我的身侧,用指甲在我胸膛上画圆。我突然说,子薇,你来深圳吧。

她微笑道,好啊,下星期?

我一把攥住她的手掌,一字一顿道,不,我说的是一辈子。

叶子薇抬起头来看我,眼里带着一点儿迷惑,嘴角却还满是笑意。我静静地凝望她,直到她看出我不是在说笑。

笑容在她脸上淡去,像是墨滴消散在一杯水里。

她犹疑着,轻声说,云来,怎么突然说这个?

哦,其实这并不是突然。在这段时间里,我已经厌倦了互相欺骗,然后是彼此猜疑，我也知道，再这样下去的话，我们最终不会在一起。

你跟我都知道，在分隔两地的恋人之间，信任是多么脆弱的东西，像一件玻璃工艺品。你知道随便一件事情，就可以轻易把它毁掉，而你越是精心呵护，小心翼翼，它越要摔碎在你手里。你无能为力。

在另一方面，我固执地认为，只要搬到一起住的话，所有的难题都将迎刃而解。我们会建立家庭，生儿育女，像周围的夫妻一样生活。至于两个人是不是真的适合结婚，我却连想一下都不敢。

然而子薇，叶子薇，我该怎么跟你说呢？坦承我心里的困扰，只会给双方带来更多的困扰。在这个时候，我有义务表现得坚定。

于是，我把她的手拉到胸前，用最诚恳的语气说，子薇，我不想再这样两地分居，我想要每晚都抱着你，每一天早上醒来，都能看见你的脸。

她柔软地一笑，说，我也想要这样，可是……

我紧紧攒住她的手，打断道，先不要可是，好吗？难道你不想和我一起生活？

她一边努力把手抽出来，一边辩解道，当然不是，但你这样子好突然……

我急切道，有什么好突然，我们始终要搬到一起，才能结婚的，对吗？

她却啊了一声，皱眉道，云来，你弄疼我了。

我只好松开手，叶子薇轻轻说，云来，你听我讲，如果是我让你来广州，你愿意吗？

其实，关于我从深圳搬到广州，这个想法，我也不是没考虑过。可是每次想不到半分钟，我就打消了这个念头。要我这个奔三的男人，丢下供了一半的房子，以及辛苦积累的人际关系，离开生活了八年的深圳，嫁到陌生的广州？别开玩笑了。

好吧，先抛开面子问题，光从经济方面去考虑。工作几年，我并没有多少存款，而房贷是每个月都要还的。只要三个月没有收入，我连吃饭都会成问题。而如今正是金融危机，要在广州找到一份同等收入的工作，好难。

我一个大老爷儿们，总不能宅在家里，让叶子薇养我吧？

我刚想把这些话都解释给她听，她却在床上坐起身来，用手掌捂住我的嘴巴,像是电影里的谋杀场景。

然后,她俯视着我的眼睛,慢慢说,云来,你要说的,我都知道。所以我求求你,站在我的角度想一想,好吗?你有你的难处,我也有我的难处,都一样的。

我用手肘撑着身体,也坐了起来,平视着她的眼睛,争论道,不,我们是不一样的。男主外,女主内,等我们结了婚,你做全职太太好了,我会在外面努力挣钱的。

叶子薇摇摇头说,没那么简单的。

我张了张口,却没有说出一句话。

我想,我知道她这句话的意思。因为她身后的黑暗中,那些瓶瓶罐罐排列在梳妆台上,闪烁着幽暗的光。我回忆起饭姐那惊羡的表情,Dior,凝世金颜。要她舍弃这一切,跟我去挨穷日子……

钱。冰冷而坚硬的一个字,最容易让男人认清自己的无能。

我沉默了。有一些无意义的话,一些廉价的承诺,我不想再说。

这是秋天的凌晨,被褥之上一片狼藉,一对男女就这样坐着,还有赤裸裸的沉默。

每次冻结的场面,总是由她来破冰。

叶子薇伸出手来,轻轻抚着我的肩膀,安慰道,云来,我不是真的要你来广州,我也觉得那样不好。

她坐得更近了一些,继续说,我会去深圳陪你的,但是给我一点儿时间,好吗?

我吞了一口唾沫,问道,时间,要多久?

她却顾左右而言它,看了一下周围的墙壁,问道,你说这间房子,是卖掉,还是租出去好?

我心里燃起了希望,热烈地说,那当然是租出去了,这样你每月有一份固定收入,就算暂时找不到工作,也不着急。

叶子薇点点头,似乎同意了我的看法,然后她说,还有房子里的东西,总要一段时间来处理。

我赶忙表示说，别担心，搬家的事交给我搞定。这样子的话，很快就能弄好吧，一个月？两个月？

她却握住我的手说，云来，别着急，房子是不难，但还有公司的交接呢？

我皱眉道，工作交接，能用得了多久？

叶子薇说，云来，你听我讲，我在公司上班三年多，从销售做到行政副总，对公司，对同事，我是有感情的。现在公司……

我脱口而出说，管它什么烂公司，你们老板这样骚扰你，你还不舍得辞职吗？

她坐直了身子，缓缓道，云来，你听我讲完好吗？

我点了点头，集中精神，像一个认真听课的小学生。

叶子薇像老师一样，循循善诱地说，你知道，现在是金融危机，我们公司是做进出口电子的，生意受到很大影响。其实公司的运转都出了问题，已经两个月发不出工资了，我怕你担心，一直没跟你讲。这个月，许多同事都偷偷打算辞职，我又是副总，这样子一走，人心浮动，整个公司都会垮掉的。

我说，可是……

她止住我的话头，继续道，我们老板是很可恶，又好赌，又爱买名车名表，把公司的钱都花光了。他三十多岁了，还欠了一屁股债。如果公司没了，他就什么都没有了……

她叹了一口气，幽幽道，云来，我就是太好心了。

我眉头拧成一个死结，坐在那里不说话。说实在的，我打心里抗拒她的说法。叶子薇这个女人，我可以用一大堆褒义词来形容她，美丽，性感，聪明，但是"好心"这一个词，我怎样都没办法跟她联系上。

是我自己心理太阴暗吗？我是爱她的，但我从来不相信她善良。从来没有。

我看着眼前这个女人，她这样深深地注视我，眼神温柔，五官像是洁白细腻的瓷器。没问题，我可以臣服于你的美丽，但要我相信你的鬼话，做梦。

如果真如她所说，公司已经烂成了梅毒后期，而她却还坚持留在沉船上，那一定是有原因的。我打死也不信她跟那死胖子会有真爱，那么，到底是什么原因呢？

我满腹的狐疑,好像被她一眼看穿,她自嘲地笑了一笑,又说,其实,我暂时不能走,还有别的原因。

她又看着我的眼睛说,云来,你想知道吗?

我点了点头。

叶子薇半跪起来,在我额头上亲了一口,然后说,那好,你等等我。

她套上那件丝绸的睡袍,走到门口去开灯。突如其来的光线,让我差点睁不开眼。然后,我也随便穿上裤子,坐在床上,看她在房间里忙碌。

她拿来一个宜家的矮凳,垫在脚下,然后从衣柜上面,端下一个不大不小的纸箱。然后她弯下腰,把纸箱放到地上,又招呼我说,云来,你过来看。

我一边走过去,一边打量纸箱里的内容,而不是她胸口那诱人的雪白。纸箱里放着各种颜色的文件夹,还有一个牛皮纸的文件袋。

叶子薇蹲在地上,带着充分的自豪感,开始介绍那些文件夹。她头也不抬地说,这些是前两年的时候,我签下来的合同,国内外客户都有。

她停了一下又说,你知道吗?这间房子,就是我靠提成买的。全款,没让家里人出一分钱。

我也蹲下身来,装作随意地翻开一个文件夹。如她所说,里面的确是大大小小的合同。我心里不禁打起了鼓,难道说我之前的猜测是错的,这一间房子,是她清清白白的劳动所得?

接着,她又拿起那个文件袋,慢慢解开缠绕的绳子,从里面拿出几张纸。她在里面翻了几下,抽出一张,递给我说,你看。

我在短裤上擦擦手,接过那一张 A4 纸,仔细端详起来。里面是手写的钢笔字,内容是这样子的。

借条

今借到叶子薇人民币贰十万元整,利息 5%,即人民币壹万元整,一年内还清本息。立字此据。

借款人:王虎

借款日期就是前两个月，然后是身份证号，一个红褐色的私章，斜着盖在上面。

我刚刚看完，叶子薇又递给我另外一张纸，是打印出来的，证明广州某某电子有限公司，欠叶子薇二〇〇七年业务提成，十万零多少多少元。

我抬起头来，疑惑道，这是？

叶子薇解释道，老板去澳门赌钱，输得精光，所以这二〇〇七年的提成，到现在也没发给我。不过，这笔钱不要也罢了。

她用指尖拍打那一份欠条，继续说，这一笔钱，是老板借来维持公司运转的。云来，你知道吗？我的钱全用来买房子了，所以当时这二十万块，我是找家里人要的。

她又看着我的眼睛，镇定地说，如果公司垮了，这笔钱就拿不回来了。

我质疑道，可是，这借条不是他私人写的吗？

她说，你想想，如果他成了穷光蛋，又用什么来还？

我一时无语，叶子薇接着说，公司没有现金，但有一大批没收回的货款。如果我留在公司，帮忙催款，就能发工资给同事们，也好在第一时间，抽出老板欠我的钱。要不然的话，那个混蛋又会拿去赌掉的……

我听得心烦意乱，猛然起身，却觉得眼前一阵发黑。叶子薇说的话当然不能尽信，但我最起码搞清楚了一点，那就是她跟这个公司，还有那个死胖子老板的纠缠，比我想象的要深。

他们被绑在了一起。

而在我这一边，我只是单纯地，想要把叶子薇救出来。

我一边揉着太阳穴，一边说，我知道有一些追数公司，让他们来帮忙讨债，好吗？

她也站了起来，摇头道，没用的，前几天就有黑社会的，上公司来收数，把老板吓得半死。他如果有钱的话，早就被收走了。

我的头更疼了，想了一会儿道，子薇，二十万块不多，我们两个人一起努力，把它赚回来，再还给你家里人。你说这样好吗？

她伸出手指，帮我松开紧皱的眉头，劝道，云来，你不要这样，好吗？

我握住她的手腕说，难道说，你不相信我能赚到二十万吗？

叶子薇说，当然不是了，但这是他欠的钱，怎么可能让你来还？还有……

我等着下半句话，她却低头犹疑着，迟迟没有说出口。

又过了几秒，我不禁催促道，还有什么？

叶子薇抬起头来，眼睛里有什么东西在闪光。然后，她一字一句地说，还有，你想过吗，如果我放下这边的一切，去了深圳。万一，我只是说万一，我们分手了，我该怎么办？

我一下子愣住了，她的担心合情合理，而我却一直都没想到。我一直在计划这个，计划那个，要求她为我放弃一切，却忘了给她一个最基本的承诺。

无论我的本质如何，至少在外表上，我不该显得太过自私。那么，我必须要付出一些什么，才好完成这么个等价交换。

我走上前去，把她紧紧锁在怀里，在她的耳旁低吟道，子薇，嫁给我。

她双臂环绕着我，无限娇羞地说，哪有这么便宜的，钻戒呢？还有花呢？

我也才察觉到自己的鲁莽。我什么都没有。

如果年轻十岁，我倒是可以飞奔到冰箱旁，取出一罐可乐，把拉环摘下来，当成是一枚戒指。然后我单膝下跪，双手奉献给她。

年轻的时候，这种举动可以称为浪漫，如今再这样做，那就是忽悠，大忽悠。一个不肯为你出钱的男人，说一千道一万，你也别相信他的鬼话。

我们抱在一起，沉默了片刻，突然不约而同地大笑起来。

一切的纷纷扰扰，都被我选择性地忽略了，眼前出现了一条终极的解决之道，就像溺水的人发现一根救命稻草。

结婚，结婚。

理论上来讲，这件事的成本并不高。不过就是去到婚姻登记处，掏九块钱，领回一个红本本。从此，无论是日间营业，还是夜间操作，都有了合法的执照。

不过回到现实里，结个婚可真是劳民伤财。这次帮小川筹备婚礼，我差不多搞清楚了整个流程，合八字，择日，提亲，订婚席，结婚席，还有婚戒，婚纱，蜜月旅游，费心费力不说，最重要的是烧钱。

在那些磨刀霍霍的奸商眼里，没有穿着白色婚纱的新娘，只有咩咩叫唤的待宰羔羊。哎呀，你好傻，结婚是一辈子一次的大事，怎么能为了给男人省钱，亏待了自己？

这样子，对于男方来讲，与其说是结婚，倒不如说是劫婚。要不然说，新时代失败男人的标准，就是炒股炒成股东，泡妞泡成老公。

不过，看着眼前这个尤物，依偎在我怀里，那眼波流转、面若桃花的样子……

败在她手上，我也值了。

廿三

这一天早上，阳光晴好，暖风拂面，吹得人骨头都发酥。解放区的天是蓝蓝的天，解放区的人民，今天要带着丑媳妇，回家见公婆。

我在阳台上抽完烟，趿拉着拖鞋走进房间里，那婆娘还没忙完。昨天下班后直接来的广州，昨晚就催她收行李了，拖拖拉拉地磨蹭到现在。

叶子薇正站在衣柜旁犯愁，脚下的拉杆箱张开大口。我打量着那箱子的花纹，跟她常用的那个 Neverfull 一模一样。我只知道，那个手袋就要几千块，这样一个箱子，至少要一万多吧？

说真的，我倒希望这是件 A 货。

她终于发现我站在身后，搬救兵似的，拖我过去帮她选衣服，内外兼备。我帮她挑了一个粉蓝色的 Bra，这玩意儿是货真价实的 D，在这方面，我可不希望它是 A。

在我的大力支持下，四十五分钟后，我们终于整装待发了。我的行李只有背上的电脑包，里面塞两件换洗衣服，其他肩上挎的，手里拖的，统统都是叶子薇的家当。我心里不禁在想，就回去两天，至于吗？

我们换好鞋子都出门了，她正在锁门，突然大叫一声，又跑回房间里，拿出两个袋子。一袋是广州酒家的腊肠，另一袋是老婆饼、鸡仔饼什么的。

她一边把袋子往我手上挽,一边庆幸道,给你家里买的,差点忘了。

我摇头笑道,认识的知道是回家探亲,不认识的,还以为我们去哪赈灾呢。

叶子薇数落道,你们男人就是怕麻烦,第一次上门就两手空空的,你爸妈能对我有好印象吗?还有啊,等下次你去我家……

我听得头疼,赶紧求饶道,师傅,徒儿知错了,您就别念咒了。

从广州回我们老家,走广深高速,接机荷,最后上深汕,全程四个多小时。一个人开这么久,挺累的,偏偏高速路上车窗紧闭,还不能抽烟提神。

叶子薇倒是有驾照,但她不会开我这手动挡,所以想找人换手也没门。

不过话说回来,一路上她倒是照顾周全,过收费站的时候早早准备好钱,路上隔半小时问一次渴不渴,我说一句渴,就把矿泉水瓶盖拧开,喂到我嘴里。

高速公路上,景色单调得跟人生一样,还没过半呢,我就开始犯困了。第一个哈欠欲说还休的,接下来的哈欠就一个连着一个,打成一片。

见我这样子,叶子薇便说,云来,下一个服务站,我们下来透透气吧,休息一会儿。

我想要说好的,一张嘴却喝,喝,喝,啊哈,又变成一个哈欠。

叶子薇笑道,有那么困吗?

我揉揉眼角的泪水,埋怨说,还不是昨晚你要个不停。

她嗔怒道,喂,你好了喔,还反咬一口。谁叫你昨晚那么精神……

她突然把身子靠过来一点,半弯下腰,笑着说,要不然,现在我让你精神起来?

我皱着眉头说,不是吧,难度系数那么高的动作你都会?

叶子薇把腰弯得更低,以显示她的柔韧性。然后她抬起头来,用舌尖舔了一下红唇,诱惑道,试试看哦?

她话音刚落,我精神为之一振,那根变速杆也猛然一挺,像是突然从三挡挂到四挡。心里正在蠢蠢欲动,想着怎么接受她这个建议才算自然,这一瞬间,却有个念头蹦了出来。

如果她真会这套动作，又是跟谁练的呢？

车子还在高速路上奔跑，我的情欲和身体，却同时熄了火。身为男人，我们可以接受笼统的概念，比如说你不是处女，又跟谁谁有过关系，这些都还好。但太具体的想象，我们仍然无法接受。

我勉强一笑，对她说，下次吧。

车子在路上又走了几十公里，我们靠右缓行，驶入服务区。我们下了车，叶子薇去洗手间，我倚在车门上抽烟，一边环顾四周。这地方人来人往的，修得像个城市广场，还新建了个麦当劳。

回想起小学一二年级的时候，由我爸带着，从老家搭车到蛇口。一路尘土飞扬，停车吃饭的地方，更是烂泥遍地。当时的司机很牛逼，吃饭不用钱，还有回扣拿。而卖给旅客的盒饭，又难吃又贵，几片肥肉，加一个卤蛋。

那时候，路旁野草丛生，遍布着白色的饭盒和五彩缤纷的塑料袋。如今这里水泥地干干净净，而荒草跟垃圾，都长在人们心里。

远远看见叶子薇从洗手间里出来，我把烟头扔到脚下，用鞋底踩灭，准备上车。

旁边车上下来一女的，穿得清凉，长得败火，还牵一条瓜子脸的大狗。叶子薇对我说，你看，苏牧。

我说笑道，原来苏牧是狗啊，我一直以为是苏武牧羊的简称。

她白了我一眼，又说，以后我们也养一只狗，出来散步的时候可以遛，多好看。

我沉吟道，干脆别养狗了，我们养个儿子吧。你给他套个项圈，也可以牵出来遛啊。

叶子薇摇头叹气道，你真是没救了，谁跟你生孩子呀，造孽。

说笑了一阵，我们一起钻进普桑。我发动了车子，她从包里掏出手机，看了会儿未接来电，然后拨了回去。

电话刚一接通，她眉飞色舞地叫了声陈总，然后便聊了开来。车子慢慢驶离服务区，重回高速公路，她这个电话谈笑风生，足足讲了有二十分钟。

等她挂了电话，我随口问道，哪个陈总呀，怎么没听你讲过？

叶子薇一边把手机放回包里,一边回答说,北京的一个老总,跟我们公司有业务联系。他对我很好的,一直说要挖我跳槽,喏,这个 LV 手袋,还有车尾的箱子,都是他送我的。

我眉头一皱,她这个说法,倒是大大出乎我的意料。想了一会儿,我尽量自然地笑道,出手那么阔绰,是不是对你有什么想法?

她看了我一眼,揶揄道,小气鬼,吃什么飞醋呀?

我自嘲地说,喝点飞来横醋,可以软化血管,健脾开胃,有益身心健康。

叶子薇用手轻轻摸着我的大腿,微笑着说,你呀,别想太多了。他都五十多岁了,有老婆有孩子,我跟他二奶还是好姐妹呢。他只是很认可我的业务能力……

我听得心往下一沉,打断道,你说什么?

她奇怪道,我刚才说,陈总很欣赏我的业务能力。

我摇着头说,不是这句,上一句,二奶什么的。

叶子薇哦了一下,笑着解释道,你说冰冰姐呀,她就比我大两岁,人长得可漂亮了。本来是北京电视台的一个主持人,跟了陈总两年,先由他出钱,开了一间小公司,冰冰姐自己做老板,专门承接陈总公司的业务。

她止不住话题似的,继续滔滔不绝道,这个手袋呀,就是冰冰姐陪我去买的。她长得可漂亮了,气质又好,还会法语。上次,我也送了她一条 Hermes 的丝巾……

我的脸黑得能滴出水,她终于察觉到了,一惊道,云来,你怎么了?

我冷笑一声,一个字都不答,继续开车。白色的路标从轮胎旁快速掠过,窗外的阳光很暖,而车厢里温度骤降。

叶子薇大概想不出哪句话开罪了我,过了好一会儿,才小心翼翼地道,云来,你在生气吗?我跟陈总真的没什么。你不喜欢的话,我以后再不用这个手袋了,好不好?

我本来打算冷眼相对,一句话也不说,让她自己好好反省的。但是三秒钟之后,我却已经按捺不住,终于恶狠狠地,说出了忍耐已久的那一句话——

叶子薇,到了这时候,你还搞不清状况?

在她面前，我是第一次连名带姓，这么凶巴巴地说话，恐怕也吓到她了。不过这样也好，老虎不发威，你当我是加菲猫啊？

车厢里的空气仿佛凝固了，两个人心里所想，怕是转了几百个弯。过了好一会儿，她终于吐出一口气，试探着说，云来，我真的不知道你在气什么，你告诉我好吗？

我想了一下，正经道，好，既然你想知道，那我就讲给你听。我在意的，是关于陈总二奶的事情。我也知道，现在社会上这种事情太多了，但起码从道德上讲，这是不好的吧？你却很乐意跟他们在一起，听你刚才的口气，好像还很认可这样的生活？

叶子薇辩解道，云来，你想太多了。难道跟别人的二奶做朋友，自己也会变成那样吗？而且，陈总是个很好的人，他老婆瘫在床上四五年了，从来不提离婚，甚至冰冰姐也会帮忙照顾她。别把人想得太坏，好吗？

我正想着该怎么回答，她又继续说，云来，你上次不是讲过，南哥经常陪领导去那种场合吗？你跟他那么好，但是我就从没怀疑过你。

叶子薇语重心长地说，云来，我觉得两个人在一起，相互信任是很重要的。

我被她这种态度激怒了，一大堆话堵在胸口，差点就要破口大骂。没错，我是去过那种地方，但都是在我单身时，有时是陪哥们儿，有些是业务需要。我自己也觉得很龌龊，而且，跟你在一起之后，我是绑紧裤腰带，守身如玉。

而我不爽的，却是你现在的状况。

我憋得心口难受，脚下发力，车子越跑越快，仿佛可以帮我发泄怒气。

突然之间，我莫名其妙地一笑，脱口而出道，好，那你告诉我，在你电脑里，王总的邮箱是怎么回事？

我油门越踩越紧，几辆好车都被我抛在身后，普桑车身单薄，已经有点儿发飘。叶子薇在旁边沉默了一会儿，假装无辜道，什么王总的邮箱？

我心里暗自冷笑，什么王总的邮箱？你会不清楚吗？明知她是明知故问，但也只好把话挑明了，一五一十地说清楚。于是，我把那一次怎么用她的电脑，怎么发现那个邮箱地址，从头到尾说了一遍。

最后我问，Tigerwang，王虎，不就是你老板的名字吗？这件事情，你能有个合理的解释吗？

她那边静了一会儿，我不用回头，也知道她是在苦苦思索，一边想该怎么应付这个状况，一边埋怨自己的不小心。

或许我的智商，要比你估计的稍微高一些吧？

叶子薇没有让我等太久，不过十几秒后，她就开口了，不急不忙，娓娓道来。

她轻轻笑了一下说，云来，真没想到，你会这么想我。我真的不想解释，但是好吧，我告诉你，家里那台电脑，我是从公司带回去的。可能是之前老板用过，也可能是装系统的时候，复制了他自己的硬盘，所以会有那个邮箱的记录。

她又说，这些事情我不太懂。不信的话，你也可以到我们公司去看，有多少电脑都是这样。

我反驳道，不，之前我也上过一次邮箱，当时没有那个记录。

叶子薇冷冷一笑道，我发誓是真的，你要不信就算了。

她的解释比我想象的还要完美，自圆其说，滴水不漏。而且她这种强硬的态度，也让我开始怀疑自己的记忆力。到底那一个邮箱是之前就有，还是后来才出现的？谁也没办法说得清楚。

我开始有些后悔，自己一时冲动，把这件事摊开来说，不可不谓失策。

那么，我现在该迎合她的说法，息事宁人，还是要把事情闹大，索性分手算了？事到如今，真有点骑虎难下。

普桑还在公路上前进，一个蓝色路牌扑面而来，这里离生我养我的故乡，不过是一百多公里了。

上星期打电话回家，跟我妈讲要带女朋友回去，老人家是高兴得合不拢嘴。如今，估计她早就买好一大堆菜，准备晚上做顿好饭，盛情款待一下未来儿媳妇。我爸本来要随团去外地考察，也取消了行程，就等着我们回去。

如果我跟叶子薇就这样闹翻，两个老人家会很失望吧？在婚姻大事上面，我本来就有些吊儿郎当，如果再来这么一出，他们会觉得我是根本不想结婚，变着法儿糊弄他们。

但是，现在这个状况，要我丢下面子，低声下气再哄回她，我又万万做不到。

我思前想后，左右为难，叶子薇却不给我喘息的时间。她追问道，云来，如果你当时就怀疑我，为什么当时不问，要留到现在？

我皱着眉头说，你不是说过吗，两个人在一起要相互信任。我想不问你这件事情，让它自己过去，这样会好一些。但是，很抱歉我做不到。

她摇头道，但你还是说了，而且，选在一个最不好的时机。云来，你以为我是随便就去见别人父母的吗？我妈说我一个女孩子，不要随便去别人家，要让我先带你上门给她看。我是想了好久，最后才下的决心。

她接着又说，我对你是全心全意的，你却这样怀疑我，我真的好委屈。为什么你就不能把我往好的方面想，难道在你心里，我就是个不自爱的女人吗？

她最后说，我讲过的，互相信任，是两个人在一起的基础。云来，我很喜欢你，但如果你一直没办法信任我，我们还是……

我听得口干舌燥，心烦意乱，直到旁边一声惊雷，叶子薇尖叫道，小心！

左边倒车镜里，一辆大客车飞快地撞过来。我来不及多想，赶紧往右打方向盘。在相隔不到几十厘米的距离，大客车呼啸而过，我双手握紧方向盘，普桑还是被气流带得发飘。

我吓出一身冷汗，这才发现，我刚才是走在两条车道中间，而且刚刚过了一个弯道。如果刚才我慢了半秒钟，或者打方向盘的力度太猛一点儿，我突然想起才刚刚出院的刘大石……

叶子薇可能也吓到了，我觉得以自己现在的精神状态，再开下去真的会出问题。于是，索性减速缓行，慢慢变道，把车子停靠在路肩上。

我拉起手刹，闭上眼睛，慢慢平复情绪。过了一会儿，心跳不再那么剧烈，旁边传来一个轻柔的声音，云来，喝口水吧。

我接过她手里的矿泉水，轻声道，谢谢。

然后我又说，对不起。

叶子薇笑了一下,说,该讲对不起的是我,如果不是我一直烦着你,你也就不会走神了。

我喝了一口水,拧上盖子,两个人相视无语,一开口却撞在了一起,异口同声道,刚才……

她示意让我先说,我吸了一口气道,刚才你说得没错,信任是两个人在一起的基础,但这也是有前提的。如果我总做出让你担心的事,你还能无条件地信任我吗?

她摇头道,我不知该说什么好,总之,我真的是无辜的。

然后她又低下头,用受尽委屈的语气说,云来,我爱你。如果你能相信我,我就跟你回家。如果你做不到,就送我到下个高速路口,我自己会去客运站,搭车回广州。帮我跟伯父伯母,说声抱歉。

她似乎很累了,闭上眼睛道,决定权在你手上,你好好想想,别那么快说。

左边的几条车道上,不断有大小车辆,次第驶过。右边坐着一个双唇紧闭的女人,美丽中还带着刺。双转向灯不紧不慢地响着,的朵,的朵,在关掉它之前,我要作出一个决定。

前面几公里处,就有一个高速出口。我可以在那里向右转,把她送到车站,然后孤零零一个人回家,接受我爸妈的审查。又或许,我可以选择左转,像前几次一样,姑息养奸,至少先让老人高兴一次。至于以后的事情,以后再做打算。

向左的话,我们也未必会在一起;而如果向右,在接下来的日子里,我们一定会分开。一念不是天堂,另一念,会不会是地狱?

我浑身肌肉紧绷,牙齿咯咯作响,一边紧张,一边不屑于自己的紧张。而太阳在我们身后,一寸一寸地往下移,再拖下去的话,天恐怕都要黑了。

我突然弹出右手,关掉双转向灯,然后放手刹,挂挡,一边踩油门,一边打左转向灯。普桑在路上越走越快,不远处的那个出口,已经看得见牌子,再多几分钟就到了。

叶子薇静静地坐着,一句话也不说,她是真心愿意让我来决定,还是自以为是,胸有成竹?

那个分岔路出现在我们眼前，我放慢速度，突然又猛踩油门，普桑突突突向前，一转眼，就把那路口抛到身后。

我右手放在变速杆上，咬紧牙关，一字一顿地说，我爱你。

她是在这个行星上，听见我这句话的第二个女人，却是在这么诡异的场景。我来不及多想，又赶紧补了一句，子薇，跟我回家好吗？

她什么都没有说，只是紧紧箍住我的手腕。过了好一会儿，她声音里竟然带着哽咽，吐出一个字眼，好。

我长长地舒了一口气，身上顿时松懈下来。长痛不如短痛，这句话任谁都会说，做起来却那么难。我又一次选择了逃避，逃过这一次，以后再说。

天若有情天亦老，我只是又一个懦夫，和你们一样，和你一样。

廿四

这辈子，我只往家里带过两个女人。第一个是何小璐，第二个就是叶子薇。十年前，当我们都还是少年，我在台下看着她们，合唱那首《梦醒时分》。那时候，谁又预想过这样的未来？

下了高速路口后，我们直奔城南开发区。从前冷冷清清的县郊，这几年房子越盖越多。我高中时的新房，如今也住得半旧。

我们俩回到家的时候，爸妈都在。我妈喜笑颜开地给我们开门，又要来抢我手里的大包小包。上了楼，我爸端坐在客厅里，招呼道，来了啊，累了吧，喝茶。

我把东西都卸在地上，叶子薇提着那两袋礼品，轻轻放在茶几上，微笑着说，一点广州特产，带给二老尝尝。

我爸微微颔首，说了声破费。他老人家在机关混了二三十年，官不大，架子倒一直端着。

我妈一边在沙发上落座，一边笑眯眯道，人来就好，以后不要拿什么东西。来啊，傻站着干吗，快让人家坐啊。

我牵着叶子薇一同坐下,我爸端过来一杯茶,她赶紧又探出半个身子,双手接住。我爸笑着说,小叶同志,是吧?一看就是有知识的人。

我哭笑不得,他从哪里看出她有知识?难道是脸上那配衣服的平光镜?

叶子薇从小就不爱读书,估计也没被人这样夸过,一时不知该怎么答,只能笑笑。她慢慢喝掉杯里的茶,称赞道,真好喝。

我爸面有得意,笑道,不错吧?我们单位一个同事送的。

我放下手里的空茶杯,抿嘴点头,一本正经道,嗯,这茶挺烫的。

一桌人都笑了,我爸一边给我们添茶,一边说,我们家云来啊,就是没个正经。小叶同志,以后他要是欺负你了,一定要跟我们汇报,啊!

接下来,我爸又冲了几道茶,借口说隔壁陈叔正等着他去手谈,扔下我们跑了。我接替了他的位置冲茶,我妈则坐在叶子薇正对面,不紧不慢地问话。她的尺度掌握得挺好,既不至于像查户口,又不会显得不够热情。

不过照我估计,她老人家早就做好了摸底排查工作,把叶子薇的家庭情况,了解得七七八八了。

在读大学的时候,她父母搬家到了市府,在那边买了铺面,开灯饰店。从家境来说,不能说是富贵,但也不穷。从将来承担的责任看,她下面还有个弟弟,所以养老这个问题,不至于全部压在她身上。

总而言之,我妈明知故问的这些问题,是站在战略层面上,侧重于形式。在我妈问话时,叶子薇全程保持着港姐般的微笑,从容作答,丝毫看不出刚跟我吵了一架,还差点就要分手。

我一边给她们添茶,一边自叹弗如。无论在任何时候,都不要低估了一个女人。

晚饭时间将至,我妈宣布下厨,叶子薇执意要去帮忙。我一个人坐在客厅里看电视,厨房里饭菜飘香的时候,我爸也下完棋回来了。

接下来,老少两代革命伴侣,共进晚餐,其乐融融。我爸平时吃饭都是一脸严肃,这次破天荒讲了个官场笑话,是关于刚刚走马上任的女副县长,姓邱。

他老人家夹起一块牛肉,笑眯眯地说,现在呀,最容易提拔的,就是像邱县长这样的无知少女。

叶子薇歪着头，一副愿闻其详的表情。

我爸得意地眨眼道，无知少女嘛，就是无党派人士，知识分子，少数民族，女同志。小邱除了不是少数民族，其他三样全占了，不提拔才怪。

叶子薇笑得春光明媚，夸奖道，难怪云来那么幽默，原来都是遗传叔叔的。

我妈手拿饭碗，笑着说，一老一小，都没个正型。

这个笑话，我一早听南哥讲过，此时笑的纯属捧场。同时，我心知肚明，这不过是一片虚假繁荣。我爸脾气一向不好，家庭作风恶劣，如今这宽厚长者的样子，不过是装出来的。

不过，换个角度想，老人家肯花心思去演，至少说明这第一次的会面，他对准儿媳妇还是满意的。

晚饭过后，我们又到客厅去冲茶，一边看电视，一边聊些不咸不淡、家长里短。到了八点多钟，我跟叶子薇先后洗了澡，然后跟二老申请，说出去逛逛。

下了楼，我拖出那辆历史悠久的女式摩托，招呼叶子薇坐在后面，载着她四处兜风。她从后面紧紧搂着我，夜风微凉，暗香浮动，在这座我们共同生活过的小县城里。

虽然县郊的楼房在不断生长，被包围着的老县城本身，却是变化甚少。就好像山坳环绕的这一个小镇，已经被外面的时光所遗弃，幸好如此，才能停留在年少的记忆里。

摩托在大街小巷里慢慢穿行，夜色里的一草一木、一砖一瓦，都跟印象中的差别不大。而叶子薇抱住我的姿势，跟当年的何小璐相比，也没有什么不同，只不过小腹和背的距离要大些。

物是人非，十年的光阴，像耳鬓的夜风，就这样滑了过去。

自从读大学以后，叶子薇回老家的次数比我还少，这时候重游故乡，也是感慨良多。在哪个大院，哪几栋宿舍楼里，住过追求她的男孩们，年少时争强好胜,招数百变,现在是否都已为人父?

我们在县城里逛了一圈,又到老街口那间河粉店吃了消夜,便准备回家睡觉。半路上我心血来潮,转了几个弯,又来到叶子薇住过的那一栋楼前。

她家搬走之后,把房子卖给了个外地人,如今变成了一间文具店。我把摩托车停在铁闸门前,叶子薇在后面捏了我一下,问道,来这里干吗?

我回头,笑而不语,神秘得像蒙娜丽莎。说出来她也不会相信,在我跟何小璐拍拖之前,曾经有一段时间,在晚自修之后,总是绕路经过她家,就是为了偶尔的,能看见她在阳台上晾衣服。

有时候我会鼓起勇气,跟她打个招呼,更多的是反而低着头,匆匆而过。那时候她在我眼里,就好像小楼后面的那一轮月亮,可望而不可即。

而如今,前尘往事都已消散,蓦然回首,她却就在我身旁,可以一揽入怀。

说实在的,大城市里美女如云,比如说 Cat,其实并不比叶子薇逊色。然而年少时候的梦,最让人魂牵梦萦,有幸得到,更不甘心放手。

我突然跳下摩托车,她差点连车一起摔倒,我一把拉住了她,玩命地吻。三分钟后,她已经招架不住,娇喘连连道,亲爱的,我们回家吧。

感谢这么多年的闯荡,我不但成了个手艺人,还练就了一门独步天下、横行江湖的好口技。

这天晚上回家后,我们分房睡的,我睡自己房间,叶子薇睡客房。二老当然知道现在的年轻人是怎么回事,但能够这样做,起码表达出对老一辈观念的尊重。

半夜一点半,我像做贼一样溜到客房。之所以不在我房间搞,是怕想起一些不应该的回忆,让自己间歇性地不举,那就有负爱卿了,罪过罪过。

按照约定,她的房门没有反锁,我轻轻开门,进房,又把门关上。房间里一片暖洋洋的黄,床头灯还没有熄。叶子薇和衣而卧,看见我来便支起身子,献上软软的一个媚笑。

接下来,端的是好一番恶斗。在最后冲刺的时候,我贴着她的耳朵,咬牙切齿地说,子薇,我爱你。她马上就僵直了身子,一秒钟后,浑身都开始抽搐。我料到她会有反应,但没想到会那么剧烈。

女人永远不懂的是,对你说的那三个字,就好像是男人的贞操,只有第一次是值钱的。而之后的那些,就是稀松平常,信手拈来了。

云雨过后,两个人搂得紧紧地入睡,忘了我还要偷溜回房间。第二天早上,我们被敲门声叫醒,然后是我妈喊道,起床吃饭啦。

我和叶子薇面面相觑,然后又相视而笑,她却嫌我笑得讨厌,又狠狠捏了一下我的腰。

女人。

午饭过后,我们简单收拾了下行李,又把车尾厢塞满我妈买的土特产,便告别二老,准备回程。

爸妈挥手道别,在倒后镜里慢慢变小,我心里有一种奇怪的感觉,渐渐膨胀。看来小川说得对,毕业不会让你成长,工作不会让你成长,赚再多的钱,泡再多的马子,一样不会让你成长。

只有当你结婚生子,肩挑起家庭的责任,你才从父母膝下站起身来,从此长大成人。

车快到高速路口,叶子薇捂着胸口,夸张地舒了一口气,喊道,好紧张,好紧张。

然后她又转过身来,期期艾艾地问,你说,我表现得怎么样?

我咳嗽了两声,装作一本正经道,经过组委会讨论,一致决定,叶子薇同志,咳咳,顺利通过本次政审。我代表最高人民法院宣布,就地正法,择日成亲。

普桑在深汕高速上跑着,车窗外的风景模糊成片,刷刷刷拉成杂色的光束。经过昨晚一场恶战,如今我是人困马乏,在接连不断的哈欠声中,回去的路被越扯越长。

来的时候已经是这样,我却没有吸取历史教训。知错就改的好孩子,毕竟还是少数,我们大多数人都是承认错误,坚决不改。

车子经过一条漫长的隧道,照明灯悬在头顶,一盏盏地经过,有节奏的明暗和路噪,催眠得我昏昏欲睡。正在这时,手机传来一阵尖叫声,让我从瞌睡中清醒过来。

叶子薇估计也睡着了,这时候模模糊糊地说,电话,我帮你接吧?

我点头说好,她帮我从口袋里掏出手机,拿起来看了一眼,却又放下了。

我视线不敢离开前面的路,奇怪道,咦?

她似乎想了一想,还是帮我按下了接听键,却把手机放到我右耳旁。我笑着打招呼道,喂?

那边说,云来,还以为你不接我电话呢。

我的心一下就悬了起来——这是何小璐的声音。我等了她好久的电话,好死不死的,偏偏叶子薇在我身边时,她才打了过来。不单只这样,还让叶子薇看到了来电姓名,一点儿缓冲都没给我留下。

而我之前对她的说法是,自从分手以后,我跟何小璐就再没联系过。她在我电话号码簿里,是一个明目张胆的"璐"字。怪只怪我自己脑残,舍不得把一些五大三粗的男性名字,套在她的电话号码上。

事到如今,掩饰只会越抹越黑,我暗暗叫苦,也只好装作若无其事,跟何小璐在电话里周旋。

我打哈哈道,怎么会呢? 你最近怎么样?

何小璐轻轻一笑说,呵呵,说不上太好,不过总算出院了,在家里休养。打这个电话给你,是想和你见上一面。

我的心往下一沉,勉强止住偷瞄叶子薇的欲望,在电话里斟酌道,没问题,早就想要去拜访你们伉俪了。我现在正送子薇回广州呢,你要跟她聊聊吗?

何小璐马上弄清了状况,提高音量道,不用了,到时你过来看我,一定要带上她,我们也好久没见了。

我松了一口气,连连答应,又客套了几句,挂了电话。这时才发现后背凉凉的,原来已是半身的冷汗。

我心里绷着一根弦,准备迎接叶子薇的质问,左等右等,她却迟迟没有开口。我忍了一会儿,还是决定主动迎战,于是笑了一下,装作漫不经心地说,何小璐她……

叶子薇打断道,她结婚了吧?

我皱眉道,嗯,结了,我和她是……

她转过头来,微笑道,那就好啦。傻瓜,这些事情,你不用跟我交代的。

我刚才打了满肚子腹稿,一下子被堵在喉咙,没了用武之地。照我想来,她并非真的不介意,而是在这些无关紧要的地方,故意显示自己的大度。这样一来,下次我有类似的怀疑,就不好再开口问她了。

话虽如此,这时我除了感谢她的大度,还有什么好讲的?

车子早已出了隧道,眼前大放光明,重见天日,一对男女,却是各怀鬼胎。

何小璐,你到底怎么样了?

回到广州,已经快要五点。我在叶子薇家里吃过晚饭,又分配好了土特产。华灯初上的时候,我跟她吻别,打道回府。明天还得上班呢。

普桑在广深高速上走着,默默无言。许多年之后,无论我有没有跟叶子薇在一起,或许都淡忘了这几个月的经历。但这一段机械性的、不断重复的高速公路,一定会终生铭记。

一首歌一个故事,一段路又何尝不是?

路上夜色渐浓,我其实已困到极点,只好扯开喉咙,声嘶力竭地唱歌,这样才能驱走睡意。车到虎门附近,手机里传来一声短信。我却不敢拿起来看,只好在心里猜测,这会是叶子薇,还是何小璐?

或者是……

普桑的轮胎有些不平整,底盘传来不规则的律动。黑灰的柏油路在前面铺开,无穷无尽,无法回头。

我手握方向盘,怀揣着终究失望的猜测,开赴那变幻莫测的人生。

廿五

秋风起,三蛇肥,在我们这些个南方城市,秋天不仅适合进补,还是结婚的高发期。筹备了那么久,小川跟小兔的大婚,终于在下个星期要举行了。所有的准备工作,都在有条不紊地进行中。

小川说我自从勾搭上了叶子薇,总是到省城上环,想必是把大街小巷都跑熟了,所以派我上来,派几张红色的硬纸片。有人叫这些是催款单,也有人叫结婚请柬。

这一个周六,叶子薇约了闺蜜去逛街,所以派请柬这个艰巨的革命任务,就交到了我自己肩上。我从早上八点出门,一直跑到下午三点,从南到北,差不多把所有区都跑了个遍。

这十来张请柬里,一部分是刘氏伉俪的亲戚、朋友什么,另外的几个,则是我们共同的初高中同学。也是托了刘行长的福,我才有幸见到这些乾隆年间就失去联系,到英特纳雄耐尔实现时,都未必会重聚的旧同学。

小川这人比较务实,所以接请柬的这些人,大多混得还行,人模狗样的。有些还尚未婚嫁,有些已经为人父母。其中有几个消息灵通的人士,打探我跟叶子薇怎么样了,又准备几时办好事?

我都是笑着说,坏事早就干了,好事嘛,我们不着急。

送完最后一份请柬,已经是下午四点多。这同学开手机店的,名字叫伟文,我们习惯叫他文兄,要不然就是伟哥。

我喝完茶说要走,伟哥热烈地拉着我的手,无论如何要留我吃饭,说是要代表省城人民,好好招待一下特区来的同志。

我摇头笑道,今晚得陪我家那位。

伟哥笑得春光明媚猪八戒,咧嘴道,那最好,一起吃啊,我都多少年没见校花了。

我抱歉地说,下次吧,今晚她要在家做饭,烛光晚餐,然后嘛,嘿嘿。

伟哥失望道,这样啊,理解理解,造人责任重大啊。

我一边跟他握手道别,一边笑着说,为了国家的兴旺发达,我就算日夜操劳,又有什么关系呢?

出了手机店,我钻进路旁的普桑里,打电话给叶子薇。电话通了,她在那一边问,请柬派完啦?

我笑着说,嗯,今晚跟伟哥一起吃饭,要不要接你过来?

叶子薇那边声音很吵,估计还是在逛街。她交代说,不用了,饭姐还没逛够呢。你们别喝酒就好。

我唯唯诺诺道,遵命,大王。

挂了电话,我从钱包里摸出一张纸条,上面写的是何小璐家的地址,还有她老公的手机号码,说是万一我迷路了,他可以充当人肉GPS。

我看了一眼纸条,一串号码后是她老公的名字,许乐。

虽然之前何小璐跟我讲过,要我带叶子薇一起过去,可是无论谁都知道,这只会带来不必要的尴尬。况且,何小璐虽然是我的初恋,到现在,也只是个病染沉疴的已婚女人。我和她之间,绝不会再有什么故事发生。

这样又安慰了一次自己,我把纸条叠起,放进衬衣胸口的袋子,发动车子,上路。

何小璐家所在的小区,果然比较难找,但我坚持着没打电话,兜了几圈,最后还是找到了。我停好车,走出地库,这才照着纸条上的号码,打电话给她老公。

那边一个洪亮的声音,用广东话说,喂,你好?

我却用标准的普通话回答道,你好,许先生吗?我是何小璐的那个旧同学,姓邓,约好了下午来看她的。

她老公也换回普通话,爽朗地说,啊,我知道,我知道,现在到哪儿啦?

我说,就在你们小区门口。

他说,好,我现在就去接你,很快。

我笑道,不用了,在楼下等我就好。

挂了电话,我又在小区外找了个水果店,几分钟后,提着个硕大无比的果篮,走向小区门口。

果篮分量不轻,坠得我肩膀发沉。我其实也搞不清自己的心理,事隔多年,为什么我还抱着一份莫名其妙的敌意。

何小璐现在的这个老公,并不是当初夺走她的学生会部长。他们的相同之处在于,都是广州本地人,都讲一口彰显地位的正宗广东话。

我把果篮换了一下手,心里越想越乱。如果不是他,如果不是他们,如果何小璐还跟我在一起，就会过着跟现在不一样的生活。或许，她根本就不会得病了！

我按照门口保安的指示，找到了何小璐住的那栋楼。远远就看见有一个大块头，穿着一身篮球服，站在路口张望。他也认出了我，或者认出了我手里的果篮，挥着手，大踏步迎了过来。

我腾出右手，两个关系奇怪的男人，就这样握到一起。他是我初恋女友的老公，我是他老婆的初恋男友，虽然他未必清楚这一点儿。

我微微笑着，打量了一下眼前的这个男人。他无疑是运动型的，篮球服，一块块的肌肉，皮肤黝黑，短发像铁线一样根根直立。如果跟他打起来，就算有三个我，也会被他轻易撂倒。

不知道为什么，这个想法让我挺愉悦的。

他脸上是那一种笑，带一点点疲倦，但仍然很阳光。而他的妻子，一个月前被检查出绝症。如果是我在这个境地，一定做不到他那么好。

他一把帮我拿过果篮，拍拍我肩膀，大咧咧道，嘿，你叫我老许吧，大家都这么叫。该怎么称呼你好？

我笑道，那你也叫我老邓吧。

老许在前面领着路，我跟在他后面，听着他一大串唠叨，诸如能找到这小区真不容易，你是老何的高中同学吧，哎呀我们家有点儿乱，等会儿上去不要介意。

我没头没脑地问，她怎么样了。

他愣了一下，停住脚步半秒，然后又径直往前走。他抛下几句话，掷地有声，他说，广州的医生都是吃白饭的，我们准备好了。

老许的声音抖地一亮，似乎带着无限的希望，一字一顿道，去北京。

我不再说什么，跟着他走到楼下，一个开放式的大堂。绿化树的阴影里，躲着一个沙发，一个消瘦的人影，慢悠悠地站了起来。

老许大步迎了上去，一边叫嚷着，你怎么下来了？

那个人影摆了摆手，一步步朝我走来。周围突然都静了。

沉在水底的、记忆里的容颜，从黑暗中一点点，一点点浮现。

何小璐。

我站在当地，脚掌像被铁钉穿透、钉牢，再也抬不起来。一抹斜阳涂在水泥地上，血红色，散发着仅有的温暖。

老许走上前去，把果篮往地上一放，就要去扶何小璐。她却固执地推开了，有气无力，却不容抗拒。

她的手本来就瘦，现在更瘦了，瘦得我差点认不出来——却不可能忘记。

她的声音嘶哑，像一张砂纸，轻轻摩擦着说，不用了，我现在感觉不错。

我左手在眼前一挥，驱走那些不必要的表情，换上一副微笑，尺寸刚刚好。然后我走上前去，叫了一声，小璐，好久不见。

何小璐仰起苍白的脸，在夕阳的红光下，像一堆会笑的雪。

她跟我打了个招呼，又侧过头说，老许，你先把果篮提上去吧，我在楼下走走，跟老同学叙叙旧。

老许迟疑道，这……

何小璐像哄小孩一样说，放心吧，有老邓陪我呢。

我也帮腔道，老许，我们就在附近，不会走远。

他犹犹豫豫的，提起果篮，走到一半又回过头来，交代说，有什么事就打电话给我。

何小璐摇头笑道，好啦。

我们站在原地，看着他一步三回头的，走进了电梯。她对我一笑说，他这人什么都好，就是太小气了。

我一本正经道，看得出来，他对你很好。

何小璐想说些什么，却突然咳嗽了起来。我犹豫了一下，刚决定帮她拍背，她却已经咳完了，直起那一掐就断的腰，对我说，走，陪我去逛逛。

我跟她走出大堂，肩并着肩，沿着一条小路走下去。我们用比旁人慢一半的速度，路过两旁所有的紫荆。

一个小区里的孩子，七八岁大，踩着滑板从我们身旁溜过，何小璐闪避不及，差点被撞到了腰。我本来走在她的右侧，这时赶忙绕到左侧，保护着她。

她笑道,你还跟以前一样。

我挠挠头发,装作漫不经心地说,小璐,刚才听你老公讲,要带你去北京的医院?

何小璐侧过脸来,只不过走了这么几步,声音里已经有了点喘,她说,对,月底就走。我跟他讲了不用,他硬是不听。

她喘了几口气,惨淡一笑说,什么三零九医院,黑山扈,名字就好难听。

夕阳西下,我们走到一个路口,接下来是一条下坡路。她停了下来,扶着腰,气喘吁吁地说,云来,我们就走到这里算了,等会儿下去了,我好难上来。

我环顾四周,指着紫荆树下的一张公园椅说,好,我扶你到那边坐坐?

何小璐连一句话都说不出来,与其说是在点头,不如说只是垂下了脑袋。我把她的左手搭在我肩膀上,我自己用右手揽着她的腰。细得可怕。

我扶着她走到公园椅边上,慢慢让她坐下,我也在旁落座。斜对面是一片空地,放着一堆五颜六色的康乐器材,一些孩子正玩得不亦乐乎,爷爷奶奶在旁照看。

西边天上的火烧云,好一片红彤彤的。整个小区的楼房和树木,都笼罩在这一片红光里。

我等着她喘过气来,又静静守了一会儿,才开口问道,小璐,这不是红斑狼疮,也不是胸膜炎,对吧?所以,到底是怎么回事?

她低着头,平静地说,非小细胞肺癌,N3 期。

我闭上眼睛,马上又睁开了。我早就猜中了这答案,所以一点儿不觉得惊奇,甚至也没有难过。我的难过,在上一阵子,强迫自己消化完了。

只是我不知道,现在是该表现得难过,让她知道我有些痛苦,我感同身受?还是要强装笑容,带给她一点明知无用的乐观?

大概是我犹豫的表情,在她眼里都太过凝重了,她轻轻打了我一下,笑骂道,喂,我还没死呢。

我抬起头来,在傍晚的风中,尽量让自己笑得灿烂些。她也无声地笑了,眼睛像月牙半弯。多么熟悉的笑容,还有记忆里的摩托车、石拱桥、午后闷热的单车棚、木棉花。最初的那水泥舞台,梦醒时分。

一些往事随风而至,又随风飘散,在笑容里泯灭。

八年了,我们终于又坐在了一起,肩并着肩。夕阳西下,天是红河岸。孩子的嬉闹声在天空上飘荡,而他们终将长大成人,面对那么多的哀伤。

人生如梦幻泡影,如露,亦如电。

沉默了一会儿,我开口问道,你不怎么吸烟吧,怎么会患上,患上这种病?

何小璐用很专业的语气说,不吸烟或少吸烟的亚洲女性,得肺癌的比率正在逐年升高,医生说,这是一种趋势。

我脱口而出,什么烂鸡巴趋势,真不公平。

她是想要笑的,却突然咳嗽了起来,比上次剧烈得多。这一次,她咳得地动山摇,腰弓成了个虾米,像是要把五脏六腑统统咳出来才作罢。我手足无措,只好在她背上轻轻地拍,却一点儿作用都没有。

过了好一阵子,何小璐终于停止了咳嗽,脸上皱成一团,像突然苍老了十岁。我掏出手机,想要打电话给老许,她却摆摆手,痛苦地说,不用了,少让他担心。

我放下手机看着她,她又看着我,终于说,别这样呀,别同情我。其实这一次生病,让我学会了很多。

我皱着眉头说,哦?

何小璐深深吸了一口气,好像正在储存精力,来开始这一段艰难的讲述。在接下来的对话里,天色越来越暗,我开始扮演一个沉默的倾听者。何小璐说几句话就要停下来咳嗽,却固执地不愿意停止,就好像——这是她生命里最后一次讲话。

她露出一个笑容,开始说,云来,我们公司里的财务,是一个四十多岁的老大姐,姓陈。陈姐是信佛的,但是个性却很急,该怎么形容……

我提醒道,就像是佛教徒里的"左派"?

她开心地咳嗽,然后说,对,对,就是这样。以前我们都很讨厌她,她总是在公司里讲佛教有多好多好,一有人怀疑,就面红耳赤地吵。公司出去聚餐,每上一道荤菜,她自己不吃也就算了,还老是坏我们的胃口。

她开始模仿陈姐的语气,指着眼前不存在的一盘菜说,哎呀,你们知道吗?这头牛虽然死了,灵魂还在受苦。你们每咬一口它的肉,它就要痛一下,哎呀,我才不要吃啊。

何小璐吐了下舌头,做个反胃的表情。我笑道,那你们要多谢她,这可比减肥药管用。

她笑了一下,继续道,自从我的病确诊以后,陈姐就开始在公司募捐,在她的佛教论坛里发帖,要那些师兄师姐帮忙,满世界去找偏方,找神医。

我低下头,默默地想,好人一生平安。

接下来,何小璐脸上笑逐颜开,像在说一件很好玩的事。她说,这样还不算,后来有同事讲,陈姐每天早上八点钟不到,都在我们写字楼的大门口,摆个摊子募捐。这样子干了一个星期,保安赶也赶不走,最后都快要哭了,这才算数。

她脸上笑着,眼眶却已经发红,轻声说,陈姐那天带着募捐来的钱,来医院看我。她哭得比我妈还伤心,惹得我也哭了。后来,老许跟她抱头大哭,那笨蛋……

何小璐说到这里,抬起手腕说,你看,好笑吧,我也给发展成了佛教徒。

这时候我才注意到,她骨瘦如柴的手腕上,系着两个不同质地的佛珠。她介绍说,哪,这串是尼泊尔带回来的,小的这串,就是陈姐送的。

我看着她脸上的笑,惨淡而从容。有信仰的人是幸福的,他们相信人死之后,灵魂会有一个更好的归宿。马克思主义的可恨之处,就是它把我教育成一个彻底的无神论者,我心知肚明,人死之后,连个屁都不会剩下。

什么宗教,什么狗屁偏方,什么家传老中医,都是骗人的玩意。我根本没办法降低自己的智商,把希望寄托在这些东西身上。这样子,我连一些安慰性质的尝试,都没办法为何小璐去做,所以,我这辈子都得不到救赎。

天色慢慢暗了下来,在楼层低的窗户里,传来锅碗瓢盆,煎炒烹炸的声音。场地上玩耍的小孩子,一个一个被叫回家吃饭。时间和自责让我开始焦虑起来,我从公园椅上站起身,向何小璐提议道,要不然,我先扶你回去吧?

她却仰视着我的眼睛,做了个手势,示意我不要急。我从她的瞳孔里,突然就洞悉了一切。

这是今生今世，我们的最后一次谈话，所以，不要结束得太快。

我深深吸了一口气，重新坐回公园椅上，倾听她的讲话。天差不多黑透了，风越来越凉。

何小璐调整了一下坐姿，看了我好久，最后才开口道，云来，我知道，我以前做错了。

她低下头，一边玩弄着手上的佛珠，一边轻轻道，我八岁那年，我爸生病了，肺癌。他没有钱治，被医院送了回来，躺在家里的床上，让我们看着他死。我那时就发誓，一定要努力，要挣钱，要离开这个穷家，这个穷地方，远走高飞，越远越好。

她说，你知道吗？我是真的穷怕了。所以，一直以来我什么都想要，什么都去争。学业、事业、男人。坦白告诉你，当初跟你拍拖，是因为在军训的时候，叶子薇说她对你有好感。当然了，还有老许，也是我从别人手上抢过来的。

她叹了一口气说，那个女孩子跪在我面前哭，求我把老许还给他。我一边安慰她，一边觉得好开心。

她说，现在我知道了，我错了，全都错了。命中注定不属于我的东西，我硬要去争，现在呢，全部要还回去。

我听得喉咙发紧，宿命的巨轮似乎从天而降，压在我的背上。几乎是下意识的，我把手伸进裤袋里，去掏刚才买的那盒烟。突然，一个冰凉而松动的手铐，箍在我的手腕上，那是何小璐的手指。

我还没回过神来，她已经开口问，云来，你是跟我分手之后，才学会抽烟的，对吧？你有没有想过，为什么你抽烟却没事，而我会得这种病？

何小璐缓缓地，一字一顿道，这是抽烟才要得的病？

我听得头皮发麻，全身汗毛直立，攥着烟盒的右手，不住地战栗着。

她用那白骨般的手掌，轻轻抚摸我的手臂，像一个母亲哄小孩说，答应我，以后别再抽了。

她闭上眼睛，叹了一口气，然后夜风吹过树梢，一片哗啦啦作响。

　　我闭上眼睛，吸了一口气，看见无数的树叶变成海浪，从高到低，由远及近，拍碎在看不见的彼岸旁。

　　一句话从我身旁，或者是从九霄之外的梵天跌落，逐字逐句，狠狠砸在我心脏之上——

　　来，看破放下，随缘自在。

廿六

　　公历十一月二十三日，农历十月廿六，星期天，刘家大婚。

　　星期六晚上，小川召集我们这些伴郎、兄弟，一起吃顿晚饭，当是哀悼他告别单身。在这群乌合之众里，有我跟南哥，还有小川的堂弟表哥、同事朋友、大学同学之流。开席之前，一群人都作衣冠楚楚、谦谦君子状，结果几杯白酒下肚，全都原形毕露，张牙舞爪的，跟国民党匪兵没啥两样。

　　只有小川一人，坐在酒桌上，端着一个茶杯，拈花微笑。新郎官要留着明天来糟蹋，今晚可以饶他不死。等我们喝得差不多了，小川把酒店房卡交给我们，然后就离席而去。

　　选好的吉时是早上七点，南哥建议说，我们干脆就不要睡觉了，打牌到通宵，时辰到了，一起去接新娘。众人纷纷叫好，意气风发的，好像珠三角赌神今晚欢聚一堂。

　　吃完晚饭，我们七八个大男人，一拥而入酒店标间里，抽烟打牌，喝三吆四，好一片乌烟瘴气。我牌运不错，打了三个小时，赢了上千块。本来还想打下去的，奈何过了十二点就哈欠连天，只好借口说上厕所，溜到隔壁房睡觉去了。

　　五点钟不到，我睡得正酣，一阵拍门声像警察查房，把我从梦里唤醒。我赶紧爬起来，胡乱洗漱一番，套上西装，又往头上打了半斤发蜡。临走前在镜子里一看，嗯，也挺人模狗样的。

　　到了酒店楼下，天色还黑乎乎的，小川早就在大门等着我们了。他是天生的衣服架子,如今穿一套合身的礼服,再加上一脸的神采飞扬,颇有些明星范儿。

要开花车的兄弟,都去了停车场,我们这几个不用开车的,围在一起聊天。南哥翻起旁边一个兄弟的衣领,看了一眼,然后挤眉弄眼地说,喂,你们知道杰克是怎么死的吗?

我和小川早就习惯了,其他人则面面相觑。等了半分钟,南哥扫视一圈,得意地笑道,是穷死的,因为……杰克琼斯啊,哈哈哈哈哈。

我们捧场地笑,那个兄弟递了支烟给南哥,又递给我。我摆手笑道,戒了,戒了。

小川饶有兴致地打量着我,南哥则嗤之以鼻。这时候花车都陆续到齐了,我们呼啸聚散,钻进了各自的车子。出发,到高老庄抢亲去!

小兔的父母住在南山,一个高尚住宅区里面。她爸爸早年就调到深圳来了,但小兔倒一直留在我们老家读书。如果不是这样的话,今天娶她的也不会是小川了。

车队浩浩荡荡向南山进发,婚庆公司的拍摄车,从天窗里戳出一人一机,在车队前后拍来拍去。一路上,我们遇见两个迎亲车队,看起来,今天果然是结婚的大好日子。

到了小区门口,车子在路边停好,我们一干人等,纷纷抄家伙下车。旭日东升,我们一群大好青年,都穿着西服,手里是五颜六色的道具,像一帮不伦不类的黑社会。

我走到小川身旁,帮他整理一下衣服。他掏出一沓红包,有厚有薄,塞进我口袋里,然后拍着我肩膀说,云来,等下抢新娘就看你的了。

我扬起眉毛,笑道,你就放心吧,黄世仁。

人齐之后,我们进了小区大门,一路杀到小兔家楼下。南哥把手里的礼炮高举,大喊道,法师拉桌子,术士发糖,集体加 buff……

我拍拍他肩膀说,得了,进电梯吧。

上了楼,小兔家的门紧闭着,小川按响门铃,里面先是一片静悄悄,然后就传来一片笑闹,端的是春光明媚,莺歌燕舞。门外这些小伙子,精神焕发,摩拳擦掌,大有一人一个,抢回家当老婆的架势。

接下来,敌我双方将隔着这道门,展开一场坚苦卓绝的攻坚战。

门里面有人开口了,一听就是叶子薇,她装腔作势道,外面的是谁呀?

小川笑着说,是我,刘小川,来接我的新娘子,涂丽娜。

叶子薇似乎恍然大悟,拉成声音"哦"了一声,继续拿腔拿调,请问刘小川,你爱涂丽娜吗?

小川挠挠头发说,爱。

叶子薇起哄道,大声一点儿,听不见。

新郎官不好意思地笑了一下,突然一个立正,仰天大吼道,爱!

门里又是一片大笑,想象得出她们花枝乱颤的样子。笑完过后,叶子薇又问,那好,刘小川同志,你还记得第一次牵涂丽娜的手,是在哪一天吗?

小川皱起眉头,明显是被难住了。而且就算他能想起这个,接下来的问题仍然无穷无尽。什么第一次看电影,第一次接吻,哪个男人能记得全?这个纪念日,那个纪念日,对于我们来讲,纪念都是虚的,能日就好。

新郎官愁眉不展,这时候,就轮到伴郎出场了。我走到门前蹲下,掏出几个薄薄的红包,塞进门缝里。里面哇了几下,地上几个红影马上消失了,然后是短暂的沉默。

好小气啊!

这儿点钱也好意思出手,还是男人吗?

你们还是回去吧!

门里一片闹哄哄的抱怨声,我早就料到,此时不慌不忙,却故作为难道,哎呀,里面的姐妹们呀,我倒是有大大的红包,可是……

叶子薇估计也听出了我的声音,笑道,可是什么?

我忍住笑,一本正经道,可是门缝太窄,塞不进去啊。

里面别的姐妹纷纷叫嚷开了,想骗我们开门,休想!

叶子薇低声说,别怕,我们还有……

她们似乎达成了一致意见,过了几秒,门终于慢慢地开了,一条门链明晃晃地摇荡。从里面伸出一只玉手，摊开了手掌，叶子薇拖长了声音问，红包呢？大红包呢？

我右手拿着红包，慢腾腾地放到她手上，却突然顺势而入，进了门缝里。我大声喊道，兄弟们，上啊！

在我一声令下，那群兄弟如猛虎下山，恶狗扑屎，冲到门上顶住，不让她们把门关上。我那虎口拔牙的右手，一边摸索着门链，一边忍受着姐妹们的抓掐。我龇牙咧嘴道，姑奶奶们，别闹了，错过了吉时可不好。

在我的攻心战术下，敌方的攻势稍为一滞，我抓紧时机，一把解下了门链。兄弟们一哄而上，推开大门拥进房里，好一片鬼哭狼嚎。

叶子薇站在一片混乱里面，穿着粉红色的纱裙，简洁却仍然出众。她摇头在笑，表情像是责怪，又像是赞赏。

毛主席他老人家说得好，堡垒最容易从内部攻破。我指的不是门链，而是我们的新娘子，小兔，涂丽娜。她当然是有暗示过这班姐妹，闹一下意思就好。结婚是人生的头等大事，要是玩得过火，出了什么差池，那可就不好玩了。

接下来的环节，证明我猜得没错。藏鞋子，这是一个可以让伴郎找到吐血，新郎找到翻脸的环节，却也让我们轻易通关了。

我曾经作为兄弟，参加过一次接新娘活动。那个蛇蝎心肠的伴娘，把一只鞋子放在床下，另外一只，竟然藏在电脑主机里。就这一招，让那伴娘赚了五千多的红包。当然了，以后再没人请她去做伴娘。

这个故事告诉我们，要坚持走可持续发展的道路，杀鸡取卵的事情，不能干。

在涂丽娜思想的指导下，我们的伴娘叶子薇，把鞋子藏得相当客气，非常友好。那一对儿红色的高跟鞋，乖乖站在衣柜里，一打开就看见了。新娘坐在她的床上，笑眯眯地看着这一切的发生。

然后，小川从我手中接过鞋子，亲手为小兔穿上。媒人婆站在旁边，念叨着一些吉利话。穿好鞋子，新郎拦腰抱起新娘，走到客厅放下，为端坐在沙发里的二老敬茶。

我站在伴娘旁边,看着小兔的那一对父母。他们笑得见牙不见眼,皱纹纷纷向外扩散,像两朵喜气洋洋的菊花。对于小川这个女婿,他们一直非常中意。

我偷偷捏了捏叶子薇的手,想起了她的父母,又想起我家那二老。

老人们说了些鼓励的话,新人们说了些感激的话,收下两个红包,又擦了些泪水。然后便要出门了,养了二十六年的女儿,终于要成为别家的人了。

在一片欢天喜地中,新郎又抱起新娘,缓缓走向门口,我跟叶子薇亦步亦趋地跟在后面。

门外一片欢呼雀跃,一、二、三,啪啪几声礼炮,一堆纸屑洒在我们头上。

一行人走向电梯,早有人摁住了按键,让门大开着恭候。在我眼前,新郎跟怀里的新娘相互凝视,笑而不语,幸福死人不偿命的样子。

我偷偷抱怨道,太肉麻了,看我起的这身鸡皮疙瘩,神经末梢都坏死了。

她捏了我一下,说,闭嘴。

我乖乖闭上嘴巴,过了一会儿又问,你看小兔这身婚纱,挺美的。

叶子薇撇了撇嘴,把嘴巴凑到我耳朵上,小声道,像一团棉花糖。

出了电梯,小川终于能把小兔放下来了,挽手走在队伍前面。从楼下到小区门口,原来不过五分钟的脚程,我们这队人马,一边走一边拍照,花了差不多半小时。

按照风俗,接了新娘之后,就要送到男方父母家。但是要车队走几百公里路,回我们老家那儿,显然不太现实,所以一般采用折中的办法。小川的妈妈是一直都在深圳照顾大石,他爸爸前几天也出来了,如今二老正在小川的新房里等着。

我们开在深南大道上,一路向东,迎着晨曦。

迎亲车队到了小川家楼下,其他人员就功成身退,回酒店休息去了。我和叶子薇革命尚未完成,还要继续陪着新人,像一对贴身的丫鬟、家丁。

上了楼,新郎抱着新娘刚一进门,满满一屋子的男方亲戚,便山崩地裂地欢呼喝彩。早有几个大胖小子,迫不及待地跳上新床,像肉包子一样翻来滚去。

接着,叶子薇准备好茶,新人向客厅里的二老敬茶,无非又是刚才那一幕的重演。只不过,少了刚才那群兄弟姐妹,多了一个轮椅上的刘大石。

一早上的繁文缛节,手忙脚乱,如今终于要结束了。我跟叶子薇相视一笑,都松了口气。这时候,刘伯伯满脸笑容地走了过来,给我们一人一个红包,连声道,你们辛苦了,辛苦了。

我道过了谢,笑道,恭喜伯伯,小川可真有福气,娶了个那么好的媳妇。

他脸上更是乐开了花,搓着手说,哪里,哪里。你们两个呢,要什么时候摆喜酒? 小邓啊,你爸心急着要抱孙子啊。

叶子薇一副小女儿娇态,低下头说,还不是看他的意思。

我挠头笑道,下个月可能要去她家,见一下家长,没问题的话就准备提亲了。

刘伯伯呵呵笑道,那好,那好,索性就在年底结婚吧。啊,你看,这边快忙完了,一起到楼下喝早茶?

我看了一眼叶子薇,然后故意打个哈欠说,不用了,我们不饿,只是……

刘伯伯赶忙道,哦哦,那你们先回酒店休息去吧,辛苦了,辛苦了。

新郎新娘还有些琐事要忙,但暂时用不上我们了。于是,我跟叶子薇功成身退,打道回府,奔赴酒店。

电梯到了我们的楼层,我也不管外面有没有人,拦腰抱起叶子薇,吓得她尖叫一声。我迈出电梯门口,一步步走向房间,她一时反抗,一时又咪咪地笑。到了房门口,她还配合地从我口袋里掏出房卡。

进了房间,我一下子把她扔在床上,又扑了过去。她躲闪着说,先换了这身裙子,别弄脏了。

我嘿嘿笑道,你猜对了,我就是想玷污一下。

她今天穿的这身纱裙,胸口低得恰到好处,里面的内容饱满充实,呼之欲出。也难怪今天早上,那一票兄弟目光如炬,看得眼珠子都快要掉出来了。

不过,这也没什么好说的。自己长个包子样,就别怨狗老跟着。更何况,就算让他们望眼欲穿,望穿秋水,再望断天涯路,那又如何? 这一片锦绣河山,列强再怎么觊觎,也还是牢牢掌握在我国人民手中。

叶子薇在我鼻子上刮了一下,面带红霞,嗔道,下流。

我顾不上再跟她理论,开始解放双手,扎扎实实地行使当家做主的权利。

一阵天翻地覆慨而慷之后,我轰然倒塌在床垫上,跟叶子薇相拥而眠。昨晚本来就没有休息好,今天又操劳了一个早上,这一下,我们两人睡得是天昏地暗,日月无光,连午饭都没有起来吃。

一直到了下午三点,南哥的电话把我吵醒,他在里面嘿嘿笑道,新郎新娘还没洞房,你们这对狗男女,倒是先洞上了。

我掩饰道,我们在睡觉,扯什么呢?

床头的墙壁,突然传来几声清晰的敲击,把我吓了一跳。南哥在电话里哈哈大笑道,年轻人,隔墙有耳啊,以后要做好保密措施。

我只好咒骂道,日这酒店,墙壁那么薄。

南哥沉重地恳求道,千万别再日了,快穿衣服下楼吧,还等着你们迎宾呢。

两个小时后,我们这些人穿戴整齐,满面微笑,站在酒店门口迎宾。该怎么说呢,这件事是我的强项,如果放到旧社会,我应该是个不错的龟公。

四方宾客络绎不绝,一一被引着入座,拼成熟悉或者陌生的一桌。到了晚上七点,路旁华灯初上,宴会厅里大放光明,婚宴终于要正式开场了。

有时候我会想,每一对夫妻之所以相识、相知、相恋,最后走到结婚,个中的剧情,端的是千差万别。可是到了婚礼这回事上,却又是万般的同质化。流程可说是千篇一律,差别仅在于烧钱的多少。

总而言之,就是这么一回事。大厅里的灯光灭了,聚光灯晃了几下,打到门口,新郎新娘隆重登场。一对狐假虎威的伴郎伴娘,紧随其后,不断撒花,路过一桌桌酒席,一声声礼炮。

然后是放 VCR,新人感情好或者演技好的话,在这里可以上演热泪盈眶的戏码。戴婚戒,新郎讲话,新娘讲话,新家公讲话,新岳父讲话。主持人一直都在讲话,插科打诨,严防冷场。

宾客们在台下自成一体,窃窃私语,掩口而笑。有些人在叙旧,有些人刚刚有幸认识，以后可能会有业务联系，就忙着交换名片。几个心怀鬼胎的单身男女，环顾四周，惶惑地期待着旧情人的身影，还是在盼望一段虚无缥缈的新恋情？

在这同伴新婚的盛宴，那么多的吊灯，并不会倾泻下来。曾经跟我分手过的女人，没有一个会出现，不必担心尴尬。

我跟她肩并着肩，站在台下，她是今天的伴娘，艳光四射，大抢风头。她是我高中时期暗恋过的校花，更是我的现任女朋友。接下来，我们会手挽着手走进自己的婚礼，还是在若干年后，重逢在一场不相干的婚宴上，带着各自的子女，互相寒暄？

当宾客们的肚子里开始鼓瑟齐鸣时，终于所有人都讲完话，下了台，各位观众，各位来宾，Show Time！下面是乳猪隆重登场。

趁着这个时候，我和小川赶快坐了下来，抓紧时间吃点东西。叶子薇也拉着小兔坐下，饭没吃上两口，先急着帮她补妆。

小川以茶代酒，敬了我一杯说，云来，今天可真是辛苦你了，忙前忙后，服务周到。

我一本正经道，不辛苦，刘行长要是觉得我活儿干得好，下次再有生意，关照我就行。

叶子薇狠狠瞪了我一眼，小兔倒是笑笑，没有说什么。新娘子是世界上最幸福的女人，哪里还顾得上生气。

把肚子填了个半饱，然后便开始巡场敬酒了。我手提一真一假两瓶洋酒，跟在小川后面，一桌桌地敬了过去。我们这边的婚礼比较和谐，即使明知道新郎杯里的是王老吉，也没有太过为难。

虽说是这样，酒桌上还是有几个刁民，硬要跟新郎换杯里的酒来喝。遇上这种场面，我身为伴郎，当然义不容辞，使劲浑身解数，软硬兼施，帮小川挡了些酒，又代喝了另外一些。

这一次，小川一共摆了 40 席，我们敬完半场，回到自己那桌上，来个中场休息。一坐下来，才发觉膀胱涨得慌，于是跟他们说了一声，起身去厕所。

偌大的男厕里空荡荡的，一个鬼影都没有。我站在尿盆前，一手扶着雪白的瓷砖,一手扶着水管。喝下去那么多酒,水都从小脑出去了,酒精直奔大脑,一下子就有了些醉意。

我已经完事了,却忘了收枪入库,仍站在那儿发呆。远处传来婚宴的喧闹,一时间,竟不知今夕是何年。

这时候,一个醉醺醺的家伙,跟跄着走了进来,到我旁边,一边掏鸟,一边跟我搭讪。他结结巴巴地说,嘿,哥、哥儿们,那伴娘可真、真不赖吧?奶、奶子真他妈的大。

我皱皱眉头,认出了这个家伙,是坐在小川银行同事那一桌的,相貌可亲,像是风华正茂的郭德纲。刚才敬酒时闹腾得欢,一口京腔,活脱脱一个话痨,不去说相声,简直是浪费国家人才。

郭德纲继续道,等会儿你把她灌、灌醉,也带去洞、洞房嘛,哈哈,哈哈哈……

我懒得搭理他,拉好拉链,正准备走人,他却打了个尿颤,吁了一口气道,不过嘛,搞一晚过瘾就、就好,这女人我见过,那可是个骚、骚货。

我还没反应过来,他还一直絮絮叨叨地说,现在这、这样的女人我见多了,傍、傍大款,到年纪大玩不转了,就想找、找个傻逼来嫁掉……

廿七

风从窗户的缝隙里灌进来,我一下子就清醒了。我站在郭德纲身后,一边揣摩他这句话的意思,一边等他尿完。

郭德纲回过头来,看见有个人站在身后,不由得吓了一跳。等看清楚是我,他骂骂咧咧道,哥们,看个鸡巴?我告、告诉你,我可不是兔儿爷。

我黑着脸问,你给我说清楚了,刚才那句话,是什么意思?

他狐疑地皱紧眉头,像在回想刚说过哪句话。过了几秒,他恍然大悟道,哦,那个骚……

郭德纲说到一半,发现我神情不对,于是吐舌道,哥们,那不会是你女、

195

女朋友吧?

我咬着牙关,腮帮硬起来,点了一下头。

他神情颇有些慌乱,说话倒是一下子顺溜起来,掩饰道,嗐,我这人就是嘴巴贱,爱嚼舌根,刚说那些全是胡编乱造的,谁信谁倒霉。

他说完这些话匆忙要走,我挡在他前面,一字一句道,先别走,把这件事情给我说清楚了。

郭德纲左摇右晃,想要带球过人,却被我推推搡搡地拦下了。他被我惹急了,站在原地,梗着脖子道,哥们,你有完没完?

我冷冷道,你什么时候解释清楚了,就什么时候完。

他皱眉说,至于吗?

我犹豫了一下,最后还是说,我跟她,我们,明年准备结婚了。

郭德纲抓抓油乎乎的头发,叹口气道,嗐,这事整的。

然后,他抽了一下鼻子,捂着嘴巴说,得,我们出去讲吧,这里太味儿了。

我们走到消防通道的门口,正对着窗户的地方。郭德纲递给我一支烟,我摆手道,戒了。

他便自顾自点了一支,吐了个烟圈说,哥们,我要跟你说的,没错,都是我亲眼所见。不过,那都是过去的事情了。

我勉强笑了一下,请他把自己所知道的,原原本本告诉我。

根据郭德纲的描述,在上半年的时候,他跟着行里领导,去广州开会。会后,有一个从北京来的老板,跟领导是老关系,刚好也来了广州,就怎样都要请他吃饭。

他自嘲说,领导一向不太鸟他,这样的饭局,他本来是没机会出席的。不过那一次,对方老板刚好是北京人,领导才招呼他一起去。

那北京老板据说都五十多岁了,不过打扮得好,头发又染得一丝不苟,说是三十多岁也大有人信。记得好像是做IT行业的,姓什么倒忘了。

最让他印象深刻的,是北京老板带来的小蜜。瓜子脸,大眼睛,又高又白,巧笑倩兮,盘儿那个正点,看得人眼珠都不会转。在饭局上能文能武,说笑敬酒,一点儿也不怯场,隐约还有些明星范儿。

后来一问，果然没错，据说以前是一个主持人什么的，北京老板豁出去半个身家，这才搞上了手。好一个痴心情长的金主。

这样的饭局，不谈公事，纯粹联络感情，大家吃吃喝喝的，气氛一派祥和。到了尾声的时候，推门又进来两个人，一个中年胖子，怀里揽着个漂亮女人。看起来，这两个人都喝了些酒，应该是从别的酒席上赶场过来的。

郭德纲说到这里，轻轻哼了一声说，当时我就想呢，怎么好白菜都给猪拱了。

胖子，美女。接下里的剧情已经不言而喻，我的心慢慢揪紧。当你指间没有烟的时候，该用什么来掩饰自己的表情呢？

郭德纲也是个明白人，说到这里便打住了，一边抽着烟，一边斜着眼睛看我。在窗外黑夜的背景里，他的烟头闪着红光，一明一灭。

我突然没头没脑地问，那一次，小川是不是也去了？

他吐了一口烟，又点了一下头。

我恍然大悟，犹如醍醐灌顶。原来是这样子的，怪不得在一开始的时候，小川会说那样子的话，他说你如果跟叶子薇谈恋爱，你一定要学会收放自如。

收放自如，没错，刘小川跟叶子薇都做到了。这一段时间里，他们一起吃饭的次数并不少，两个人却心照不宣，安之若素。

我大概猜得出小川的想法，宁拆十座庙，不毁一桩婚，他想着叶子薇或许改邪归正了，我经历丰富所以不会再动真情了。总之，他不愿意成为我们分手的诱因。

我深深吸了一口夜风，让它清冽地灌进肺里。到了这里，有些事情，已经不必再问了。但是在现实里，人到了一个戏剧性的关头，往往就会潜移默化，不由自主的，自己也做出些很戏剧化的举动。

像所有低劣电视剧里的男主角，我声音嘶哑，很傻逼地问了一句，你确定没有看错？

他摇摇头道，哥儿们，这事能瞎说么？

他吐出一个烟圈，安慰道，要我说，这事都过去了，大老爷儿们的，你也别太小气了。

一阵夜风吹来，把那烟圈吹散，四处飘荡。我贪婪地吸着鼻子，突然间心痒难耐，身体里的每一个细胞，都在渴望尼古丁的味道。

世间上就是有这样的东西，从一开始的时候，别人不是没有告诫过你，你并非不知道有害，却仍然经不起诱惑，笑说自己是明知故犯。你总以为，事情在控制范围内，哪一天不想要了，就可以随时停止。

实际上，在你第一次下定决心，要戒掉这个东西时，就已经陷得太深。你已经上瘾了，就像身边无数次演过的那样。旁人也许多次说过，而你只是一步一步的，用自己的痛苦，去证明他们正确无误。

我戒烟戒了无数次，现在的这次，刚好维持了一个星期。而叶子薇，叶子薇呢？我又要用多少次的失败，才能真正把她戒掉？

爱情，有害健康。

郭德纲问，怎么样，这下子我可以走了吧？

我勉强笑了一下说，不好意思，耽搁你时间了。

他拍拍我的肩膀，又掏出烟盒，问道，哥儿们，真的不要来一根？

我站在那里，无动于衷。意识却仿佛脱离我的身体，一把抢过那根烟，然后狠狠地吸上一口，让一切的有害物质，充盈我那焦虑的肺部。

那是多么过瘾的一件事。

然而，我只是伸出左手，抚摸着右手腕上那一串木制佛珠，像在抚摸一副手铐。我答应何小璐，从此以后不再吸烟。那一天分手时，她把这串从尼泊尔带回来的佛珠送给我，就当是一个见证。

这一辈子里，无论我说过多少谎，都无法辜负一个将死之人。

我吞了一下口水，笑道，没关系，扛得住。我们回去吧，估计他们都在找我呢。

三分钟后，我跟郭德纲肩并着肩，走进人山人海的宴会厅。叶子薇一眼就看见了我，欢呼道，不用找了，伴郎回来了。

收放自如。叶子薇或许注意到了郭德纲，或许没有；她或许还记得这人，或许已经忘了。无论如何，她脸上看不出一点儿破绽。

收放自如。小川转过头来，脸上笑颜逐开。这是我一辈子最好的朋友，砍头换命的兄弟，今天是他的大喜日子，我不能给他添晦气。

收放自如。我只记得他们是最亲近的人，忘了自己是被欺骗被隐瞒的那一个。我整理了一下脸上的笑容，大踏步迎了上去。

演戏要演全套，我作为一个敬业的伴郎，是今天不容有失的配角。就算有天大的事，也只能等婚礼结束后再说了。

一个小时后，我们站在酒店门口，送走一位又一位宾客。再盛大的宴席，也有散场的时候，就像人们在出生的那一刻，便面临着死亡。

新郎新娘站在我旁边，一脸的疲惫和笑意。一个白发苍苍的老太太，正握着新娘子的手，满脸喜气地说，恭喜恭喜。

小川略微弯着腰，笑容可掬道，招呼不周，招呼不周。

我突然起了一个邪恶的念头，想要走上前去，同样礼貌地笑，然后说，欢迎下次光临。

当然了，我只是想想而已。

送完所有宾客之后，接下来，又是一大堆繁文缛节。我们咬紧牙关，勉强支撑，等到一切都忙完时，又快到消夜的点数了。

除了新郎新娘，大家明天都要上班。有个兄弟是从广州开车过来的，我特意拜托他等到这时，好让叶子薇搭他的车回去。

我站在越来越冷的路旁，看着她上了车，便也叫了一辆的士，打道回府。

我先好好洗了个澡，吹干头发，然后把自己狠狠扔到床垫里。在酒席的下半场，我被灌了不少，如今酒劲一下子全涌上来，把我拽进了又黑又甜的睡梦里。

在枕头之上，我做了好一场大梦，许多人在我身边游动，他们都有张模糊的脸。我想要大声叫喊，嘴巴里被灌进了铅。然后镜头极速拉远，原来，我站在一片荒芜的操场中间。

睁开眼时，房间里仍然是黑漆漆一片。我头疼欲裂，从枕头下掏出手机，里面有一条短信，叶子薇说她平安到达了广州。我关掉短信，屏幕右上角的时钟里，标注着 02:55 AM。

梦醒时分，凌晨三点。黑暗无边无际，四周静谧无声，只有角落里的热带鱼，偶尔吐出几个气泡，吧嗒，吧嗒。

我挠了挠乱蓬蓬的头发，刚才的那个梦，真实得触手可及。而昨天的那一场喧闹婚礼，却像是从来没有发生过。

刘小川，那个坐在教室角落，腼腆得不敢抬头看人的中层生，真的就娶了高中时暗恋的女人？

而我，邓云来，又真的跟当年的校花拍拖了？

不不，事实可能是这样，我根本没有和叶子薇拍拖，只不过是在刚结束的那场婚礼上，偶然遇见了她。我又喝了不少的酒，所以就做了这么一个哀怨缠绵的梦。

如果，这个梦上溯的时间长一些，再长一些，如果我一觉醒来，还是那个云淡风轻的少年……

我在黑暗中合上双眼，陶醉在绝望的幻想里。如果明早上学的时候，我在校道上碰见叶子薇，那么，要不要跟她说起这个荒唐而可笑的梦？

突然间，几声咳嗽从我肺里窜出，划破了黑夜的宁静。我摸索着下床，开了灯，又把电暖壶里的水煮开。

然后，我坐到电脑桌前，按下了机箱的电源键。屏幕亮了，黑了，又更亮了，一串木头做的佛珠，静静地躺在显示器下面。

那一天，何小璐对我说，看破放下，随缘自在。我明明知道她的意思，却硬要理解为另外一种。看破，然后才是放下，如果不把事情弄得水落石出，我又怎么能放得开？

接下来的夜深人静，我紧紧盯着屏幕，投身到另外一个纷乱复杂的世界。我记得在最开始的时候，小川跟我说过，叶子薇有一个当主持人的男朋友，双方都要谈婚论嫁了。在我跟叶子薇相处的这一段时间里，偶然几次，她也证实了这个男人的存在。

当然了，到了最后，叶子薇并没有嫁给他。而他们之间的分手，一定是有原因的。既然女方的日志里没有留下痕迹，那么，我就从男方那里着手。

我充分运用了娴熟的搜索技能，十分钟后，硬是从千头万绪的网络信息里,揪出了她前男友的个人博客。

我一直认为,把博客当成日记,记录每天心情的男人,统统都是怪胎。在这方面,她前男友是个正常人。他的更新分布得非常稀疏,而且大多数跟私生活无关。我从记录里不断回溯,去到上一年的时候,终于发现了两篇有用的日志。

第一篇,是他自己写的一首歌,小标题,献给最爱的薇。之前,叶子薇曾经不无炫耀地跟我提过此事,所以现在,我更加确定了博客主人的身份。

第二篇的标题是,我们终于分手了,后面接着无数的感叹号。正文里只有语焉不详的几句,内容如下:

> 三角形是最稳定的图形,可是,三角恋却是最动荡也是最痛苦的关系。原谅我吧,薇,对你的承诺我没办法做到,我没办法再走下去了。我只有走开,在你看不到的地方,默默地祝你幸福。

我喝了一口茶,才发现已经冷掉了。日志里并没有说明白,到底这个三角恋,是他自己劈腿,还是叶子薇脚踏两条船。

我皱起眉头,揣摩他的语气,思来想去,却始终没有定论。这样的话,接下来,我可以联系这个主持人前男友,旁敲侧击,把这件事情问清楚。这个跟叶子薇拍过拖的男人,上一手业主,不知他现在过得怎样。

可是,我已经厌倦了周旋。与其这样,不如直接找那个死胖子,王虎,就什么都知道了。

之前我也查过他的联系方式,奇怪的是,在叶子薇所在公司的网页上,只有办公室座机,并没有王虎的联系电话什么的。不过不要紧,我知道他的邮箱。

我关掉博客,登录自己以前用的那个邮箱,却一直是密码错误。我突然想起,里面还躺着 Cat 的半封邮件,我到现在还没看完。

我试了好几个密码,仍然登陆不上,不禁把眉头皱了起来。是我自己忘了密码,还是说给谁偷了?我必须要拿回这个邮箱,可惜,这不是短时间内能办成的事。幸好注册一个新邮箱并不难，我花三分钟弄了一个，然后便迫不及待地登录，点击，写信。

收件人：Tigerwang@163.com。

主题：我是叶子薇的男朋友

正文：王总你好，还记得我吗？我们见过面的，就在国庆节的前一晚，子薇家门口。有些事情想和你聊聊，你可以回复这个邮箱，也可以直接打我电话。我的号码是……

点下发送按键的那一刻，我突然觉得身心俱疲，仿佛在一瞬间，所有精力都被抽离身体。我慢吞吞地关掉电脑，把那串佛珠放到枕头下，然后再次把自己扔上了床。

王虎的那个邮件地址，我希望自己没有记错，又希望自己记错了。就像和叶子薇的这段感情，我不愿意放弃，却又无力继续。

黑暗中，我把手伸到枕头底下，细数那一串佛珠。28粒，再数一次，还是28粒。但我还想数多一遍。进退两难，优柔寡断，我并不是第一次这样。

但这是最后一次了，最后一次。从此以后，我要看破、放下，不再贪恋这自欺欺人的温暖。

这样想的时候，睡意如同海浪，从四面八方向我袭来。我打了一个长长的哈欠，那好吧，该戒的还是要戒，该来的就让它来，如今我要做的，只是好好睡上一觉。

廿八

星期一中午，我正在公司楼下的茶餐厅里，消费着一份咖喱牛肉饭。我坐在靠窗的位置，秋日暖阳，光线穿透咖啡色的塑胶杯，在桌上投下古怪的光影。

我舀起一块牛肉，这时候，桌上的手机响了，是短信。拿起来一看，是一个陌生的号码，十一个数字里，快有一半都是八。在我的印象中，手机号码里有很多个八的,不是娱乐场所里的美女们,就是土得掉渣的暴发户。

短信内容是这样的,我是王总,你找我有什么事!

我拿着电话的右手,稍微有一些颤抖,不知道该说是紧张还是兴奋。我马上就想要回复这条短信,字都打了几个,却又删掉了。

深深吸了一口气,不要着急,慢慢来,等我吃完这顿饭再说。

我把那块牛肉放进嘴巴,以更慢的速度、更大的咬劲,一下一下地嚼烂。为了捍卫自己的交配权,与其他雄性个体争强斗胜,这件事情,本来就带着一种原始的兴奋。

看看动物世界里的猴子,跟我们有什么两样?至于我们敬爱的赵忠祥老师,他不光躲在一旁讲解,更加身体力行,用实际行动,证明了人类具有怎么样的动物性。

在回公司楼上的电梯里,我把手伸进裤袋,紧紧攥住里面的手机。这时候我的心情,就好像一个贪嘴的小孩,怀揣着不舍得吃的糖。

那么,该怎么回复短信,来开始这一段争风吃醋,斗智斗勇?

回到办公室,刚刚坐了下来,谁料又收到了王虎的一条短信。他是这样写的,你要跟我讲什么!

我不由暗自好笑,这胖子,也太沉不住气了吧。想了一想,我回复道,王总,我想跟你聊的事情,是关于叶子薇的。

一分钟后,他回复说,行!不过这是我跟你两个男人的事!你不要告诉她,知道吗!

我虽然不知道胖子的用意何在,但还是答应了他的要求。接下来,我跟他断断续续发着短信,通过这些对话,有些事态渐渐明朗,有些事情却越来越模糊。

这就像是三个人的罗生门,错综复杂,每个人都心怀鬼胎,谎话连篇,每一句话,都要花心机去分辨真假。

我说,请问王总,你跟子薇是什么关系?

胖子反问道,你先说你跟她是什么关系!

我耐心地说,她是我的女朋友。

胖子说，行！那她是我下属！我是她上司，就这样！

我问道，那么王总，国庆节前那一晚，你去找她是为了什么？

这条短信飞出去之后，足足一个小时，我没有收到胖子的回复。他是不想回答这个问题，是在考虑该怎么解释，还是说，他已经出尔反尔，让叶子薇看了我发的短信？

正当我开始沉不住气，想要再发一遍时，胖子的短信来了，内容却有些出乎我的意料。他是这样说的，我还没问你在那里干什么呢！你们结婚了吗！你在那里过夜吗！

我握着手机，皱起了眉头。好像国庆节前的那晚，在叶子薇家的门口，胖子也问过相同的问题。以他的态度，似乎是把自己当成了叶子薇的监护人，或者是名正言顺的占有者。

可是，如果他真的那么理直气壮，当时为什么要跑呢？是怕挨打吗？可我又不是山东大汉，以我的体型，不具有这样的威慑力。那么，他到底在害怕些什么？

正在我思前想后时，胖子又发了一条短信过来，隔着手机屏幕，我都看见了他的怒气。他说，你根本没资格问我，你认清了自己的位置吗！我跟你说，她是我的人！

我的手有些发抖，这也是愤怒。让情绪充满肺腑，这种感觉真好，证明自己还活着。

我深深吸了一口气，然后，一抹冷笑爬上了我的嘴角。

好了，有你这句话就够了。

我没再回复这条短信，而是保存了起来。接下来的下午，接下来的晚上，还有接下来的几天，我跟叶子薇照常联系，就像什么事情都没发生过。

然后就到了星期五，下班之后，我再一次开着普桑，驶上开往广州的高速公路。我的车是二手的，这我不在乎，如同不在乎女朋友在我之前，有过多少段感情。我在乎的是，这一辆车，现在有几个人在开。

两个小时之后，我到了叶子薇楼下。昨天我们就说好了，今晚她在家下厨，我们来个烛光晚餐。我特意带了一瓶法国红酒，产地勃艮第，是关系户送给南哥，南哥又拿了给我的。

在楼下的花店里，我买了一束玫瑰，在她开门的时候，变戏法似的从背后拿了出来。她惊喜地接过花，我们在门口拥抱，然后我在她耳朵旁，轻声说，子薇，我爱你。

她甜蜜地笑，说，傻瓜，我也一样。

今天晚上的几道菜都很赞，跟叶子薇谈恋爱以来，她的厨艺是越来越好了。今晚这瓶红酒虽然年份不好，但口感很不错，我们一人喝了半瓶。如今，在摇曳的烛光里，酒的宝石红渲染了两腮，让她显得分外娇媚。

这样一个女人，入得厨房，出得厅堂，在卧室里更是百般逢迎，万种风情，这样的女人，是多少男人梦寐以求的对象。然而，我现在要做的事，就是挑起事端，来一次休克疗法。

这是最后一次、猛烈而绝望的尝试。成功的话，我会得到全部的她。相反，如果失败了，我也将失去全部的她。

我喝掉最后一口红酒，放下杯子，执起她的右手说，子薇，看着我的眼睛。

她媚眼如丝，注视着我说，嗯？

我凝视着她的眼睛，妄图看穿这水波荡漾的无底深渊，三秒钟之后，我一字一顿道，子薇，你爱我吗？

她扑哧一下笑了，怕羞地低下头，用左手在桌布上画圈，轻声道，爱。

我把她的左手也抓到一起，用力握紧，突然变了声调，冷冷地说，好，那你为什么还要跟你老板纠缠？

叶子薇一时没反应过来，抬起头，疑惑地看着我。

她无辜的表情，让我隐隐有些心软，我刻意冷掉自己的表情，好让心也变硬起来。

我沉着脸，再一次重复道，叶子薇，你为什么背着我，跟你的老板乱搞？

说完这句话，我后背紧张得笔直，准备迎接一场暴风雨。然而，她发作的级数，却比我想象中的要小。

叶子薇用力地把双手抽离，交叉放在胸前，冷冷道，你又怀疑我？

我冷笑了一声，狠狠地盯着她的眼睛，她却不自然地避开了。这一个虚弱的小动作，表明她虽然口气强硬，不过是外强中干而已。她这样的反应，更加剧了我心里的疑惑。

两个人就这样别扭地坐着，蜡烛将要燃尽，餐厅里是凝固了的沉默。

过了一会儿，我站起身来，拉一下开关，打开了餐桌上的吊灯。然后，我站在叶子薇身旁，用手托起她的下巴，语气温柔地说，真的吗？你真的没有骗我？

她却突然强硬了起来，一把打掉我的手，勃然大怒道，邓云来，你是怎么搞的？你忘了上次回家的时候，亲口答应我，说要信任我的吗？

叶子薇从椅子上站起身来，满脸怒容道，你这样子，我们还怎么相处下去？

我退后两步，微微笑了起来，把她弄得莫名其妙。然后，我从身上掏出手机，调出王虎的那一条短信，再上前两步，把显示屏拿到她眼前。

又是死一般的沉默，直到蜡烛最终燃尽，发出一声轻响。十秒钟后，我确定她已经看完了内容，才把手机从她脸上的表情移开。

她似乎被一记闷棍打中了后脑，脸色苍白，双唇颤抖，想说话却说不出来。

我把手机放回胸前口袋，静静地站着，不发一言，耐心等待她的回应。

叶子薇咬紧牙关，浑身颤抖，终于仿佛崩溃了一般，歇斯底里地喊道，邓云来！你这是什么意思?！

如果正前方放着一面镜子，此时此刻，我会看见这样的一个男人。他面色阴沉，嘴角却挂着微笑，邪恶而又天真，像刚完成了一次恶作剧，心满意足的孩子。

然后，我嘴角的弧度上扬，咣一声打碎了面前的镜子，用锐利的音色，一字一顿道，我的意思是，请你以后别再把我，当——成——傻——子。

叶子薇失去了冷静和自持，弯腰嘶吼道，你根本没搞清楚这件事！我早跟你说过了，我们老板在追我，所以他会想尽办法破坏我和你的关系。他是个疯子，神经病！你知道我有多辛苦吗？你为什么就不能体谅我？

　　她抬起头来,眼里已经有了泪花,哽咽着说,云来,邓云来,求求你,到底想要我怎样?

　　如果是以前,或许我就被她唬住了。但是叶子薇,多谢你,在和你拍拖了几个月之后,我学会了更多的东西。

　　我仍然是这样站着,过了一会儿,沉吟道,我也很想相信你,不过,他说了一些更过分的话,让我不得不相信他。你知道吗?他说的那些话,具体到我都不好意思拿出来给你看……

　　她突然挥起一只手,把餐桌上的一个盘子打到地下,哐啷,碎裂出片片洁白的花。

　　然后,她弯下腰,撕心裂肺地一声大喊,够了! 我发誓,如果我跟王虎有什么事情,那我马上就去死!

　　就在那么短的时间内,台风警报迅速升级,她的反应之剧烈,已经出乎了我的意料。纵然是之前准备了那么多,现在的我,也不禁有一些疑惑。够胆量发那么毒的誓,难道说,她真的是无辜的?

　　难道说,就像叶子薇说的那样,王虎的所作所为,不过是为了得到叶子薇,所以不择手段?

　　我都已经快要相信她了,电光火石之间,脑海里闪现了一张脸。那是一张胖脸,在国庆节的前一晚,我一打开门就看见了。那张脸带着气愤、懦弱、惊愕,还有伤心。

　　没错,我相信那猥琐里夹杂的一点点伤心,真诚的伤心,胜于相信眼前这个表情多变、演技出众的女人。

　　叶子薇,这次你骗不了我。

　　我闭上眼睛,深深吸了一口气,倒数三、二、一,再次睁开眼睛时,已经是一副茫然而迷惘的表情。

　　我手足无措般地在身上四处乱摸,终于从胸前口袋里找到了手机。我看了叶子薇一眼,退后几步,然后打开手机,看那不存在的短信。

　　我咬紧牙关,时而摇头,时而叹气,让脸上的表情阴晴不定,难以捉摸。叶子薇一句话都没有说,我从眼角的余光里看到,她正扶着桌子,一动也不动地观察着我。

这一出空城计，到了摊牌的时机。我再次闭上眼睛，咬紧牙关，像是下了全世界最大的决心，痛苦地说，子薇，我们分手吧。

她似乎早就料到我会这么说。连脸上意外的表情，都是准备好的。她就这样呆呆地站着，三秒钟之后，有热泪从眼眶里涌出。

这一瞬间，有一股暖暖的热流，一下子涌到我的喉咙。今天晚上，虽然我们一直在骗来骗去，演一出钩心斗角的对手戏，然而我相信这一刻，她的眼泪是真的，她眼睛里不舍而绝望的光芒，也是真的。

我的心痛，同样也是真的。纵使在许多年以后，我们垂垂老矣，爱恨都已泯灭——仍然要感谢生命，给过我真诚的、深刻的感情。

现在，我多么想就这样走过去，抱着她，然后一切烟消云散，重归于好。我的身体在蠢蠢欲动，但是，我硬起心肠，对自己说，不能前功尽弃。

我最后看了她一眼，转身就要出门，她却扑了过来，紧紧抱住我，呜咽着说，云来，求求你，不要走……

我犹豫了一下，还是用不大的力度，去掰开她的手。她却箍得更紧了，哭着说，不要走好吗？我求你了，云来，没了你，我就什么都没有了……

我的心给泪水浸得又酸又涩，肿胀不安，垂下双手，任由她把我抱得更紧。叶子薇一直在哭，抽抽搭搭的，我忍不住又抬起手，轻轻抚摸她的后背。

就在她慢慢平静下来的时候，我用不大却清晰的声音说，子薇，我应该相信你吗？

她嘤一声又哭了起来，一边哭一边讲话，我听也听不明白。我想把她推开，方便讲话，她却怕死般地把我搂得更紧，好像一松开我，我就会逃掉似的。

我只好安慰道，放松，慢慢说，我给你一个解释的机会，只是，不要再骗我了。

叶子薇犹疑着，我又重复了一遍，她这才慢慢松开双手。

我近距离看着她的脸，妆都花了一点，梨花带雨的，我见犹怜。

她期期艾艾道，云来，你真的不会走？

我点点头说，真的不走，你放心，慢慢讲。

她一下子破涕为笑，从餐桌上抽出一张纸巾，擦掉脸上鲜活的泪痕。然后她拉起我的手，让我在餐椅上坐下，自己则蹲在旁边。

叶子薇抬起头来，注视着我，努力平复了下情绪，然后说，云来，你要相信我。无论我们老板跟你讲什么，都不要信他，他只是想要破坏我们。

我开口想要问她，她却用手掌轻轻挡住我的嘴巴，说，你先听我讲完。你想想，他年纪大了，又长成这样，我叶子薇，有必要跟他搅在一起吗？我图他什么？

我在心底暗自冷笑，图他什么？当然是图他的钱了。

当然了，这样简单粗糙，所以接近本质的话，无论什么时候，什么情况，我都不会说出口。我那可笑的尊严和所谓的教养，都不允许自己这样做。说出这句话的本身，不但是在侮辱她，而且是在自轻自贱。

或许，我没有勇气面对的真相是，如果她真的那么差，我还要跟她在一起，岂不是更差？

叶子薇停了一下，见我没有回答，就接下去说，去年我跟上个男朋友在一起时，还经常约上老板，三个人一起去打网球，然后吃饭什么的。云来，你想一想，我跟他怎么可能怎样？

我弯下腰，左肘放在膝盖上，左手托腮，沉吟道，那，你们是怎么分手的？

叶子薇咬着嘴唇，又低下头，好像在思考着该怎么回答。从我这个角度，只能俯视到她细密乌黑的发丝，在头顶的中间，汇成一个让人深陷的漩涡。

过了一会儿，她抬起头来，仿佛下了很大的决心，轻轻地说，我告诉你的话，不要生气好吗？

我点点头，期待着她的答案，同时暗暗祈祷，希望她不要让我失望。她那朱唇轻启，会说出事实真相，还是吐出另一个谎言？

叶子薇得到了我的首肯，便开口道，事情是这样子的，去年年底的时候，我带他回过我父母家。云来你知道吗？虽然他给我妈买了很贵重的礼物，又在二老面前许诺，说一定要学会我们家乡的方言，还说他是主持人，有语言天赋什么的。

听到这里，我不由得笑了一下。

她以为我在笑那主持人，所以，她也笑了一下，继续道，可是啊，我妈还是不愿意我嫁给广州人，我不想伤了她老人家的心，所以过完年后，我们就渐渐疏远了。云来，你知道吗？当初我之所以那么快跟你谈恋爱，就因为你也是我们那的，知根知底，我妈就不用担心了。

我实在听不下去了，撑着餐桌站了起来，而不顾她原本趴在我腿上。叶子薇也随着站了起来，莫名其妙地看了我一会儿，然后又重新把双手交叉在胸前。

心理学上说，这是一个防卫的姿势，说明她缺乏信任感，害怕受到伤害。

我凝望着她，绝望地摇了摇头，然后换上一副戏谑的语气，拉长声音说，哦……我还以为当时他要离开你，是因为你跟那胖子玩劈腿，东窗事发了呢。

廿九

叶子薇捂着嘴巴，退后了一步，似乎无法相信我会说出这种话。果然，她站稳之后便说，邓云来，你怎么可以这样讲我？

我冷冷道，为什么不可以这样讲你，难道这不是事实吗？还是说，只允许你撒谎，不允许我揭穿？

她眉头紧皱，满脸怒容道，你这么说，有什么证据吗？

我摸着下巴说，证据吗？物证倒是没有啦，人证算吗？

我眼睑稍微低垂，撒谎道，是你前男友，亲口告诉我的。

她喃喃道，不可能。

我咄咄逼人地说，怎么会不可能？是你对不起他在先，难道你还那么天真，以为他会帮你说谎？

叶子薇痛苦地摇头，一直低声地重复道，不会的，不会的……

突然，她眼睛里有亮光一闪，定住了表情，直视我说，好，就当你说对了，邓云来，我问你，过去的事情真的就那么重要吗？

我反驳道，问题是，这件事根本就没过去。你什么都瞒着我，一边还要我信任你，当我是傻子吗？

她冷笑道，好啊，邓云来，你就没有什么事情瞒着我吗？你自己干过哪些事情，自己清楚，你以为你有多清白吗？把窗户纸都捅破了，我们还能在一起吗？

我皱着眉头想了一会儿，字斟句酌地说，我没有任何一件事情，有可能会影响到我们以后的关系，而我没有跟你讲的。

叶子薇走前一步，逼问道，你确定？

我心里犹疑，脸上却装出万分确定的样子，点头道，没有。

她哧哧冷笑起来，仿佛我是个伎俩拙劣的骗子，早被她一眼看穿。我皱着眉头，等待她的回击，然后她终于吐出几个字，她说，那么，何小璐呢？

我心里咯噔了一下，她侧头微笑，继续道，你念念不忘的何小璐呢？有一天晚上，你把我错当成她，叫出了她的名字，以为我没听见吗？

我脸色一红，心头大窘，仍然分辩道，可是……

叶子薇抢着说，可是，她得了绝症对吧？别觉得奇怪，是麦麦告诉我的。我知道最近你没少担心她，还借了一本讲癌症的书，认真学习，对吧？

我在心底把刘麦麦骂了个狗血淋头，嘴上却不服软道，她已经嫁人了，这你也知道的，何况就像你说的那样，她得了绝症，命都快没了，还能对你造成什么威胁？

叶子薇摇头说，我知道你们不会发生什么实质上的关系，可是在你抱着我的时候，心里却想着她，难道这不是一种背叛吗？

我刚想分辩，她却抢断道，好，就算何小璐已经过去了，那个去北京的女人呢？

我一时没反应过来，皱眉道，什么去北京的女人？

她哼了一声说，别装了，那个脚上有疤的女人，她不是有了你的孩子吗？这么大的事情，你处理干净了吗？你又……

叶子薇突然意识到自己的失言，迅速合上了嘴。

我心里咯噔了一下，她说的这个女人，是 Cat！

我眉头皱成了一个川字，关于Cat，我从来没有跟叶子薇提起过半个字，她是怎么知道得那么清楚呢？知道她去了北京，知道她有了孩子，甚至知道她腿上有疤……

我差点跳了起来，却咬咬牙，勉强压制住怒火，低声道，叶子薇，你偷看了我的邮箱。

她几乎是下意识地分辩道，我没有。

她眼睛转了几圈，又说，好，就算有又怎么样？是你自己在这里上网时，用了记住密码的选项，我不小心就看到了。

叶子薇反守为攻道，这件事情，你不也一样没交代吗？你有资格说我不诚实吗？

我不再理会她所说的，一屁股坐在餐椅上，摸着下巴，思索这件事的来龙去脉。我再蠢也不会选记住密码那一项，但是，我的邮箱确实被盗了。叶子薇连系统都不会装，又怎么可能会破解密码？

我在脑海里仔细回忆，最后一次登陆邮箱，是在国庆旅游前。那天晚上，我看了Cat的半封信，然后叶子薇洗好澡出来，我就匆忙关掉了。而我发现邮箱登陆不了，则是在国庆之后，有一次跟小川南哥喝完酒的晚上。

还有，我在叶子薇的电脑里，发现了那个死胖子的邮箱记录。

当所有的线索和疑惑交织在一起，真相也就慢慢浮出水面了。我闭着眼睛，苦思冥想，是这样吗，不对，应该是那样……

慢着。

我睁开眼睛，这一瞬间，仿佛醍醐灌顶，恍然大悟。是这样，原来是这样，一定是这样！

那个死胖子王虎，一定是在国庆之后的一段时间里，来过叶子薇这里，还用她的电脑登陆邮箱。

当时，他跟我一样，发现了陌生的邮箱记录。胖子本来就是开电子公司的，还是做技术出身，三下五除二，就破解了我这个邮箱的密码。

然后，胖子发现了Cat的那封邮件，为了让叶子薇知道我劣迹斑斑，就把这个邮箱拿给她看。而叶子薇看完之后，为了阻止我和Cat的联系，或者是出于报复,干脆把我的登录密码也改掉了。

我下意识地拍了一下手掌,脱口而出,没错,就是这样子的。

叶子薇被我吓了一跳,皱眉道,没错什么?

我双手插在裤袋里,沉默无语,冷眼看她。

我早该想到,关于她跟老板有一腿这件事,以叶子薇的性格,是不可能坦白从宽,亲口承认的。然而,她聪明反被聪明误,甩出了手里藏着的王牌,把何小璐跟 Cat 拿出来讲,这样的反应,反而让我 100%确定,她跟那死胖子还在纠缠不清。

在争吵的时候,把对方所做的坏事拿出来说,就等于变相承认了自己的所作所为。言外之意,没错,我是不干净,你又好得到哪里去?我们半斤八两,你就不要贼喊捉贼,五十步笑百步了。

可是,实际上,我跟叶子薇处理感情的方式,是有根本性的不同的。我绞尽脑汁,是想要维持一段感情;而她机关算尽,是为了同时维持两段感情。

是的,感情。今晚的这一场戏,让我更清楚地认识到了这点。她这么用心良苦,难道为的仅仅是钱?她总是要嫁人的,一个有房有车的经济适用男,会比不上有老婆又负债的中年胖子?

又或者说,人非草木,在这一段不道德的关系里,谁能说他们没有动了真情?我们总是怀疑别人的感情,以为只有自己,才是真爱无敌。实际上有一些爱,因为它是畸形的,所以根扎得更深。

这样的想法,让我心如刀绞。

叶子薇终于受不了这样的沉默,开口说,邓云来,你怎么不说话?

我低头看着自己的脚尖,过了一会儿,才抬起头来说,子薇,我们还是算了吧。

她冷笑了一声说,邓云来,你说过要怎么对我好,你都忘了吗?只不过是一个疯子的胡搅蛮缠,你就受不了,要放弃了吗?

我摇头笑道,疯子,他真的是个疯子吗?我觉得好奇的是,在我面前,你总是叫他疯子、神经病,在他面前,你又是怎么……

叶子薇没等我说完,大喊一声,够了!分手就分手,你要说那么多干吗?

你给我走，现在就走！

我轻轻说，放心，你不讲我也会走的。可是叶子薇，我还有话要讲，请你最后一次，听我慢慢说完。

我用右手抚着胸膛，深深吸了一口气说，你知道吗？其实你老板没发什么过分的短信给我，我也没有跟你前男友联系上。我这样子处心积虑，不惜手段，只是想要跟你好好在一起……你先不要笑。

我摇了一下头，继续道，现在，我也终于明白，你为什么要对我说那么多谎。因为真相是你离不开你老板，而只有谎言才可以留住我。在今晚之前，我一直相信你跟他不会有真感情，有的只不过是因为金钱的纠葛。

我叹了一口气说，然而，或许从一开始，我就错了。

她的冷笑凝固在嘴角，皱眉看着我。

我的语速越来越快，继续说，本来，今天晚上我所做的一切，不过是要逼着你承认事实，然后让你做下承诺，跟他了断关系，搬来深圳和我好好生活。很好笑，对吧？

她脸上的表情，让我不忍心再说下去。

然而，我只能咬咬牙，狠心道，你说得没错，我也不是什么好鸟，做过许多坏事，亏欠了不少女人。然而，我跟你是不一样的。骗了人我会内疚，会想着下次再也不要。你呢，谎言对你来讲就是空气，不让你说谎，你一分钟也活不下去。

叶子薇颓然坐在椅子上，头埋在两个手掌里，指缝中漏出虚弱的一句，云来，够了，不要再说了。

到了现在，我无路可退，只好继续这次道别演讲。纵然会让两个人心碎，但这就是我本来的目的。我握紧拳头，指甲深深陷入掌心，却竭力不动声色。

我说，叶子薇，刚开始的时候，我以为自己能接受你的一切，我以为可以控制住自己，不要真的爱上你。然而，我错了，我真的爱你。真爱又甜又酸，真爱是无私的，又是无比自私的。

我还说，对不起，到了这里，我不能再陪你走下去了。谢谢你给我的所有快乐，我会铭记于心。

　　我最后说,这一次就让我来讲:叶子薇,我们分手吧。

　　她坐在椅子上,脸色苍白,双眼无神,失去了焦点。

　　我的难过并不在她之下,虽然挑起矛盾,提出分手的是我。感情就是这样子的,双方投入越多,结合得也就越深;最后无论是谁主动抽离,一样会痛得血肉模糊。

　　我呆站了三分钟,然后终于回过神来,开始默默地收拾东西。尽管我的上下牙齿都在打架,膝盖软得就要跪下去,为了男人可笑的自尊,我还是有义务逞强。我要留给她一个坚决的背影,装作有尊严地离去。

　　她默默地坐着,任我在房子里走来走去。该拿的东西都拿了,该还的也还了,包括她给我的那部集群网手机,我轻轻放在了餐桌上。卧室里还有些衣服,懒得收拾了,随便她留做纪念也好,扔掉也好。

　　只是,我胡乱拍着两个裤袋,我自己的手机呢?

　　沙发上没有,餐桌上没有,茶几上没有……我失魂落魄地四处张望,突然醒悟到,手机就在胸前的口袋里。

　　好吧,那就这样了。我最后一次环顾这间房子,再把目光落在她头顶。她抬起头来,像是在看我,又像在看我身后的那堵墙。

　　我推开门,挡住了想要钻进来的冷风。我应该决绝一点儿的,但还是神差鬼使,止不住地回头一望。

　　叶子薇一直盯着我,面如死灰,眼睛里却有些东西在闪动,像随时准备燎原的火。她张张嘴,几次欲语还休,最后终于说,云来,我们重新开始好吗?

　　一个个字从声带里飞奔而来,冲破舌头和牙齿,马上就要脱口而出,带来无益的希望,又一段纠结,重蹈覆辙的痛苦。

　　而我堪堪忍住,闭着眼睛,从牙缝里挤出一句话。

　　别做梦了。

　　我咬紧牙关,向后一步退了出去,慢慢关上了门。她低下头,枯坐在门缝里,渐渐消失不见。

　　风从走廊的那一段,汹涌而来,吹动我衬衫的下摆。我逆流而上,走到电梯门口。电梯上升得太快，这段感情结束得太慢。走廊里没有脚步声，所以，她也没有追上来。

而心已经千疮百孔，风洞穿了一切，在胸腔里自由进出。我抬头看天上的云，在广州的夜空，它们仍是橙红色的。

我把停车卡和钱，一起交给保安亭里的老家伙，告诉他不要找了。或许因为以后再也见不到了，他显得没那么面目可憎了。

道闸高高扬起，等待落下。我开着普桑，就要驶出这栋公寓，这一次该说是痛别，还是解脱？

如今，我一手握着方向盘，一手挠着头发，心烦意乱。分手很难，收拾烂摊子更难。我已经在全世界放出消息，说叶子薇是我的女朋友，如今又要宣告分手，显得我这人对感情不严肃，很不靠谱。

这些且不去说它了，最让我担心的，是我爸我妈对我的失望和不解。你有什么资格挑三拣四，人家小叶有什么不好，还配不上你吗？都几岁人了，对感情还这么儿戏？

难道我要跟二老说，你们儿子的女朋友，其实是别人老板的小蜜，所以我不能娶她？

我踩下油门，无奈地摇了摇头。本以为我们会修成正果的，谁知道还是道行不够。

叶子薇啊，叶子薇。让我感谢你，赠我空欢喜。

不过转念一想，既然这些事情我无法解决，也就只好逆来顺受，由它去了。砍头不过碗大个疤，小腿一伸拉鸡巴倒，别人爱怎么说就怎么说去。最多下次我妈张罗着给我相亲，我不忤逆她老人家意思就是了。

我现在要搞清楚的，是早就该搞清楚的事情。

我一边开车，一边掏出手机，先拨给了 Cat。果然不出我所料，这个号码还是处于关机状态，她一定是换了北京当地的手机号。炮友是不会共享朋友圈的，所以，我根本没人可以打听。

先不去管这有多么可笑，总而言之，我只有从邮箱着手了。

我打了个电话给南哥，他那边噼里啪啦的，估计又是在打业务麻将。

南哥估计叼着烟，口齿不清地说，你这小子，有异性没人性，四条！都他妈多久没打给我了？

我叹了口气说，等着吧，有天天要找你的时候。

他没听出我的话外音，只是问，怎么样，今晚校花给你放假，请我去东莞？

我赔笑道，这事简单，我是有别的想麻烦你。

南哥不耐烦道，是兄弟，碰！就别说麻烦。

我于是一五一十交代道，是这样的，我有一个邮箱密码丢了，你不是认识一帮偷游戏账号的人吗？随便找个工作室，帮我把邮箱密码拿回来。

他说，我还以为有什么事，你等会儿把账号发短信……操！你周润发上身啊？又自摸？

我不好再打扰他打牌，道谢两句，就挂了电话。

我把手机放好，这时候才发现，从叶子薇楼下出来之后，我正走在相反的方向，离高速路口越来越远。

失恋就像是高原反应，一开始只是氧气不足，头脑昏沉。到了真正难熬的时候，辗转难眠，心悸作呕，总以为自己快要死掉。意志力不够坚定的，就会拿起氧气瓶或手提电话，按下那个该死的号码。明知道这样不好，还是把对方当成了氧气。

如果你有类似的经验，就会知道，吸氧会让你镇静，也会让你上瘾。

在五分钟后的一个路口，我想要掉头，绿灯亮起的一瞬间，却突然改变了主意。既然分手了，就放纵一晚吧。做一些有节奏的运动，让自己大汗淋漓，也就没空去心痛了。

我所说的运动，不是去借鸡消愁，我还不至于那么失败。我说的，是去夜登白云山。八年前跟何小璐分手时，我曾经做过这样的蠢事，多谢叶子薇，让我有机会重温一次。

到了白云山脚下，把普桑停好，又拿出一件外套捧在肩膀上，便晃悠悠地上山了。我顺着大路一直往上，不到半个小时，竟有点儿气喘吁吁。

跟叶子薇拍拖的这段时间里，我几乎把所有业余时间都放在她身上，有运动也是跟她一起的运动。再这样虚耗下去，身子骨都要废了。

照我的经验，隔那么久没运动，这一次爬完山之后，腿会肿上好几天。不过，也有些粗枝大叶的年轻人，登一次山，肚子要肿上十个月。

好不容易爬到山顶公园，我浑身是汗，两条腿好像已不属于自己。赶紧找了张椅子坐下，休息得差不多了，这才去看广州的夜景。

从这里俯瞰下去，城市在熊熊燃烧，世界好像失了火。

我掏出手机，一条条删除叶子薇的信息，然后又把她的名字，从老婆改回叶子薇。然后我发觉，现在所做的一切，不过是在重复八年前的自己。

脚底下还是那座城市，只不过灯火更亮了些。居住在这里的两个女人，给了我最初的喜悦，还有最近的折磨。

而当时光飞速倒流，我穿着一身廉价的迷彩服，还是个懵懂少年。那同样是一个夜晚，礼堂里坐满了人，汗臭跟脚臭混合在一起。两个年轻可爱的姑娘，正在台上放歌。

"你说你爱了不该爱的人，你的心中满是伤痕。"一语成谶，或许当她们开口的那一刹那，就注定了这个故事的结局。

然而，在那个炎热而漫长的晚上，我对未来一无所知，只听见了骨骼拔节生长的声音。仿佛在一夜之间，我的梦里有了女人。

少年时的愿望会铭记终生，在经历了那么长的时光之后，我拥有了她们，不是其一，而是全部。虽然最后都失去了，但上天总算待我不薄。我了结了所有心愿，从此以后，再没有什么美好的东西，在前方的路上，等待幻灭。

这时候，一阵山风吹来，整个城市火光明灭，摇摇欲坠。我退后一步，腋下跟背后穿心的凉，手指冷得有些发麻。外套呢？好像忘在凳子上了。我摇摇头，自嘲地笑了笑。分手了那么多次，以为自己有多气定神闲，也不过是个丢三落四、芳心混乱的小男生。

我一边往回走，一边抚摸着腕上的佛珠。看破放下，看起来，我还是没有放下呀。

奇怪，佛珠为什么在发烫？

卅

回到深圳以后，我就发烧了。

十八岁都过去九年了，还以为自己是壮小伙。本来秋天就容易感冒，爬完山浑身是汗，又傻站着吹风，不病才有鬼呢。

去医院挂了点滴，然后回家休息。失恋赶上了发烧，一个人躺在床上，三餐都是外卖叫粥，渴了还得自己起来烧水喝。幸好我求生意志坚定，要不然干脆死了省事。

如果还跟叶子薇在一起，她会请假来深圳，把我照顾妥当吧？只不过，我之所以会发烧，恰恰是因为跟她分手了。

躺在床上这几天，手机一直处于正常状态。老板打电话过来，一开口就是公司那么忙，你死哪去了？我说是真的病倒了，您要再让我上班，我就会倒毙在办公室里，影响不好。同事也有打电话来问公务的，我都尽可能详细地解答了。

剩下的那些，基本上是叶子薇请来的说客。饭哥饭姐就不用讲了，刘麦麦也打了一通电话过来，语气激昂，指责我的莽撞与自私，责令我和叶子薇重修旧好，否则就此绝交。

我即使病得昏昏沉沉的，也可以想象出叶子薇在她面前，是怎么样地扮无辜。她算得很准，我不可能把真相和盘托出，因为这样我自己会更没面子。算了吧，就当我是不可理喻，无缘无故抛弃了校花，这种罪名，几个男人有机会背负？

除此之外，我还收到了叶子薇老板，那个死胖子的短信。他发的信息风格明显，有很多的感叹号，而且说话颠三倒四。

这几天我看见 May 都快崩溃了，我挺内疚的！既然你们都分手了，那我就坦白告诉你吧！我只是很爱慕她，但什么都没有发生的，这点要跟你说明白！今年我老婆跟我闹离婚，所以我找 May 倾诉，她一直开解我，我就喜欢她了！我以前跟你说的那些话，就是为了让你离开她，不要怪我！只怪你们的感情太脆弱！如果你不相信我的话，约出来好好谈一下也可以！

我忍着头晕，把这条短信反复看了几遍，归纳出不少信息。第一，胖子对叶子薇是有真感情的，所以才愿意为她背黑锅；第二，之前和我的交锋里，他之所以语焉不详，不敢承认叶子薇是他小蜜，是因为老婆正在跟他闹离婚。如果被截取了证据，成为过错方，那可不是好玩的。

还有另外一条信息，短得只有一句话，他说，你告诉我，你跟 May 发展到哪一步了！

看完这条短信，我苦笑着摇了摇头。从这里可以看出，叶子薇在胖子面前，是怎么描述我们这一段恋情的。快四十岁的人了，还让个女人骗得团团转，这种天真的确难能可贵。

叶子薇啊，你真的是这种女人。虽然已经分手了，这样子的想法，还是让我心里一痛。

我本来可以回复短信，告诉他真相，就说叶子薇不是什么贞洁圣女，我一早就干过她了，然后是变着花样地干。这样的短信可以激怒他，可以让他跟叶子薇大吵一顿，让我得到一点儿猥琐的快感。

当然了，我不可能回复这个短信。回答这个问题本身，就是在羞辱我自己。

放下手机的那一刻，我突然体会到一股巨大的悲哀。

如果能把自己抽离出来，置身事外，再回头一看——这样一个大千世界，不过是个可笑的闹剧。谁都不比谁傻，谁也不比谁聪明，到头来，谁都活得不容易。

我对于胖子的态度，渐渐从憎恨，变成了同情。胖子的老婆之所以闹离婚，还有公司糟糕的经济状况，很难说跟叶子薇没有关系。这么说来，他可以算是叶子薇的受害者。

至于叶子薇本身，当然也是她自己的受害者，受害于她的美貌、虚荣，受害于那么多年来，周旋在众多爱慕者之间，从而养成的爱说谎的个性。

　　身为女人,她当然是渴望真正的感情,还有一个安定幸福的家庭,好扮演贤妻良母的角色。这一点儿,从她对厨艺的热爱就可以看出。可是,继续这样跟胖子纠缠下去,哪个男人有本事娶她呢?而她今年已经二十七了,还有多少年轻美貌,可以再耗下去?

　　而我呢,我不是受害者,我只是一个共犯。我和叶子薇一起,犯下了这一起两败俱伤、伤筋动骨的恋爱。感谢之前分分合合的折磨,让我在真正分手后,可以冷藏自己的痛苦,回到这一次恋爱之前,那个没心没肺的自己。

　　我自作聪明地以为,到了这里,一切已经尘埃落定。

　　生病的这几天,我躺在床上,睡得好一个天昏地暗,海枯石烂。第三天中午起床的时候,摸摸额头,已经不怎么热了。

　　这时候,肚子咕噜噜一阵作响。喝了两天多白粥,我是真他妈的饿了。

　　我手忙脚乱地穿上外套,到楼下真功夫,要了一份套餐。稀里哗啦一阵热饭热汤下肚,元气似乎都回到了身上。我站起来摸摸肚子,打了个饱嗝,突然间神经发作,高举右臂大喊,希瑞,赐给我力量吧!

　　餐厅里一下子静了,群众们纷纷转过头来看我。我一边挠头,一边笑得像个弱智。

　　嗯哪,这一下,我是真的好了。

　　回到楼上,我先开了电脑,选一个失恋专辑,什么《分手快乐》、《那就这样吧》、《我可以抱你吗宝贝》,诸如此类,大肆播放。每天都有人在听这些歌,每天都有人失恋,我又算个毛线?

　　实验证明,把自己有限的痛楚,投入到失恋群众的滚滚洪流里,能起很好的稀释作用。

　　然后,我找出一个纸箱,把叶子薇的化妆品、衣服,还有那个保温壶,全部清仓,一件不留。走过路过不要错过,流血流汗不留货了喂。

　　二十分钟后,我对着打包好的纸箱,长长地吁了口气。环顾四周,少了这些花花绿绿的东西,房间又回复了以前的样子。长叹一句,南柯梦醒。我还是以前的我,儿女私情,不过身外物而已。

我抄起一本《小说月报》，前两期的，然后把沙发拖到窗前，一边晒太阳，一边读书。至少，我现在可以浪费一整天来阅读，而不必记挂女朋友的短信，不必担心把她冷落在一旁。

而手里的书呀，我冷落你们多久了。

刚读了十几页，桌上的手机却突然响了。我懒懒地不愿起身，又翻了几页书，终于还是爬了起来。把手机拿起来一看，幸好，不是叶子薇。前几天拜托南哥的事办妥了，短信里是那个邮箱的账号，和改了一次的新密码。

我丢掉手里的书，按下电脑开关，一边兴奋得摩拳擦掌，坐立不安。时隔两个月，我终于要看完 Cat 剩下的半封邮件了。里面会有些什么在等着我呢？尽管我一千个不相信，但是，难道说，她真的有了我的孩子？

这电脑真是死慢死慢，在我准备踢它一脚的时候，鼠标终于能动了。我心急火燎，拨号上网开浏览器输入地址输入账号输入密码，登录！打开收件箱的时候，我不禁松了口气，谢天谢地，Cat 的邮件静静躺在里面，没有被叶子薇狠心删掉。

我深深吸了一口气，打开邮件。

邓云来狗日的：

你打开这封信的时候，老娘已经在北京了。

……

老娘知道你在想什么，上一次 MC 之后，我就只跟你搞过。不过你放心，老娘自己会处理的，除非你……

正文到这里就换页了，我又深吸了一口气，滚动鼠标滑轮。

老娘知道你在想什么，上一次 MC 之后，我就只跟你搞过。不过你放心，老娘自己会处理的，除非你想要这个孩子，除非你愿意娶我。

哈哈，想不到老娘一世英名，也会沦落到说这种话。我也曾经是个温柔可爱的女孩儿，不准笑，你知道我腿上的伤疤吗？是那个王八蛋甩了我之后，我自己用开水烫伤的。他是我第一任男朋友，我为他流产了三次。他说最喜欢的是我的腿，所以我就要毁给他看。

邓云来，我爱你，你这该死的混蛋。因为你跟我，是一样的人。

老娘今晚喝酒了，但是没有醉，没有。要不要这个孩子，我给你两个月时间考虑，在十二月一号之前给我答案。不然的话，如果还没流掉，我就去打掉。

这封邮件不长，却比坐过山车还要跌宕起伏，惊险刺激。我的心一下子飙到最高，一下子又冲到谷底。我惊魂未定，突然想起了什么，鼠标狂击屏幕右下角的日历。

该死，今天是十二月三号。

我站起身来，在房间里走来走去，喉头发紧，焦躁不安。根据我以前的经验，Cat 这姑奶奶一向说到做到，两天前，她没有等到我的答复，一定是恼羞成怒，把我的孩子杀死了。

孩子。

我整个人倒在床上，手脚无力，沮丧从天花板上倾泻而下，注满了整个躯体。

我发过誓，再也不会犯这种错误。如今，我又一次，重蹈覆辙。

老天给我开了好大一个玩笑。回想这两个月里发生的一切，叶子薇，国庆旅游，偷密码，改密码，所有情节严丝合缝，所有巧合分毫不差，就是为了酿成这一个大错。

只要缺少其中的任何一环，或许我现在就跟 Cat 在一起，抚摸着她日渐隆起的肚子——最起码，我会有选择的余地。

然而现实不是这样的，现实是，在我病得最昏沉的那一天，一个真心爱我的女人，怀着绝望和我的孩子，走进了白茫茫的医院。然后，一个小小的手术，把那奇迹般生成的孩子，搅成一摊肉泥。

按照 Cat 的性格，或许连一个陪她的人都没有。

她那苍白的脸，苍白的墙壁，嘴角的冷笑，冷冰冰的金属仪器。轻轻一想，就让我心如刀割。

恍惚之间，她的脸跟何小璐的，重叠在一起。我这才醒悟过来，她们俩长得很像。如果时光可以倒流两天，我愿意用二十年的寿命来交换，如果今天是十二月一号，如果……哦，慢着。

有可能，有可能 Cat 一时心软，或者有其他事情阻碍，她还没来得及把孩子打掉。对！现在只是过了两天而已，我还有机会！

我像是被打了一针强心剂，从床上弹了起来，飞奔到电脑前，顾不得坐下，噼里啪啦地开始打字。

Cat：

我也爱你，我们结婚好吗？

我用力点击发送键，就像那一个鼠标箭头，是敲在我自己心脏上。只要能联系上 Cat，我马上订机票去北京。孩子在的话，我要去，孩子不在的话……

我更加要去。

接下来的半个下午，整个晚上，我都在做着三件事。写信，读书，睡觉。

我一共给 Cat 写了七封信，短的只有几句话，最长的接近三千字。我把这两个月来发生的一切，尤其是没能及时联系她的原因，断断续续，画蛇添足，总算交代得差不多了。

然后，我开着邮箱，把手机放进胸前口袋，蜷缩在沙发里看书，等候命运的安排。午后的阳光温暖，纸上的铅字变成了乱花，我闭上眼睛，突然就昏昏欲睡了。

一觉醒来，却已是夜深人静。梦里手机响了几遍，我伸个懒腰，嘲笑自己是日有所思，夜有所梦。

左边胸口猛然振动起来，铃声划破了黑夜的宁静。我手忙脚乱地掏出手机，顾不上看屏幕，一鼓作气地放在耳朵旁，急切道，喂，是你吗？

那边的女声带一点惊喜，她说，云来，是我。还以为你那么狠心，不接我电话了。

我眉头一皱,清醒了几分,却原来是叶子薇。

她那边却已经哭了起来,风声夹杂着啜泣。

我用左手揉着额头,冷冷道,怎么了?

叶子薇哭哭啼啼道,云来,我不能没有你。你知道吗,我三天都没吃东西了,一闭上眼睛,就看见你在我身边……

我头疼起来,摇着头说,叶子薇,不要这样好吗? 一切都过去了。

她抽泣道,我知道你不要我了,我知道,可是云来,我们重新开始好吗?

我叹了口气,沉默良久,最后心平气和地说,叶子薇,你听过渔夫和魔鬼的故事吧? 我不是没有给你机会,我一直在求你来深圳。如果你可以离开那胖子,你早就这样做了。清醒一点儿,别做傻事了。

电话那边,传来一声号啕大哭,不要再说了,求求你,来陪我一晚好吗? 不会发生什么的,我只要看着你就好了。求求你了,我怕自己会死掉……

黑暗里,一声沉重的叹息,砸到地板上,然后我轻声说,对不起。

叶子薇却赶在我挂电话之前,用一种视死如归的语气说,好,你挂吧,我出了什么事,你都别心疼我。

到了这里,我其实已经有些反感。好歹曾经是校花,怎么玩起了那么低档的招式? 更何况,以我对她的了解,说珍惜生命也好,说怕疼怕死也好,总之,自杀两个字不在她字典里。

她见我没挂电话,继续道,云来,你知道我在哪里吗?

这对白实在太例牌了,我差点笑出声来,问,阳台?

叶子薇哼了一声说,不,你猜错了。邓云来,我现在在楼下,风很大,很冷。

我皱眉道,哦。

她轻声说,我只穿了一件短袖,是你留下的衣服。还有蕾丝内裤,光着两条腿。

她的声音从幽暗中传来,像月光下的海妖,柔声道,你知道吗,附近有楼盘正在施工,我走多十分钟,就会有民工来强奸我的。

我倒吸了一口冷气,不知该说什么。

叶子薇笑了一下说，反正我也不是你女朋友了，我也不要爱惜自己，你也不用心疼我。

我皱眉道，你何苦这样糟践自己？

她说，好冷。

别说她几天前还是我女朋友，就算是点头之交，这时候也该于心不忍了。该怎么劝慰她呢？我搜肠刮肚，却想不出一句合适的话。平时一张嘴口吐莲花，贫嘴耍滑，又有什么用处？一到紧要关头，夹得比处女的大腿还紧。

跟她说我很想上去，但是自己正在生病？不行，那她一定会马上打车下来，说要来照顾我的，这样我就更被动了。

就在我苦苦思索的时候，她却说，那我先挂了。

我脱口而出，不要。

叶子薇像妖精般笑了，说，怎么，你还会心疼我吗？

我斟酌道，你走到哪儿了？先回楼上去好吗？

她咳嗽了几声，却不说话。我刚要再开口，她却换了语气，用世界上最柔软的声音说，求求你，来陪我一晚。最后一晚，好吗？

谁的心没有一个柔软的地方？她一针刺中那里，让我又酸又麻，还有一种巨大的满足感。她是真的那么爱我，那么离不开我？

我在黑暗里闭上眼睛，认命道，等我。

一瞬间，她的声音转悲为喜，像个无辜的小女孩，连声道，真的吗？你不会骗我吧？你真的会来吗？

我安抚道，嗯，我这就换衣服，你先上楼洗个热水澡。

叶子薇却说，不，我要在楼下等你，不是不是，我要去广氮站等你。

我只好严厉地说，你现在就上楼，要不然我就不去了。

她紧张地说，好好，我现在就上去，乖乖洗澡。云来，你一定要来。

我说，好。

她又加了一句，你千万不能骗我哦。

尽管我不想体贴得多余，挂掉电话之前，还是说了一句，我说，你累的话就先睡吧，我到了会按门铃。

叶子薇甜蜜地说，不，我要醒着等你。

如今已是凌晨两点多，我开着普桑，跑在车影零星的广深公路上。在副驾驶的坐椅上，放的是下午打包的那个纸箱。

我一边开车一边摇头，这样的举动，实在是愚不可及。她今晚要找人强奸她，你上去了，明晚说要把自己卖到东莞，你不是更要上去？

车子经过厚街，突然间有个恶毒的念头，从车窗外飘进来，钻进我脑里。就当我开多几十公里，到了省城，去嫖一只高素质、不用钱的鸡。

我扇了自己一巴掌，轻轻的。因为这个想法，我死了之后，灵魂应该一直往下，如果真有地狱的话。

几十分钟后，我一个人端着纸箱，站在空荡荡的电梯里。头顶上灯光明亮，像是天堂的召唤，而且这电梯一路往上。我原以为再也不用来到这栋建筑，不用迈入这部电梯，现在我知道了，我一直在低估命运的戏剧性。

在走廊的一段，我一眼看见，那间房门虚掩着，投射出纯洁的白光。我慢慢走了过去，明知道，推开这一道门，通往的并不是天堂。

卅一

叶子薇就坐在客厅的沙发上，我还没把门完全打开，她早就听见响动，迎了上来。

我把纸箱放在鞋柜上，然后回过头，把门带上，叶子薇默默地看着我。再然后，两个人就这样站着，什么话都没有说，什么动作都不合适，像最熟悉的陌生人。

她刚洗完澡，浑身散发出松软的热气，四周暗香浮动。她穿着一身柔滑的丝绸睡衣，两条细细的肩带，搭在雪糕一样柔滑的肩膀上，稍微一碰就要往下掉。

两天没见，她或许是真的没怎么睡，虽然略施粉黛，但仍看得出眼眶深陷，下巴又尖了一点儿。毕竟是校花啊，偏偏这楚楚可怜、欲说还休的表情，更能秒杀一大批不明真相的男群众。

我突然间想起两句诗，宝剑锋从磨砺出，校花香自苦寒来。

不，清醒一点。Cat，Cat。

我避开她炽热的眼神，扭头看着墙壁，公事公办地说，你没事就好了。

叶子薇却说，你来了，我就没事了。

我王顾左右而言他，指着鞋柜上的箱子说，喏，你留在我那的东西，我都带上来了。

仿佛有火焰熄灭的声音，然后她说，谢谢，到沙发上坐吧。要喝点什么吗？

我笑了一下说，茶吧。

她转身去取杯子，又从饮水机旁拿出一盒立顿，又先把茶包的绳子缠在杯耳上。饮水机轰鸣着，水还没有开，她背对着我就这样站着。

我突然就有点儿恍惚，这样一个场景，我好像在梦里见过。

挂钟在墙上寂寞地响着，咔嚓，咔嚓，在这样的时间，地球上同一个时区里面，百分之九十五的人正在酣睡。醒着的，还有什么人呢？

市场里的菜贩，穿着胶靴，正在热气腾腾地奔跑。保安在保安亭里睡觉。嫖客空虚地望着天花板，小姐们左顾右盼，等待着下一位客人。

我盯着前任女友的背影，眼皮止不住地下滑，陷入一场真实的梦境。

有点儿烫，小心。

我猛然从瞌睡中惊醒，叶子薇把茶杯放在桌子上，然后在我身旁坐下。

我揉揉眼睛，听见她说，云来，辛苦你了。

她又道歉说，我知道，今晚难为你了。

我端起茶杯喝了一口，烫得清醒过来。她轻轻地把手搭在我腿上，我没有闪躲，嘴上却说，没事的话，我就先回去了。

出乎我的意料，她马上答道，好啊，但是最后帮我一个忙，好吗？

我放下茶杯说，嗯，没问题。

叶子薇侧过身子，脸上的笑容美丽而脆弱，一碰就要碎的样子。她咬了一下嘴唇,对我说,云来,我已经两个晚上没睡觉了。我只求你坐在床沿,等我睡着后再走,好吗?

我皱起眉头,正在想她是否有诈,她却眼眶发红,一副就要哭出来的样子,伸出一根手指说,这是我最后一个愿望,求求你了。

她的表情严肃得可怜,起誓说,我不会有过分的要求,一定不会。

我长长地叹了一口气,勉强笑道,好。

叶子薇笑逐颜开,像是纠缠了许久,终于能要到糖果的小女孩。她抓起我的手掌,连声问,真的,真的吗? 我就知道你会答应的,你真好……

我站起身来说,好吧,我带你去睡觉。

她欢欣雀跃地跳起来,牵着我的手,一起走进卧室。我小心翼翼地坐下,好像这不是床,而是一张针毡。她则像一条愉快的泥鳅,麻利地钻进了被窝。

叶子薇说,云来,你知道吗? 我看着你就觉得安心。

我不知该说什么才好,床头灯下,看见她闭上眼睛,然后又睁开,几乎是调皮地说,大哥哥,唱首歌给我听,好不好?

救人救到底,送佛送到西,那就满足她这个愿望吧。更何况,我唱起歌来有催眠的功效,这样一来,我就可以早点滚回深圳了。

我关掉了床头灯,挠挠头说,好,第一首是,《听妈妈讲那过去的事情》。

叶子薇脸上荡开了笑意,像一个真正幸福的小女孩。她用被子遮住半张脸,瓮声瓮气地说,唱啊。

我清理了一下喉咙,抒情地唱了起来,"月亮,在白莲花般的云朵里,穿行,晚风吹来一阵阵,快乐的歌声。我们坐在高高的谷堆旁边,听妈妈讲,那过去的事情,我们坐在高高的……"

叶子薇咯咯咯地笑了,笑完又说,继续,继续。

我自己开始犯困了,用力捏了捏鼻梁,振作精神道,下一首是,《让我们荡起双桨》。

酸涩的清唱,在黎明前的黑暗中,慢慢荡漾开去。歌一首接着一首,从童谣唱到情歌,从改革开放前唱到新世纪,从大陆唱到港台,从中文又唱到英文,没完没了。

到了最后，我再唱不下去了。她就这样眼睁睁地躺着，而我坐在那里，昏昏欲睡。

在整个过程里，叶子薇一直紧握着我的手腕，像一副柔软的镣铐。我几次以为她睡着了，想要抽身而去，可是我离开的幅度越大，她缠绕的动作也就越夸张。

她说，云来，不要走，我还没睡着呢。

折腾到了后来，她侧过身来盯着我，眼神亮晶晶的，睡意全无。我打了一个长长的呵欠，寒意袭人。我明白了，这是一场无休无止的竞赛，是一个不可能完成的任务，她不会睡着，更不可能会放我走。

之后是长久的沉默，我们就这样僵持着，寂静世界，不发一言。

与此同时，窗外的夜色渐渐消退，一片漆黑里，慢慢掺入了牛奶的白。黎明破晓，太阳将要照常升起，新的一天，马上就要来了。

她突然问我，云来，你冷吗？

我紧了紧衣领，又打了个哈欠，然后才说，还好。

她脸上带着纯洁无瑕的表情，建议道，被窝里好暖，要不然你也进来，先睡上一觉？

寒冷和睡意一起袭来，几乎是在一瞬间，我就采纳了她的意见。我站起身来脱外套，在把手臂抽出袖子的那一刻，突然看见了叶子薇脸上，那一抹大功告成的笑。

我在大腿上狠狠捏了一下，顿时清醒过来。这女人的心计太可怕了，软硬兼施，步步为营，而我正慢慢掉入她的漩涡。之前我所做的一切，都是在她计划内，对吧？接着我如果上了床，面对这一臂温香暖玉，一定难以自持。

而如果我再一次陷入了她的身体，她一定会像八爪鱼一样，紧紧吸附着我，然后告诉我她有多爱我，恳求我这不要走，是最后一次，恳求我给她机会，重新开始。她会有办法的，把我像木偶一样摆布，得到她想要的所有东西。

我摇摇头，把手臂放回袖子，重新穿好外套，然后斩钉截铁地说，叶子薇,我要走了。

她猛地从被窝里坐了起来,悲切道,不要,你答应我睡着后才走的,你这个骗子!

我不再理会她的所作所为,转身就朝外走,身后突然传来一声摧枯拉朽的巨响。我忍不住回过头去,却是床头灯都被她摔碎了,地板上,好一片断壁残垣。

我皱了皱眉头,继续朝外走,她歇斯底里地大叫,你再走,我死给你看!

带着鲜血的玻璃片,马上浮现在我眼前。我赶忙回过头去,她拿起的却不是碎玻璃,而是一条尺寸娇小的金属刀具,不知道是夹眉毛还是干吗用的。

我松了一口气,不由笑道,算了吧,姑奶奶,靠这个挖耳勺来自杀,估计先饿死了。

叶子薇脸色苍白,眼睛却死死地看着我,一眨也不眨。她右手握着那小刀,伸起左臂,把手腕对着我。

我眼睛还没来得及眨一下,那一刀闪着寒光,飞快地割过了。几秒钟后,一条细如发丝的红线,在她手腕上慢慢浮现。

我一下子就被镇住了。虽然说,这小刀是无论如何也割不破动脉的,我也知道,她并不是真的有胆量自杀。但这样的举动,就等于是一个仪式。一个愿意为你表演自杀的女人,说她不爱你,真的是冤枉她了。

头疼变成了欲裂,我一边用手揉着太阳穴,一边叹气道,你这又是何必呢? 叶子薇,我对你没那么重要。

她示威似的举着左臂,更细的血丝慢慢渗出,向下延伸了几毫米。却不说话。

我摇头道,你到底要我怎么样?

叶子薇却不再看我,把那小刀搁在手腕上,轻声说,你走吧,让我死了就好。

我再也看不下去,只好几步上前,去抢她那一把迷你凶器。她狂烈地扭动身子,一边大喊,干什么,你要干什么!

混乱中我终于抓住了她的手腕,夺下那支小刀,扔到远远的地上。我刚退后几步，这一次，她真的捡起了地上的玻璃片。

我停住了往外的脚步，她摆出刚才那割腕的架势。时间仿佛就此凝固，这样一对痴男怨女，以如此诡异的姿势，僵硬在曾经多么柔软的房间里。

她脸上那死尸般的表情，让我开始怀疑刚才的判断。

然后一切重开，她右手的玻璃片，慢慢朝着左腕而去。我刚要上前，她用尽所有力气大喊一声，不要过来！

我双掌前推，做了个稍安毋躁的姿势，商量道，好好，我不过去，有话好好说。

叶子薇双眼发红，强忍着哽咽道，我只要你，给我一次机会，重新来过。你这样都不肯，你这样都不肯！你让我去死！去死！

我站在那里，进也不是，退也不是，突然觉得膀胱一阵胀痛。日他妈，这电视剧里才有的狗血剧情，竟然让我活生生碰上。早知道就不那么快换台，学一学里面的脑残主人公，是怎么处理这样的场面的。

叶子薇手上的玻璃片，仍然没有停止向前的步伐，我来不及多想，只好先来个缓兵之计，大声说，行，不就是重新开始嘛，行！

她眼神里的惊喜马上跳了出来，闪烁着狂热，比手中的玻璃片要亮，比躲在山后的太阳要亮。

我拿出最温和的笑，好言相劝道，嗯，重新开始有多难？你先放下手里的东西……

她狂喜道，真的吗？真的吗？你真的愿意跟我重新开始吗？你知道我有多爱你吗？

我慢慢走上前去，附和道，如果你真的那么爱我的话，如果……

我一把抓住她的右手，她却没有反抗，任由我夺下那一片碎玻璃。然后，她的双臂就像藤蔓缠绕，一下子紧紧搂着了我的腰，把头埋在我怀里说，不要骗我，你不要骗我。

我轻轻抚摸她的头发，一堆廉价的承诺，已经迫不及待，又一次涌到喉头。在重蹈覆辙之前，我却咬紧牙关，捧起了她的脸。

叶子薇脸上一片迷惘和无辜，我强迫她跟我对视，让两个人的视线，牢牢焊在一起。我深深注视着那两个无底深潭,徒劳无功,想要看穿她的灵魂。

我咬牙切齿道,看着我的眼睛,回答我的问题。

她无助地说,嗯。

我一字一顿道,告诉我,你跟老板有没有偷情过?

这是我给你最后的机会,只要你能对我坦白,只要你一句真话,所有的冰雪都可以消融,所有的前尘都可以不顾,让我们放开胸怀,重新来过。我满怀希望,人性不至于堕落至此,我们可以重新开始,只要你给我一个理由。

来吧,我准备好了,来吧。

……她却定定地看着我,毫无畏惧地说,没有。

我触电一般弹开双手,又向后退了几步,就好像我刚才捧着的,是一团锋利的钢针。

然后,我摸着额头,绝望地微笑,大笑,仰天狂笑,笑得直不起腰,笑得快要哭出来。

她从床上起来,想要走过来抱我。我止住狂笑,一把推开了她,轻蔑地说,对不起,太慢了。我给了你一个重来的机会,你却亲手毁掉了。

我勉强压制住感情,咬咬牙说,叶子薇,我想要的,只是一份坦诚相对的感情,为什么你不能给我?为什么到了这个地步,你还要骗我?我以为眼睛对着眼睛,就不能够再说假话。但是,你就这样子说了,骗人的时候,你连眼睛都没有眨一下。

这些日子以来所有的屈辱,在一瞬间喷涌而出。我付出的真心真意和艰难信任,换来了什么?谎言之后还是谎言,欺骗过后又是欺骗。我一次又一次装聋作哑,并不说明我是弱智;我一次又一次选择忍让,所以你觉得我没有尊严?

我痛苦地按着自己的胸口,哽咽道,我把心都掏出来,放在你的脚下,只请你小心地践踏……

在我热泪盈眶之前,叶子薇先我一步,放声大哭。她无助地看着我,口齿不清地哭喊,对不起,我不该骗你,对不起……

她那不顾一切的样子,像是苦撑了那么久,一瞬间崩溃了。在过去的日子里,她把谎言当成是铠甲,披挂在身上,终于再也承受不了那些重量。

我强忍住泪水,它们倒灌进胸膛,浇熄了心头仅存的火苗,像是雨水过后,一座荒凉的石头城。

叶子薇仍然在大声哭喊,云来,我对不起你,我一开始就要跟你坦白的,我只是怕失去你……

对不起。这一声道歉来得太迟。如果时光倒流一分钟,一切都有可能从头开始。但就是这短短的一分钟,我看清楚了未来的命运,跟她继续下去的路,布满荆棘,并且最终通往悬崖。

我握紧拳头,勉强站直身子,而她哭着哭着,慢慢跪了下去。

我看着脚下哭泣的这个女人,她已经失去了说真话的能力,她已经病入膏肓,无可救药。

继续下去,我不可能伟大到享受被骗,更不可能无私到把心爱的女人,拿去和别的男人分享。而这个女人,更不可能会为我改变。即使我们勉强结婚,婚后的日子,也只是尔虞我诈的人间地狱。

说到底,世人谤我,贱我,欺我,辱我,笑我,轻我,恶我,骗我,谁又能真的只是忍他,让他,由他,避他,耐他,敬他,不要理他?

对不起,我的境界没有这么高。对不起,你赐予我的所有痛苦,我没办法原谅。

我闭上眼睛,深深地吸了一口气,然后转身就走。

她却扑了过来,跪在地上,紧紧抱住我的右腿,心碎欲裂地哭喊,求求你,不要走,求求你……

我犹豫了几秒,还是弯下腰去,掰开她的手。她把双手打成一个死结,痛苦地说,对不起,我错了,你要我怎么样都可以,不要离开我,不要!

我狠下心来,慢慢掰开她的手指,一根,再一根。她是真的不愿放手,但是女人,哪里有男人的力气大。

我最终从她的缠绕里挣脱,向前迈了几步,再转过身来。她瘫坐在地上,徒劳无功地伸出手来,说着谁也听不懂的呓语。我能理解她的绝望,因为我也亲身经历过。我那么坚决地要走,就像人们始终会死,她竭尽全力,却不可能挽留。

我摇摇头,向后慢慢退出房间。她像是脊椎骨被抽掉了,整个人瘫软在地上,蜷曲得像一只挨打的猫。她的睡衣凌乱,两条大腿惨白如雪,这是我们最后别离的时刻。

如果有下辈子,让我们避开所有不洁,在十八岁那年开始相恋。

如果有下辈子,我们那时再见。

叶子薇。

卅二

这一年,我二十七岁。再过不久,就是而立之年。

在社会上瞎混了四年,一事无成。公司里的职位上不上,下不下,工资已经一年没有加。想跳槽没下家,先辞了又不敢。

车是二手普桑,房贷还有二十多年要还,搞不好楼市一崩盘,我就成了负资产。

外貌大叔,智商正太,人品鬼畜。上班时西装革履,回到家,穿着大裤衩就敢下楼买啤酒。星期天到华强北去,我这样的男人,一捞一大把。

感情方面,刚刚经历了一场有始无终、后患无穷的恋爱。前女友紧抓不放,死缠烂打,一天十几条短信,还试过从广州跑下来,煲好了汤,放在我家门口。我怕自己心软,吃了回头草,害死两个人,只好换掉手机号码,暂时搬到朋友家里去住。

刘行长,小川,我朋友。他哥回老家调养去了,客房空着。小两口准备要孩子了,明年生个小牛,要给小兔补身体。所以他每天下午提前下班,回家系上围裙,抄起菜刀,做饭。我沾光不少,每天下班回去,就赶上吃他的营养大餐。

有一次吃饭时,小川笑着说,云来,你要躲到什么时候?再住下去,要交伙食费了。

小兔皱眉说,真搞不懂你,子薇那么好,你就不考虑跟她复合?

我吞下一口饭,想起一首老歌,陈明真,《变心的翅膀》。

我故作正经地唱,难道他们说的都是真的,说什么痴情的脚步追不上,变形的金刚……

小兔捧腹大笑,小川无奈地摇头。

好了,这就是我二十七岁那年的基本情况。活着没有盼头,想死更没有理由。曾经的理想都见鬼去了,每一天都过得像行尸走肉。唯一引起我关注的,只是那一台手提电脑。

或者说,是手提电脑里的邮箱。

我每天都写信给她,告诉她我的近况,告诉她我换了新的手机号码。告诉她,我有多想她。我喜欢她的粗野,她的酒品,她说三字经时的口型。当然了,我最喜欢的,是她的坦诚。

我每天都在等她回信,十天过去了,什么消息都没有。

星期六晚,我们一起出去吃饭。与会人员有小川伉俪,南哥伉俪,我和我自己。

老板亲自来给我们写单,眉开眼笑地问,今晚喝点什么酒?

南哥从桌底提起一个瓶子,大咧咧道,我们自己带了,你看还行吧? 茅台特供。

我们一人点了一个菜,老板正在写单,小张老师问,我说云来,你那校花老婆,咋这星期没来?

小兔刚要开口,小川抢着说,张老师,快期末考了吧?

小张老师好笑道,哪有那么快?

菜陆续上来了,南哥这酒说不上是不是真茅台,但喝起来也挺顺的。小川肩负造人的重任,不能喝酒,我今天蹭他的车,所以跟南哥放开了干。

大半瓶下去,南哥招架不住,大着舌头问道,你小子今天是怎么了,我出酒,你出命啊?

我给自己又满了一杯,掂了一下酒瓶,回头大喊,老板,拿四瓶老金威!

小川在我旁边轻声说,云来,心情不好容易醉,别喝太多。

大排档里灯光晃眼,人声嘈杂,这么多的饮食男女,人间烟火。

我端着酒杯站起身来,环顾四周,仰起头来一饮而尽。这一天的记忆,也就到此为止。

再次睁开眼睛时,天光大亮,我坐起身来,发现自己躺在一张陌生的床上。宿醉带来的是头疼,我摸着后脑勺想了许久,才想起来,哦,这是在小川家的客房里。

再看看身上,穿着干净松软的睡衣,只能是小川帮我换的。我这人酒品出了名的烂,不醉则已,一醉惊人。昨天晚上,我一定是上吐下泻,唱歌跳舞,只希望没有对谁破口大骂,那就算菩萨保佑了。

我狠狠揉了几下太阳穴,下了床,到客厅去倒一杯水。房子里空荡荡的,小川跟他老婆,不知道去哪儿了。

阳光从窗帘的缝隙漏进来,灰尘在几道光线间上下飞扬。我抬头看看墙上的挂钟,这是一个寂静的下午。

喝完水,我又在冰箱里找了些材料,给自己煮了个鸡蛋面。端着碗进房间,一边吸溜面条,一边打开手提电脑。脑子都不用指挥,鼠标键盘像是全自动的,嗖嗖嗖登陆了邮箱。

收件箱(3),点击。

Msyjgfdo,网络推广方案。

Kyqakjtk,专利"节能减排站立小便厕所"诚征合作专利号……

Cat,嗨!

我心头一震,赶忙把碗放在桌上,点击进去,里面却只有一句话:

十二月十六号,早上九点,北京妇产医院,大门口。不见就散。

心脏像脱缰的野马一样狂跳,全身血液涌向大脑,一时间头晕目眩。我大吸了几口气,稳定情绪,揉揉眼睛再看,发件人千真万确,就是 Cat。

我把这封信反反复复看了几遍,揣摩她的意思。十二月十六号,也就是后天早上九点，妇产医院……

孩子，孩子还在！奇迹，无论是当初的孕育，还是曾被医生判定为不可能的存活，都是活生生的奇迹。或许，地球上的生命，原来就是奇迹本身。

几乎是在一瞬间，我明白了 Cat 想要说的一切。希望，失望，绝望，惊喜然后是怀疑，最后要靠缘分和我的诚意，来决定两个人的命运。

那么，我就证明给她看。我一定要在医院门口，把 Cat 截留下来，不让她把孩子打掉。孩子能存活到现在，对她来说是一个奇迹，对我而言，是一次终极的救赎。

机票，现在就在网上订机票。城市，从深圳到北京。方式，还是单程吧。日期，十二月十五号，星期一。理它还能打多少折，全价我也要去。日，我网上银行的密码是多少？

星期一早上，我悻悻地从老总办公室里退出来，没有掌握好力度，房门砰一声巨响。

她的更年期一定是提前来了，我刚开口说请假，她便气得七窍生烟，三尸神暴跳。你不是上星期才请了四天病假吗？怎么这星期刚上班一天，又要请事假？你们部门的进度都拖了多久？小邓你是老员工了，要给新同事做好榜样啊。机票订好了，今晚的？别跟我来先斩后奏这套。不行，不批，不可能。

总而言之，明天想要不来公司，除非不干了吧。

如今我坐在办公桌前，火气冲天，又不知如何是好。操蛋，把老子惹恼了，干脆辞职算了。可是这样的话，年终奖怎么办？还有万一，万一这只是 Cat 的一个恶作剧？要是工作丢了，她可不会包养我……

正在我焦虑不安的时候，突然间手机响了。这个钟点，又是证券公司的服务短信。我懒洋洋地掏出来一看，却是一个意想不到的名字，许乐。

短信内容，只有四个字：

小璐走了。

……

……

......

我眼前发黑,大脑一片空白。何小璐,她死了。

虽然我早就知道,这是无法抗拒的事,虽然我做好了一切的心理准备,但在结果终于到来时,我仍然是无法接受。我怎么接受?我不可能接受。

这一个二十七岁的生命,我生命里的第一个女人,就这样,死了。躺在冷冰冰的柜子里,再也不能呼吸这世上的空气,我再也不能和她说上一句话。而她的身体曾经在我怀里,那样的炽热,年轻。她的身体里,还有过我的骨肉。

我抬起右手,遮在眼睛上。昨天下午订机票的时候。我还想着去了北京,还能顺便探望一下她,带点北京没有的东西。谁料到今生今世,阴阳两隔。

彼岸花,忘川河,奈何桥上那一碗孟婆汤,她最不喜欢喝苦的东西了。

手机短信又响了起来,仍然是许乐,他在里面说,遗体将在近日火化,想看她最后一眼的亲友,请尽快赶往北京,来之前请与我联系。

我右手死死地握紧手机,下意识的,一遍又一遍看这条短信。我能想象得出,他打出这些字的时候,忍受着多么巨大的痛苦。

想看她最后一眼的亲友,请尽快赶往北京......

我抚摸着手腕上的佛珠,又倒吸了一口冷气。

尽快,赶往北京。

这不是巧合,这是何小璐留给我的最后启示,关于生死,关于人生道路的选择。

我再一次走进老总办公室,在老板桌面前坐下。她换了一副嘴脸,笑眯眯道,又是你啊小邓,我先声明哦,请假就别谈了。

我十指交叉,放在胸前,同样笑着说,您放心,我是想问一下,今年的年终奖有多少?

老板沉吟道,具体多少,要到年底了,让财务黄姐算了才知道。不过你也清楚的,今年金融危机,我们公司能撑下来就算不错了,效益嘛,肯定没去年好,年终奖也会受影响。说到底,公司是我们大家的,遇到难关,要同舟共济嘛......

我仍然保持着笑容,再一次问,大概有多少呢?

老板有点儿不高兴了，敲着桌子说，你的啊，三万，三万左右吧。你问这个干吗？

我沉着地点了一下头，伸出手指，一本正经地算了起来，一边念念有词道，就当三万吧，一盒杰士邦是十块，三片装，那三万块就可以买三万，三千，九千片……

我抬起头来，春光明媚地笑道，九千个橡皮套，够您用到绝经了吧？

老板先是愣了一下，然后才拍桌子，怒道，小邓，你在说什么？

我从椅子上站起身来，居高临下地看着她，不疾不徐地解释说，为了感谢您这么多年来的照顾，这三万块年终奖，我就不要了，折合成九千个套套送给您，以示感谢。

我两臂伸直，舒展了一下筋骨，拉长声音说，您给我听好了……

我打了个响指，小人得志，扬眉吐气道，老子不干了。

回到部门办公室，不去理会同事们的唧唧喳喳。简单交接了下，又把新的手机号码留给他们，有什么事尽管问我。

爱穿黑丝袜的女实习生问，邓哥，走得那么急，去哪？

我一本正经道，天竺。

又有人起哄道，辞职请吃饭！

我打哈哈说，行啊，等我取回真经再说。

简单收拾了下东西，挨到中午下班，最后一次蹭到打卡机前。我手里捧着一个纸箱，同事们的眼光五颜六色，说的话更是丰富多彩。我一概置之不理，世人笑我太疯癫，我笑世人看不穿，呀，看不穿。

别了，浪费我几年青春，你这个破烂公司。

从公司出来，我在楼下的茶餐厅，一个人吃了顿告别大餐。午饭后，我先去了趟小川家，拿几件随身物品，然后才回自己的住处。

我把纸箱放在门口，一边掏门钥匙，一边疑神疑鬼地四处张望。当然没有人藏在暗处，呃，我有点儿被害妄想症了。

一只脚刚踏进房门，我却差点被滑了个四仰八叉。低头一看，地板上放着两几个信封，应该是从门缝底下塞进来的。我捡起其中的一封，抽出信纸展开，果然是叶子薇写的。

我匆匆看了开头几句，然后便放下了。她的字很秀美，她的话很凄美，如果是以前的我，一定会心软吧。

可如今，对我来说，她已经过去了。她不值得。我的柔软、冲动和热情，要献给另外的女人，一个值得我这样做的女人。

男人出门的行李很简单，就一个背包，刮胡刀，充电器，《小说月报》，几件换洗衣服，再加一件外套，钱带够了就行。

几个小时之后，我坐上了飞往北京的航班。这一辆飞机，之前也从 Cat 的楼顶上飞过吧？如今我要乘着它，到伟大祖国的首都，去看第一个女人的最后一眼，再去寻找我的最后一个女人，和她一起，共度余下的漫长人生。

北京欢迎你。

出机舱门的时候，我紧了紧领口。深圳是没有秋天的城市，北京有。

老许接到我的电话，并没有太过惊讶。或许是因为何小璐跟他说了什么，或许是因为她没有说。

我从机场打车去黑山扈，解放军三零九医院。一路上，车窗倒映着流光溢彩。

在出租车后座上，我昏昏欲睡，猛然惊醒的时候，身处在一个陌生的城市。这里举办过一场国际盛会，还留下许多大张旗鼓、喜气洋洋的痕迹。然而，在每一个灯火辉煌的大城市，都有你看不见的伤感。

最后，在真正巨大的悲伤面前，文字是那么苍白无力。

告别的场面让人心碎，如同何小璐紧闭的双眼，瘦得只剩下骨头的脸。她的嘴巴再也不会说话，她不能笑也不能哭，她的眼睛，再也不会弯得像月牙儿。

到了二十几岁，我想大家都经历过生离死别，亲人，挚友。音容笑貌，此生不见。这一种终极的悲痛和无奈，经历过的人，才有所体会。即使是一只养了几年的宠物狗，离开我们的时候，也可以让人整夜整夜的，辗转难眠。勉强入睡，也会梦见它水汪汪的大眼睛，毛茸茸乱晃的尾巴。

更何况是人。她只有二十七岁，家中独女，公司里的好同事，丈夫最爱的老婆。

希望你在天堂里，过得很好。偶尔从云层的缝隙里，俯视我们这些地上的人，像一大群蚂蚁，忙忙碌碌，蝇营狗苟。

我陪着老许，一直到第二天的早上七点。两个男人，最初和最后的，在清冷的空气里，长久无语。

离开的时候，我拍了拍他的肩膀，欲言又止，最后只说了句，节哀顺变。

在医院的大门口，天色刚蒙蒙亮，新的一天又要开始了，有些人却永远地死了。我站在路旁一边等车，一边冷得跺脚。呼气的时候，有白雾呈现。

终于来了一辆出租车，我钻了上去说，师傅，到北京妇幼医院。

这司机长得一脸福相，像电视剧里的贫嘴张大民。他回过头来，奇怪地看了我一眼，说，好咧。

车轮开始转动，我坐在其上，从一个医院赶往另一个医院，从死亡走向新生命。

朝阳正在从东边升起，温暖着地上所有的花。

后来我就睡着了，再后来，太阳照得我脸上发痒。我揉揉惺忪的睡眼，看看窗外，我正置身于一个无边无际的停车场。无数的倒车镜，反射出奇形怪状的光斑，晃得人睁不开眼。

我皱着眉头，问前面的出租车司机，师傅，这是怎么了？

张大民侧过脸来，一口地道的京片子，咧嘴道，嘿，还能怎么样？塞车呗。

我拿出手机来看，已经过了八点，于是心急道，到妇幼医院还要多久？

他说，不塞的话，半个多小时，现在哪，还真说不准。

张大民回过头来问，笑嘻嘻地问，怎么样，媳妇快生了吧？

我苦笑道，算是吧。

他叹了一口气，语重心长，唠唠叨叨地说，不是我说您，真该早点出门。咱这北京城，就是一个塞字。您看，现在是上班高峰期，前面不知道出了啥幺蛾子，指不定要塞到几点呢……

我心烦意乱，打断道，师傅，九点钟前能到吗？

张大民咂舌道,我看哪,悬!

我着急说,师傅,能不能帮忙想办法? 我九点前一定得到那儿,人命关天呀。

他跟我一起着急,拍着脑袋,突然大声说,啊,有了! 您看哪,前面那有个地铁站,您下了车,跑过去搭地铁,兴许能赶得上……

我来不及多想,马上点头道,行,就照你说的办。

张大民一边往右慢慢变线,一边安慰道,别着急,早去晚去都是您的种。

出租车靠了边,我付了钱背上包,急匆匆推开门走人。后面追来张大民的高声呼喊,嘿,祝您生个大胖小子!

地铁站里人潮汹涌,都是上班族,天子脚下的芸芸众生。我多年没有搭过地铁,不禁有些晕场。在售票机前排了好久的队,终于轮到时,又不知该买去哪个站。幸好后面有个阿姨热心指点,这才算买对了车票。

好不容易挤上了车,早没了座位,角落里有个落脚的地方,我挤过去站好。

时间越来越少,站点还那么多,我打开手机看了下时间,焦虑感从脚底慢慢升起,蔓延到了膀胱。到底,我能不能准时到达? 这一次,是我二十多年的人生里,最重要的一次约会,如果错过了,会变成最严重的一次迟到。

那一个小小的胎儿,能在 Cat 贫瘠的土地里,扎根了三个多月,这本来就是一个奇迹。它一定很渴望活下来,降临人世,去看一眼这大千世界,去领会生命的无奈和宽广。

到了现在,这个奇迹能不能延续,就决定于这最后的三十分钟。

地铁走了又停,停了又走,叮咚,喇叭里又报了一次站,我焦急地看着站点示意图,在心里默默数着时间。正在这时,我左边的车厢里,喧闹声小了一些,两个高亢的男声传了过来,唱着我听不懂的歌词。

我转头看去,却是两个卖唱的小伙子,长得都挺寒碜的。前面这位,留着松狮一样的发型,挎一个土黄的单肩包;后面的那一个被挡住了,影影绰绰的,似乎背着一把吉他。

他们的音挺高的，唱的歌我从没听过，有可能是原创。但是对于现在的我，这样的歌声，只能起到催尿的作用。

他们一路向我这边走来，一边唱歌，一边接过乘客们手里的小钞。一曲终了，前面的这位开口道，谢谢，下面由我们哥俩，为大家带来一首经典老歌，希望大家喜欢，《梦醒时分》。

我心里一颤，吉他一声弦响，他们却已经唱了起来。比原唱高了好几个调，估计是迪克牛仔的版本。

> 你说——你爱了不该爱的人，你的心中满是伤痕。你说你犯了不该犯的错，心中满是悔恨。

我心乱如麻，掏出手机又看了一遍。时间一秒一秒地过去，我心急如焚，却又无能为力。

他们朝我越走越近，歌声已经从高亢，变成了凄厉。要知道伤心总是难免的，你又何苦一往情深？因为爱情总是难舍难分，何必在意那一点点温存……

突然间，地铁毫无预兆地刹车，发出摩擦轨道的刺耳声响。灯光闪了几下，然后便集体熄灭掉。与此同时，车厢里炸开了锅，人们怨气冲天，高声咒骂。

我的心跳，就好像游乐园里的跳楼机，在最高的那个地方停止，然后便被巨大的力气扯住，骤然下沉！

下沉。

下沉。

像一个无底深渊，下沉。

我在黑暗中深处伸出双手，却徒劳无功，抓不住一缕空气。然后在看不见的某个角落，吉他迟疑了几秒，又重新响起。

弦动心惊，歌声刺耳。

> 要知道伤心总是难免的，在每一个梦醒时分。有些事情你永远不必问，有些人你永远不必等……

刷的一声,车厢里的灯大放光芒,广播也响了起来;在这一刻,我用手掌捂住了眼睛,却看透了自己的未来。地铁故障了,我不可能赶上 Cat 的约会,大错一定要铸成。我重蹈覆辙,这一生余下的时间,都将活在悔恨里。

热泪从指缝里溢出,烫伤了我的灵魂,啪嗒啪嗒地掉到地上。

时间仿佛就此凝固,人声鼎沸,混乱不堪的车厢里,我弯下身子,痛苦地哭出声来。原来,世界上根本没有奇迹,也没有所谓的救赎。你年轻时犯下的错,永远要一犯再犯。

然后,我们用余下有限的生命,去活在无限的悔恨里。

······

大老爷儿们的,哭啥?

有人戳了戳我的肩膀,递过来一张什么,轻声说,难看得要死,给,擦擦。

我用衣袖擦一把鼻涕眼泪,勉强止住哭泣,转过头去说,谢······谢。

泪眼模糊,光影闪动。她穿着件工装裤,脸上笑得不三不四,像个女流氓。

Cat!